Un bébé à adopter

*

Fiancée à un médecin

LAURA IDING

# Un bébé à adopter

*Traduction française de*
CHRYSTELLE POULAIN

BLANCHE

HARLEQUIN

*Collection :* Blanche

*Titre original :*
WANTED: PARENTS FOR A BABY!

*Ce roman a déjà été publié en 2015*



**HARPERCOLLINS FRANCE**
83-85, boulevard Vincent-Auriol, 75646 PARIS CEDEX 13
Service Lectrices — Tél. : 01 45 82 47 47

www.harlequin.fr

ISBN 978-2-2804-3926-8 — ISSN 0223-5056

# 1.

— Cassie ! Les urgences viennent d'appeler, il faut que tu descendes une couveuse portative.

Assise devant son ordinateur, Cassandra Jordan leva les yeux vers Alice, la standardiste du service de réanimation néonatale.

— Déjà ? Mon service démarre sur les chapeaux de roue ! Ont-ils une césarienne catastrophe en cours ?

— Je ne sais pas, mais Gloria dit qu'il faut faire vite.

Comme d'habitude, songea Cassie en se hâtant d'aller chercher l'incubateur dans la réserve.

Sur le point de quitter le service, elle s'arrêta devant Alice.

— Ont-ils demandé un pédiatre ? s'enquit-elle.

— Oui, je l'ai bipé. Le Dr Murphy te rejoint là-bas.

— Parfait.

Dans l'ascenseur, un petit frisson la parcourut à l'idée qu'elle allait travailler avec le beau Ryan Murphy.

C'était l'un des meilleurs pédiatres de la région à sa connaissance… Mais aussi un homme beaucoup trop séduisant pour sa tranquillité d'esprit.

Sa haute silhouette, ses cheveux de jais et ses yeux bleus faisaient des ravages sur le personnel féminin de l'hôpital. Pourtant, d'après les bruits de couloir, il avait clairement établi qu'il ne souhaitait sortir avec personne. Il se montrait agréable, sans jamais dépasser le stade amical.

Non que cela la dérange, d'ailleurs. Elle-même n'était pas prête pour une relation amoureuse. Après l'amère désillusion d'un mariage raté et l'épreuve d'un divorce, le célibat lui convenait parfaitement…

Depuis six mois qu'elle travaillait à l'hôpital de Cedar Bluff en tant qu'infirmière pédiatrique, elle se répétait cela en boucle. Mais si son cerveau disait une chose, son corps, lui, délivrait un message différent. Elle rougissait comme une pivoine chaque fois que Ryan Murphy la regardait. Son cœur battait plus vite, elle avait du mal à respirer… Quelle nunuche !

Elle se chapitra en voyant les portes de l'ascenseur s'ouvrir sur le rez-de-chaussée.

L'heure n'était pas aux états d'âme. On avait besoin d'elle.

Elle poussa au pas de charge la couveuse le long du corridor des urgences.

Une foule de gens se pressait à l'accueil. La haute stature du Dr Murphy dominait l'assistance. Quand il la vit approcher, il leva les deux mains.

— Reculez, s'il vous plaît ! ordonna-t-il d'un ton sans appel. Laissez passer la couveuse.

Aussitôt, le groupe se fendit en deux comme la mer Rouge, et Cassie découvrit un minuscule bébé dans un siège-auto posé sur le comptoir.

Le nourrisson hurlait si fort qu'elle en eut la chair de poule.

— Où est la mère ? demanda-t-elle.

— Partie, répliqua le Dr Murphy d'un ton bref. Cette petite fille vient d'être abandonnée. A vue de nez, elle doit avoir deux ou trois jours.

— Elle s'appelle Emma, précisa Gloria, l'infirmière responsable du tri des cas aux urgences. Sa mère l'a déposée il y a dix minutes en disant qu'elle était incapable de s'en occuper. Elle nous demande de veiller sur elle.

Au moins, cette pauvre petite avait un prénom, songea Cassie en allumant la couveuse. Elle régla les lampes chauffantes sur la position « maximum », puis le Dr Murphy souleva le bébé avec délicatesse pour le déposer à l'intérieur.

Mais Emma n'appréciait pas d'être ainsi manipulée : elle se mit à battre des bras et des jambes. Ses cris aigus fendaient le cœur.

Cassie s'efforça de se concentrer sur la mission à accomplir. Elle brancha le monitoring tandis que le Dr Murphy déshabillait Emma. Ses grandes mains paraissaient démesurées par rapport au corps minuscule du nourrisson mais, quand il l'ausculta, elle fut comme toujours frappée par sa douceur et sa délicatesse.

Leurs doigts se frôlèrent au moment où elle apposa les électrodes sur la poitrine du bébé, Et elle réprima un délicieux frisson.

Ce n'était pas le moment de se laisser aller, ils étaient au travail !

— Les poumons sont dégagés, observa le Dr Murphy. En revanche, le ventre gargouille beaucoup.

— Elle est aussi tachycarde, dans les 180 battements par minute, répondit-elle. Elle est peut-être déshydratée.

— Hm. C'est possible, mais il pourrait y avoir un problème plus sérieux. Nous ne savons pas comment s'est passée la naissance. Il faut la monter en réa néonatale. Je veux qu'on la perfuse et que l'on fasse un bilan sanguin complet.

— Entendu. Je vais vérifier les registres pour voir si sa mère a accouché ici, mais je ne me rappelle pas avoir lu le prénom « Emma » ces derniers jours.

— Ce serait trop beau…

Ils se dirigèrent vers l'ascenseur.

Elle se sentait troublée par la haute présence du médecin qui marchait près d'elle, mais elle balaya cette impression. Elle ne voulait penser qu'à la minuscule fillette qui se débattait toujours en hurlant dans la couveuse.

Si elle s'écoutait, elle la prendrait dans ses bras et la serrerait contre sa poitrine. Mais c'était impossible, hélas.

A peine étaient-ils montés dans l'ascenseur qu'Emma se tut. Puis l'alarme du monitoring cardiaque commença à biper : le cœur de la fillette battait à plus de deux cents pulsations par minute !

Cassie arracha le kit de réanimation fixé à la couveuse.

— Elle ne respire plus !

— Passez-moi le masque. On va essayer de la maintenir jusqu'à là-haut.

Ryan Murphy appliqua le minuscule masque sur le visage d'Emma. Cassie ouvrit l'arrivée d'oxygène puis scruta l'écran de contrôle avec angoisse tandis que le pédiatre appuyait sur le ballonnet.

— Ça marche, chuchota-t-elle. On retombe à 180 pulsations.

— Génial.

Elle croisa le regard bleu azur du médecin et y lut un profond soulagement, mais aussi de la gentillesse et de la connivence : ils étaient dans la même galère, ils traversaient cette épreuve ensemble.

— Pauvre bébé, murmura-t-elle, le cœur gros. Dire qu'elle n'a personne pour s'occuper d'elle.

— Elle nous a, nous ! répondit le Dr Murphy d'un ton décidé. Nous nous inquiétons pour elle. Nous allons tout faire pour qu'elle s'en sorte.

Il avait les yeux brillants.

Elle s'étonna de le voir si ému mais n'eut pas le loisir de se poser beaucoup de questions, car ils arrivaient au troisième étage.

Ils sortirent l'incubateur dans le couloir, puis elle commença à le pousser, assez lentement pour que le Dr Murphy puisse la suivre tout en actionnant le ballonnet relié au tube d'oxygène.

Ils gagnèrent ainsi la nurserie, une grande pièce équipée de vingt lits, et se dirigèrent tout de suite vers la partie dédiée aux soins intensifs afin de placer Emma sous assistance respiratoire.

— Cassandra, vous êtes la meilleure pour perfuser les bébés, dit le Dr Murphy lorsqu'ils eurent installé le bébé dans une couveuse de réanimation. Pourriez-vous le faire, s'il vous plaît ?

— Bien sûr.

Elle rassembla son matériel en s'efforçant de ne pas rougir.

Le compliment du médecin l'avait perturbée. Pourtant, elle avait l'habitude qu'on la félicite à ce sujet. Il n'était pas rare que ses collègues, souvent mal à l'aise pour perfuser des bras minuscules, l'appellent au secours.

En moins de trois minutes, elle trouva une veine du côté gauche et y logea le cathéter.

Une manœuvre qu'il faudrait probablement recommencer d'ici vingt-quatre heures, hélas. Les voies veineuses périphériques se détérioraient vite chez les nouveau-nés, et il fallait alors piquer à un autre endroit.

Mais on n'en était pas là. Pour l'instant, tout allait bien, Emma allait recevoir les soins nécessaires.

— Sur quel débit faut-il régler la perfusion ? demanda-t-elle.

Le Dr Murphy, qui n'avait pas cessé de ventiler Emma, releva la tête.

— Vous avez déjà fini ! commenta-t-il, l'air admiratif. Bravo ! On commence par 5 ml/heure.

Elle se détourna pour exécuter l'ordre, les joues en feu.

Cette fois, elle n'avait pas pu masquer son trouble. Quelle idiote ! Elle réagissait vraiment comme une collégienne. Ce n'était pourtant pas comme si le Dr Murphy s'intéressait à elle personnellement !

Certes, tout le monde le trouvait formidable et, de l'avis général, il faisait bon travailler avec lui. Néanmoins, il mettait une barrière solide entre les domaines personnel et professionnel. Quelques collègues infirmières avaient fait des tentatives d'approche plus ou moins discrètes, en vain. Alors, pas question qu'elle se fasse des idées à son sujet !

— Voyons si notre puce est capable de respirer toute seule, maintenant, murmura-t-il.

Il retira le masque du visage du bébé.

La respiration spontanée paraissait normale, et Cassie poussa un soupir de soulagement… une fraction de seconde avant que l'alarme ne recommence à sonner.

— Oh non ! s'écria-t-elle.

— Injectez 10 milligrammes de midazolam, ordonna le Dr Murphy. Il faut l'intuber, ajouta-t-il, l'air sombre.

— Je vais chercher le flacon, intervint Diane, l'autre infirmière de service, qui avait accouru en entendant l'alarme.

Elle s'éloigna au pas de charge.

A son retour, elles vérifièrent toutes les deux le dosage et firent passer le médicament — un sédatif couramment utilisé en soins intensifs pédiatriques — dans la perfusion.

— C'est bon, commenta Diane.

Le Dr Murphy, qui avait repris la ventilation manuelle, ôta le masque du visage d'Emma.

Cassie lui tendit une minuscule sonde endotrachéale et retint son souffle.

Intuber un nouveau-né n'est jamais facile. Heureusement, il était expérimenté, et surtout très compétent. Dans son malheur, ce bébé avait de la chance…

De fait, la première tentative fut la bonne. Cassie n'eut plus qu'à fixer le petit tube et son support sur le bas du visage d'Emma.

De son côté, Nancy Kramer, l'anesthésiste de garde descendue en urgence, actionnait déjà les boutons du respirateur artificiel. Après une courte discussion avec le Dr Murphy, elle sélectionna le débit d'oxygène à administrer.

Quand tout fut réglé, celui-ci pivota vers Cassie.

— Je veux qu'on lui fasse les gaz du sang, plus une recherche toxicologique, dit-il.

— Une recherche toxicologique ? Vous pensez que sa mère est droguée ?

— J'en ai bien peur, hélas. Elle a abandonné sa fille sous prétexte qu'elle était incapable de s'en occuper. Elle ne sera pas poursuivie, mais nous devons mener nos investigations nous-mêmes.

Il avait entièrement raison. La « loi-refuge » appliquée de diverses manières aux Etats-Unis permettait parfois l'abandon d'un enfant dans un lieu sûr tel que commissariat, caserne de pompiers ou hôpital. Le parent « abandonnant » n'était alors pas inquiété. Le bébé devenait pupille de l'Etat et était inscrit sur les listes d'adoption.

— Les hurlements et l'arrêt respiratoire sont typiques du syndrome de sevrage, ajouta Ryan Murphy. Elle risque également de convulser, aussi faudra-t-il la surveiller comme le lait sur le feu. Surtout, prévenez-moi dès qu'on aura les résultats du labo.

— Bien sûr.

Après le départ du pédiatre, Cassie se pencha sur le bébé, compatissante.

Pour avoir déjà soigné des nourrissons en état de manque, elle savait que les symptômes d'Emma correspondaient, ainsi que leur timing. En général, la crise se déclenchait peu après la naissance, avec une aggravation rapide. La mère n'avait pas dû supporter les pleurs incessants de sa petite fille, d'où sa décision de l'abandonner.

Heureusement, ces cas demeuraient exceptionnels. Et, point positif, Emma se trouvait au meilleur endroit possible pour sa santé. Néanmoins, Cassie en avait gros sur le cœur de savoir que ce bout de chou allait grandir sans sa mère.

Le rêve le plus cher de certaines femmes était d'avoir des enfants. Mais pour diverses raisons, cela ne marchait pas toujours. Il y avait des complications, ou bien la grossesse n'allait pas à son terme.

Cela lui était arrivé déjà deux fois à elle-même. Comment, un jour comme celui-là, aurait-elle pu ne pas y penser ? Elle avait beau se chapitrer, il lui était impossible de ne pas ressentir les choses personnellement. L'histoire d'Emma lui faisait une peine immense.

Mais, bien sûr, elle allait devoir composer avec.

Ryan avait le cœur au bord des lèvres quand il quitta le service de réanimation néonatale.

Il savait, sans risque d'erreur, que la petite Emma était positive aux opiacés. La détresse insupportable de ce bébé lui rappelait de manière cruelle que son fils aurait eu les mêmes problèmes, s'il avait eu la chance de naître.

Mais ça n'avait pas été le cas…

Comme chaque fois que Ryan sentait l'incommensurable vague de culpabilité lui déferler dessus, il se pinça les ailes du nez et bloqua sa respiration pour se ressaisir.

Près de trois ans s'étaient écoulés depuis le drame, mais le visage livide et froid de Victoria continuait de le hanter, jour après jour.

Il aurait pourtant dû comprendre ! Il était médecin !

Mais il n'avait rien vu. Jamais il ne s'était douté que sa femme était devenue dépendante aux antalgiques. Jusqu'à cette soirée terrible où il avait trouvé Victoria inerte, affalée sur le siège de sa voiture. Morte.

Il emprunta l'ascenseur et regagna les urgences comme un automate.

Que venait-il faire ici, déjà ? Ah, oui. Glaner des renseignements. Peut-être une infirmière se souviendrait-elle d'une toute petite chose ? D'un détail ?

Gloria, l'infirmière qui avait accueilli Emma et sa mère, se trouvait justement aux admissions. Il se planta devant elle.

— Je cherche des informations sur la mère du bébé, dit-il d'une voix un peu rauque.

La jeune femme ne parut pas s'étonner de son émotion. Elle opina, l'air grave.

— Elle est blonde, avec de longs cheveux raides. Jeune. A mon avis, elle a entre vingt-deux et vingt-cinq ans. Elle m'a semblé très pâle, comme quelqu'un qui ne met jamais le nez dehors. Et elle tremblait. On aurait dit qu'elle avait du mal à porter le siège-auto.

Il hocha la tête.

Voilà qui confirmait ses soupçons. Cette personne était probablement droguée.

— La police est-elle au courant ? voulut-il savoir.

— Pas à ma connaissance. Nous sommes débordés depuis tout à l'heure, expliqua Gloria en soupirant.

— Bien sûr, je comprends. Ne vous inquiétez pas, je vais leur passer un coup de fil.

La mère d'Emma ne serait pas inquiétée, puisqu'elle avait abandonné sa fille dans un lieu « agréé », mais les autorités devaient être mises au courant du problème de drogue. Par ailleurs, il fallait prévenir les services sociaux afin de trouver une famille d'accueil.

Il remonta à son bureau et composa le numéro qu'il connaissait par cœur.

Une voix familière s'éleva à l'autre bout du fil.

— Ici l'inspecteur Trammel. A qui ai-je l'honneur ?

Trammel. L'homme sur qui il ne voulait *absolument pas* tomber. C'était bien sa chance.

Après la mort de Victoria, le chef de la police locale l'avait considéré comme le suspect numéro un. Trammel s'était imaginé que, en tant que médecin, il avait facilement pu fournir des antalgiques à son épouse. Ryan avait vite été disculpé, mais le souvenir de ces moments terribles demeurait marqué en lui comme au fer rouge.

— Dr Murphy, à l'hôpital de Cedar Bluff.

Silence.

— Murphy ? Docteur *Ryan* Murphy ?

— Oui.

— Comment allez-vous, docteur ?

Voilà que Trammel lui demandait de ses nouvelles comme à un vieil ami !

Mais ils ne l'étaient pas, et ils ne le seraient jamais.

— Bien, répondit-il d'un ton bref. Je voulais vous signaler que nous venons de recueillir un bébé abandonné.

Il raconta l'histoire à Trammel.

L'inspecteur émit un grognement à la fin de son récit.

— Eh bien, pour une nouvelle… Cela faisait quatre ans que nous n'en avions pas eu. Imaginez un peu !

Mais Ryan ne voulait rien imaginer. Il n'était pas d'humeur à faire la conversation.

— Je crois utile de vous préciser que cette petite fille est probablement positive aux opiacés, reprit-il d'un ton sec. Les analyses toxicologiques sont en cours.

Nouveau silence.

Le policier venait sans doute de comprendre pourquoi Ryan appelait lui-même, alors que c'était d'habitude une infirmière ou une secrétaire qui s'en chargeait.

— Merci de m'avoir prévenu, dit-il enfin. Mais vous savez, il sera délicat de poursuivre la mère. Dans la mesure où elle a confié sa fille à l'hôpital et s'il n'y a pas de maltraitance avérée…

— Je suis au courant des lois, coupa Ryan. Je ne vous demande pas de chercher des misères à cette femme. Mais si nous découvrons que la petite Emma est dépendante aux antalgiques ou aux tranquillisants, il faudra peut-être creuser le sujet. Chercher qui est le médecin prescripteur de la mère.

— Vos analyses toxicologiques ne seront pas assez pointues pour le démontrer.

— Entièrement d'accord. Mais à Madison, au laboratoire de la police scientifique, ils en seraient capables.

Il entendit l'inspecteur Trammel soupirer dans le combiné.

— Docteur Murphy, nous avons déjà mené ce genre d'investigation après le décès de votre épouse. Vous savez très bien que l'enquête n'a rien donné. Nous n'avons jamais pu prouver l'existence d'un quelconque réseau de trafic de médicaments autour de Cedar Bluff. Si c'était le cas, nous les aurions épinglés depuis longtemps, croyez-moi !

Ryan secoua la tête, blasé.

Il était persuadé du contraire, et rien de ce que pourrait dire Trammel ne le ferait changer d'avis.

— Ecoutez, reprit le chef de la police. Cela fait presque

trois ans que ce malheur est arrivé. Vous devriez tourner la page.

De quoi cet idiot se mêlait-il ?

Ryan se retint de répliquer vertement, conscient que l'on pouvait avoir besoin de Trammel dans « l'affaire Emma ».

— Si vous découvrez quelque chose au sujet de la petite, j'aimerais être informé, dit-il. Je vous le demande en tant que médecin référent, précisa-t-il, glacial. Connaître les antécédents médicaux de la mère nous serait très utile.

— Bien sûr. Comptez sur moi.

Après avoir raccroché, Ryan s'adossa à son fauteuil en fermant les yeux.

Comment Trammel, qui ne le connaissait pas, pouvait-il se permettre de porter un jugement sur sa vie ?

Bien sûr qu'il avait « tourné la page ». Il s'était remis au sport. Il jouait au football l'été, au basket l'hiver. Il buvait parfois un verre avec ses collègues. Il allait au musée, au cinéma. Quant aux femmes…

Il avait essayé. Etait-ce sa faute si son unique tentative s'était soldée par un fiasco ?

Un an auparavant, il avait eu une brève liaison avec Shana, une infirmière en cardiologie. Celle-ci lui avait certifié au début ne pas vouloir de relation stable, et lui, naïvement, il l'avait crue. Mais elle avait très vite voulu rendre les choses plus sérieuses, et il avait dû rompre pour ne pas lui donner de faux espoirs. Elle l'avait très mal pris. Tout l'hôpital avait eu vent de l'affaire, et on ne s'était pas privé de chuchoter dans son dos comme à l'époque où il avait perdu son épouse.

Sous aucun prétexte il ne voulait revivre cela. Plus jamais !

Il serait bien inspiré de s'en souvenir chaque fois qu'il croisait le regard troublant de Cassandra Jordan.

# 2.

Penchée sur la couveuse d'Emma, Cassie effleura la joue duveteuse du bébé.

Pour l'instant, la puce réagissait plutôt bien à son traitement. Et, point positif, les résultats des gaz du sang étaient normaux. Le laboratoire avait fait diligence pour livrer cette information, qu'elle s'était empressée de relayer au Dr Murphy.

Sachant cela, souhaiterait-il extuber Emma ?

Il fallait bien peser le pour et le contre. Si on devait la réintuber au bout de quelques heures, ses sinus risquaient d'être endommagés. Mais d'un autre côté, si elle respirait par elle-même, ses poumons fonctionneraient mieux.

Dans ces cas-là, trouver le bon équilibre n'était jamais facile.

Elle s'attarda quelques instants encore auprès d'Emma, le cœur gros.

Elle ne pouvait pas rester près d'elle en permanence. Elle avait un autre patient en charge, un petit Barton né quatre semaines avant terme.

Heureusement, le bout de chou se portait de mieux en mieux. Il prenait du poids, et les phases d'apnée respiratoire dont il souffrait — un phénomène assez fréquent chez les prématurés — s'espaçaient de plus en plus. La nuit précédente, le monitoring n'avait pas enregistré de dysfonctionnement pendant plus de douze heures, ce qui était très bon signe. Si cette évolution encourageante se poursuivait, Barton serait bientôt transféré vers le service pédiatrique « normal ». Ensuite, il pourrait rapidement rentrer chez lui. Ses parents attendaient ce jour-là avec impatience !

Elle fit chauffer un biberon, puis elle débrancha le monitoring cardiaque de Barton, prit le bébé et s'installa avec lui dans un rocking-chair, à côté de la couveuse d'Emma.

Autant que possible, on incitait les parents à venir nourrir leurs enfants eux-mêmes mais, aujourd'hui, le père de Barton était en déplacement et rentrerait tard. Comme la mère n'avait pas encore le droit de conduire suite à sa césarienne, elle avait téléphoné pour dire de ne pas l'attendre.

— C'est bien, mon cœur, chuchota Cassie, alors que Barton tétait goulûment. Tu vas devenir grand et costaud comme ton papa, tu verras.

Sentant une présence, elle releva la tête.

Ryan Murphy la regardait, une expression étrange au fond des yeux.

— Vous vous débrouillez comme un chef, dit-il.

— Je… Merci.

Elle s'en voulut d'avoir bafouillé. Il lui en fallait peu pour perdre les pédales !

Mais le Dr Murphy ne pouvait pas savoir à quel point sa remarque l'avait touchée, elle que l'idée qu'elle n'aurait peut-être jamais d'enfant rendait malade.

Il la fixa quelques secondes, puis se détourna. Elle inspira à fond pour se ressaisir et cala Barton contre son épaule pour le faire digérer. Après avoir obtenu le petit « blurp » qu'elle attendait, elle se mit en devoir de changer la couche du bébé. Puis elle le berça un moment, avant de le réinstaller dans sa couveuse.

Pendant qu'elle s'affairait, Ryan Murphy s'était rapproché d'Emma. Elle croyait qu'il était en train de vérifier les constantes de la petite fille, mais non. En s'avançant vers lui, elle remarqua qu'il lui avait ôté son petit bonnet rose pour caresser sa tête duveteuse.

— Tu vas t'en sortir, ma puce, l'entendit-elle chuchoter. Ça va aller, je te le promets.

La tendresse dans sa voix lui fit monter les larmes aux yeux.

Il avait dit qu'elle se débrouillait comme un chef, mais elle aurait pu lui retourner le compliment : elle le trouvait génial.

— J'ai appelé les services de protection de l'enfance, dit-il. Ils vont se mettre à la recherche d'une famille d'accueil.

— Oui, bien sûr. C'est normal, répondit-elle de façon machinale.

Mais elle eut un pincement au cœur tandis qu'une idée folle lui traversait l'esprit.

Si seulement elle pouvait adopter Emma !

Mais non, c'était impossible. Non seulement elle devrait suivre une formation théorique, mais elle devrait aussi rencontrer des tas de gens, dont un psychologue et une assistante sociale. Et en matière d'adoption, les personnes célibataires ne faisaient pas le poids face aux couples mariés. Mieux valait oublier.

— Je… Puis-je l'ausculter ? demanda-t-elle, se secouant.

— Bien sûr. Allez-y.

Ryan Murphy remit son bonnet à Emma, puis s'écarta pour lui laisser le passage. Elle chaussa son stéthoscope et procéda à un examen minutieux, en essayant d'oublier la présence du médecin et les effluves d'after-shave boisés qui lui chatouillaient les narines.

Elle devait se concentrer sur son travail !

— Tout va bien, annonça-t-elle quand elle eut terminé. Sauf que le ventre gargouille encore.

— Je m'en doutais. J'aimerais commencer à la nourrir, mais j'ai toujours peur qu'elle ne convulse. Si la situation évolue positivement, nous l'alimenterons par sonde dans une heure ou deux.

— Excellente idée.

Cassie contourna la couveuse pour s'asseoir devant

l'ordinateur relié aux appareils de surveillance et commença à pianoter sur le clavier. Mais la proximité de Ryan Murphy ne lui facilitait pas les choses. Bonjour les fautes de frappe ! A ce train-là, elle n'y arriverait jamais…

— Cassandra ?

Elle ne trouva pas le courage de lui demander de l'appeler « Cassie ». Lui-même insistait pour que tout le monde l'appelle « Ryan », mais très peu d'infirmières osaient franchir le pas. Et elle encore moins…

Elle oublia ce détail quand, pivotant sur sa chaise, elle vit le regard soucieux de Ryan Murphy fixé sur Emma.

Elle se leva d'un bond.

— Que se passe-t-il ?

— Elle va nous faire une crise, je le sens… Préparez vite 0,2 mg de midazolam et 0,5 mg de phénobarbital.

Habituée aux situations délicates, elle se rua sur le chariot de fournitures situé à quelques mètres de là. En moins d'une minute, tout fut prêt. Emma commençait juste à convulser quand elle fit passer les deux médicaments dans la perfusion.

Le cœur au bord des lèvres, Cassie se focalisa sur le monitoring cardiaque.

Les convulsions n'étaient jamais bon signe. Emma pouvait en mourir, à tout le moins son cerveau risquait d'être endommagé.

« Elle nous a, nous. Nous allons tout faire pour qu'elle s'en sorte. »

Alors que les paroles du Dr Murphy lui revenaient à la mémoire, elle fit une prière muette pour que leurs efforts soient couronnés de succès. Elle ne voulait même pas imaginer qu'il puisse en être autrement.

Ryan enfonça les poings dans les poches de sa blouse, malade d'angoisse.

Le jour de leur rupture, Shana l'avait accusé d'avoir un

cœur de pierre. Il savait maintenant qu'il n'en était rien et qu'il était encore capable de s'émouvoir.

Ça le rendait fou de voir Emma dans cet état. Cette petite puce risquait de ne pas survivre par la faute d'une mère irresponsable qui n'avait pas pris la peine de se faire désintoxiquer !

Mais la colère était un sentiment stérile. Elle n'aidait pas à résoudre les problèmes, au contraire.

Selon une technique bien rôdée, il inspira profondément pour garder son calme, les yeux rivés sur le bébé.

Heureusement, les calmants avaient vite produit leur effet. Les convulsions avaient cessé et, à présent, le cœur avait repris un rythme presque normal.

— Il lui faudra une injection de phénobarbital toutes les six heures, dit-il. Je vais rédiger l'ordonnance. Je veux aussi qu'on lui fasse un EEG.

Vu les circonstances, l'électroencéphalogramme s'imposait, il permettrait d'enregistrer l'activité cérébrale d'Emma.

Cassandra hocha la tête, l'air grave. Visiblement, elle était bouleversée. Se pouvait-il que, comme lui, elle soit déjà en train de s'attacher à ce bébé ?

Jamais il n'aurait cru possible d'éprouver un tel sentiment. Depuis la mort de Victoria et de leur petit garçon à naître, il avait toujours gardé ses distances d'un point de vue émotionnel.

Mais concernant Emma, tout était différent. Cette petite fille était non seulement très malade, mais abandonnée. Hormis l'équipe médicale, elle n'avait personne pour prendre soin d'elle. Comment aurait-il pu y être insensible ?

— Emma, chuchota Cassandra d'une voix un peu tremblante, en effleurant la joue du bébé. Bats-toi, trésor. S'il te plaît. On va faire le maximum pour t'aider. Fais-nous confiance.

Il sentit sa gorge se nouer en voyant les larmes perler à ses paupières.

Cette jeune femme le touchait d'une manière incroyable. Et ce depuis leur première rencontre, six mois plus tôt.

A l'arrivée de Cassandra Jordan dans le service, il avait tout de suite remarqué combien elle était jolie. Son visage en forme de cœur, son teint de porcelaine, la douceur et l'intelligence qui se lisaient dans ses yeux noisette : tout, chez elle, lui avait plu au premier regard.

Ses longs cheveux bruns, relevés en queue-de-cheval la plupart du temps, mettaient en valeur sa nuque aux proportions parfaites. Quant à sa silhouette… On devinait sans peine les courbes de son corps gracile sous l'uniforme vert. Tout homme normal se retournerait sur son passage, et s'il s'écoutait…

Mais il ne s'écoutait pas. Depuis son aventure désastreuse avec Shana, il s'était fixé une ligne de conduite stricte : « On regarde mais on ne touche pas. »

Sauf que cette bonne résolution devenait chaque jour plus difficile à respecter.

En voyant Cassandra se pencher sur ce bébé, il ne pouvait s'empêcher de penser qu'elle était l'exact contraire de Victoria.

Sa défunte épouse adorait la vie mondaine, l'argent, elle ne s'était jamais privée de rien. Toujours très entourée, elle avait fréquenté les meilleurs cercles de la ville, multipliant les réceptions et les activités de loisir, parmi lesquelles figurait l'entraînement sportif. La pratique intensive du *spinning* — des exercices sur des vélos spécialement conçus pour le fitness en salle — lui avait occasionné une rupture du tendon d'Achille. Suite à cela, elle avait déployé une énergie considérable pour se rétablir, et il l'avait épaulée à cent pour cent.

Jamais il n'aurait pu imaginer qu'elle était devenue accro aux antalgiques. Il travaillait beaucoup et passait peu de temps chez lui. Prenant tout ce que lui disait son épouse pour argent comptant, il l'avait vue se remettre en un temps record sans se poser de questions. Puis elle était tombée enceinte…

En fait, elle avait continué à se faire prescrire des médicaments, toujours à son insu.

Après le drame, il s'était demandé mille fois ce qu'il aurait pu faire pour empêcher cela. Sans doute y avait-il eu des signes avant-coureurs ? S'il s'était montré plus attentif…

Hélas, on ne pouvait pas refaire l'histoire.

Mais, à présent, il pouvait au moins éviter de gâcher la vie de quelqu'un d'autre avec ses problèmes. Pour lui, il n'y aurait pas de seconde chance. Son travail était tout ce qu'il lui restait. Il serait bien inspiré de s'en souvenir.

Cassandra était jeune, jolie, intelligente. Elle méritait mieux qu'un homme rongé par le remords et la culpabilité.

Ce soir-là, Cassie décida de raccourcir sa pause.

Certes, tout allait relativement bien dans le service. Emma n'avait pas eu de nouvelle crise de convulsions, et son EEG s'était révélé normal. Les parents de Barton étaient arrivés et s'occupaient de leur fils. Elle aurait donc pu en profiter pour souffler un peu. Mais, malgré cela, elle rechignait à partir trop longtemps.

Il lui fallut moins de quinze minutes pour descendre à la cafétéria et expédier une salade.

Au moins, à ce rythme, elle n'avait pas le temps de gamberger, se dit-elle en reprenant l'ascenseur. Plus elle travaillait, moins elle pensait à Ryan Murphy et à l'effet qu'il lui faisait.

Elle était divorcée depuis un an tout juste. Son arrivée à Cedar Bluff remontait à six mois. Elle n'était pas prête pour une nouvelle relation. D'ailleurs, la semaine précédente, elle avait gentiment repoussé James Green, un urgentiste qui voulait l'inviter à dîner.

Pourquoi, alors, réagissait-elle ainsi en présence de Ryan ? C'était absurde !

Elle balayait cette réflexion lorsque, parvenue au troisième étage, elle vit une vieille dame plantée devant le sas et scrutant l'autre côté de la vitre, appuyée sur une canne.

Cassie eut un curieux pressentiment.

— Bonsoir, dit-elle, se rapprochant. Puis-je vous aider ?

L'inconnue sursauta si fort qu'elle faillit perdre l'équilibre.

Cassie lui entoura la taille de manière réflexe.

— Là, doucement. N'allez pas tomber ! Etes-vous ici pour une visite ?

Son interlocutrice rougit et baissa les yeux.

— Non, non, je… J'ai rendu visite à une amie hospitalisée, et… comme j'aime bien les bébés… je me suis dit que je pourrais monter les voir. Désolée si j'ai enfreint les règles.

— Il n'y a aucun problème, vous pouvez rester là. En revanche, vous n'avez pas le droit d'entrer. Le service accueille des bébés très malades. L'accès est limité aux parents.

— Je… Oui, bien sûr. Je comprends.

La dame recula, rétablit son appui sur sa canne. Puis elle tourna les talons et se dirigea vers l'ascenseur.

De retour au chevet d'Emma, Cassie eut, de nouveau, la même étrange intuition.

Cette femme était venue pour une raison précise. Et si elle avait voulu voir Emma ?

La nouvelle de l'abandon avait déjà dû se répandre en ville. La visiteuse connaissait-elle la famille du bébé ? Sa mère ?

Elle aurait dû avoir la présence d'esprit de la questionner davantage.

Mais peut-être cette femme allait-elle revenir. Son instinct lui soufflait qu'elles se reverraient tôt ou tard.

# 3.

Ce soir-là, Ryan fut appelé aux urgences vers 19 heures pour une césarienne catastrophe.

Après s'être assuré que le nouveau-né — un prématuré — se portait bien, il rejoignit la réanimation néonatale pour jeter un coup d'œil sur Emma.

Sans surprise, il découvrit Cassandra au chevet du bébé.

— Comment va-t-elle ?

— Plutôt bien. Elle n'a pas convulsé du tout depuis l'autre fois.

— Tant mieux ! C'est super.

Troublé par le délicieux parfum de vanille qui émanait des cheveux de Cassandra, il recula d'un pas.

— Vous avez bientôt fini, je crois ? demanda-t-il d'une voix un peu rauque.

— Oui, je termine à 21 heures. Je devais être en repos demain, mais Mary est malade, et je vais la remplacer. Je reprends à 7 heures. Cela me donnera une bonne excuse pour m'occuper d'Emma ! conclut-elle en souriant.

Il enregistra cette nouvelle sans surprise.

Cassandra répondait toujours « présente » pour dépanner ses collègues ou faire des heures supplémentaires. Un point commun entre eux.

— Dans ce cas, vous devriez partir maintenant, déclara-t-il. Il faut vous reposer.

Elle haussa les épaules.

— Ça va aller. J'enchaîne régulièrement les services, ça ne me dérange pas.

Il aurait voulu argumenter, mais il était mal placé pour le faire. Lui-même travaillait beaucoup. Victoria lui avait souvent reproché de rentrer tard exprès. Rétrospectivement, force était d'admettre qu'elle n'avait pas eu tout à fait tort.

— Je suis de garde, dit-il, balayant son éternel sentiment de culpabilité. Je vais me reposer dans la salle des médecins. Surtout, donnez la consigne de me faire appeler au moindre problème.

— Ce sera fait. Mais, rassurez-vous, les filles ne vous embêteront pas pour rien.

Il la fixa, surpris.

Il avait tellement peu l'habitude qu'on se préoccupe de lui… Essayait-elle de le ménager ? C'était étrange. Plutôt agréable, mais étrange.

— Vos collègues et vous ne m'« embêtez » jamais, Cassandra, répondit-il doucement. Bonne fin de soirée. A demain.

Il gagna la salle de repos comme il l'avait annoncé. Mais le beau visage de Cassandra Jordan continua longtemps de hanter ses pensées, et il eut du mal à trouver le sommeil.

La sonnerie stridente du réveil arracha Cassie à un sommeil agité peu avant 6 heures.

Oh non, pas déjà ! Elle avait eu un mal fou à s'endormir après cette journée riche en émotions. A minuit passé, elle tournait encore dans son lit, la tête pleine d'images d'Emma et de Ryan Murphy. Elle avait fini par tomber de fatigue, mais elle ne s'était pas assez reposée.

Sauf que, maintenant, il fallait se lever.

Elle émergea laborieusement, se doucha, et n'eut pas d'autre choix que de zapper le petit déjeuner.

Jamais elle ne serait efficace sans avoir bu un café…

Elle s'arrêta au kiosque au coin de sa rue, où une file impressionnante de clients s'alignait déjà sur le trottoir. A croire que toute la ville s'était donné le mot pour se lever aux aurores !

Après avoir consulté trois fois sa montre, elle allait renoncer quand une deuxième file s'ouvrit sur sa gauche.

Elle s'y glissa prestement, passa commande puis marcha d'un bon pas vers sa voiture, son café en main.

Malgré sa fatigue, elle avait hâte de revoir Emma. Elle espérait de tout cœur que la petite aurait passé une bonne nuit.

Les services sociaux avaient-ils commencé à lui chercher une famille d'accueil ?

Pour une raison inexplicable, elle avait du mal à accepter cette idée. Mais elle ne pouvait pas adopter ce bout de chou elle-même. C'était absurde !

Arrivée sur le parking de l'hôpital, elle se gara, termina rapidement son café et entra dans le grand hall. A ce moment-là, elle eut la vision d'une dame âgée appuyée sur une canne qui descendait d'un ascenseur au milieu d'un groupe d'infirmières.

Etait-ce la même personne que la veille ?

Elle tendit le cou, mais elle ne vit qu'un dos voûté qui s'éloignait.

Elle était presque sûre qu'il s'agissait de la dame en question. Et dire qu'elle n'avait même pas le temps de rebrousser chemin ! Elle ne pouvait pas se permettre d'arriver en retard.

Elle se raisonna, prit le premier ascenseur libre et gagna le troisième étage.

La surveillante lui avait confié la charge d'Emma et de Barton, remarqua-t-elle, soulagée, en consultant le tableau de service. Elle rejoignit donc sans attendre la salle de réanimation… Et marqua un temps d'arrêt en voyant le Dr Murphy assis derrière l'ordinateur près de la couveuse d'Emma.

*Allons, idiote, ressaisis-toi. Tu es au travail !*

Elle se rapprocha pour se poster près du médecin.

— Bonjour, Cassandra, dit-il de sa voix grave.

— Bonjour, docteur. Appelez-moi « Cassie », s'il vous plaît, ajouta-t-elle en inspirant à fond pour ne pas rougir.

— Seulement si vous m'appelez « Ryan ». Et puis, vous portez un si joli prénom que je trouve dommage de le raccourcir.

Elle resta muette de surprise. Si elle s'était attendue à cela !

Alors qu'elle cherchait une réponse intelligente, il enchaîna :

— Emma va bien ce matin. Nous allons pouvoir réduire l'assistance respiratoire.

— Tant mieux ! s'exclama-t-elle, soulagée. Envisagez-vous de la nourrir ?

— Oui, puisqu'elle ne convulse plus. Je viendrai lui poser une sonde dès que j'aurai terminé mes visites. Pourriez-vous préparer le matériel, s'il vous plaît ?

— Bien sûr…

Toujours perturbée par sa remarque, elle se mit à fixer la couveuse avec un air hébété. Heureusement, Debra, sa collègue de nuit, arriva à point nommé pour la sortir d'embarras.

— Bonjour, Cassie ! Désolée de ne pas avoir été là pour t'accueillir, j'avais un biberon en route.

— Pas de problème. Si nous commencions par Barton ? suggéra-t-elle, soucieuse d'échapper à la présence troublante de Ryan Murphy.

— Si tu veux. Allons-y.

Debra lui communiqua toutes les informations nécessaires à propos du garçonnet. Enchantée, Cassie remarqua qu'il buvait maintenant soixante-quinze milligrammes de lait par tétée et qu'il avait grossi de cent grammes.

— A-t-il refait des apnées ? s'enquit-elle.

— Pas du tout. Le monitoring n'a rien enregistré sur les dernières vingt-quatre heures. Si tout se passe bien jusqu'à demain matin, le Dr Murphy envisage de le transférer en pédiatrie.

— C'est génial. Ses parents vont être aux anges.

Après avoir enregistré toutes les données, elles repartirent vers la couveuse d'Emma. Ryan n'était plus là, constata Cassie, mi-soulagée, mi-déçue. Après tout, ça valait mieux pour sa tranquillité d'esprit.

Après le départ de Debra, elle s'attela aux tâches administratives courantes tant qu'elle le pouvait. Une heure à peine s'était écoulée lorsque l'alarme reliée à l'incubateur d'Emma se déclencha.

Elle se précipita.

Oh non ! La veine perfusée la veille avait lâché. L'incident s'était produit plus tôt que prévu.

Elle retira le cathéter, navrée. Un gros bleu presque noir marquait la peau fine d'Emma. Elle détestait ce genre de choses.

— Je suis désolée, ma chérie, murmura-t-elle. Je dois te perfuser de nouveau.

Emma avait besoin de cette intraveineuse pour recevoir ses médicaments, il n'y avait pas d'alternative. Son état devait rester stable pour qu'elle puisse être alimentée et reprendre le poids qu'elle avait perdu, soit cent grammes. Une courbe inverse de celle de Barton…

Cassie décida de piquer l'autre bras et nettoya soigneusement le site.

Des gouttes perlèrent à ses tempes au moment d'enfoncer l'aiguille. Jamais elle ne s'était sentie nerveuse à ce point en perfusant un bébé. Mais il s'agissait de « son » Emma, et cela changeait la donne…

Heureusement, malgré la pression, elle réussit cette manœuvre délicate du premier coup.

— Bien joué ! dit une voix grave dans son dos.

Elle sursauta et manqua déloger l'aiguille du petit bras d'Emma.

Avait-on idée de surprendre les gens ainsi ? Ryan aurait mieux fait de se taire !

— J'ai presque terminé, marmonna-t-elle. Je fixe le sparadrap… Voilà.

Elle retira ses gants en songeant qu'une bonne partie de son maquillage avait dû disparaître dans le feu de l'action. Il faisait toujours chaud près des couveuses. L'été, le service devenait carrément une fournaise.

Elle fit un effort pour rester calme et professionnelle.

— Jane, du bureau d'aide sociale, est montée me voir, dit-elle. Sa collègue de la Protection de l'enfance passera dans la matinée.

— Très bien, je lui parlerai. En attendant, je vais poser sa sonde à Emma. A ce que je vois, vous avez eu le temps de préparer le matériel.

Le sourire appréciateur de Ryan provoqua chez Cassie un délicieux frisson.

Quand il souriait, il avait l'air plus jeune, plus insouciant…

— Trésor, je vais t'embêter un peu, murmura-t-il, penché sur leur petite patiente. Ça me fait de la peine, mais je n'ai pas le choix. Tu te sentiras mieux quand tu n'auras plus faim.

Surprise, elle le vit effleurer le bras menu du bébé de haut en bas, puis de bas en haut.

S'il se montrait toujours adorable avec leurs patients, jamais il n'avait donné l'impression de s'attacher à eux. Or, il se comportait d'une manière très différente avec Emma…

Comme prévu, la puce n'apprécia guère d'être manipulée. Cassie dut maintenir son petit corps pour l'empêcher de se débattre mais, avec son efficacité coutumière, Ryan inséra la sonde en un temps record, et tout fut vite réglé.

— J'ai horreur de faire des misères aux bébés, murmura-t-elle. Heureusement, elle ne s'en souviendra pas.

— Non, rassurez-vous, répondit-il gentiment. Et puis, c'est une battante. Elle va s'en sortir.

— Je l'espère…

Elle sentit les larmes lui monter aux yeux et se détourna vivement pour régler le débit de la sonde.

Mais, déjà, Ryan avait contourné la couveuse. Il lui pressa légèrement le coude.

— Eh là, murmura-t-il. Ça va aller ?

— Je… oui. Je me fais juste du souci pour Emma.

— Moi aussi, admit-il en soupirant. Mais avec vous, elle est en de très bonnes mains. Vous êtes une infirmière géniale, Cassie.

— Mais non ! protesta-t-elle, de plus en plus troublée. J'aime les enfants, voilà tout.

— C'est l'essentiel. Et d'ailleurs, ça se voit au premier coup d'œil. Je l'ai tout de suite remarqué.

Levant les yeux, elle croisa le regard azur de Ryan et sentit son pouls s'affoler.

A cette minute précise, elle avait l'impression qu'il la comprenait mieux que quiconque. Mieux que son ex-époux ne l'avait jamais comprise, en tout cas. C'était comme s'il la tenait prisonnière, comme s'il lisait au plus profond de son âme…

Au prix d'un gros effort, elle rompit cet échange muet et se pencha sur Emma.

Elle ne devait se rapprocher de Ryan sous aucun prétexte. Après deux fausses couches et un mariage raté, quelles perspectives avait-elle ?

L'obstétricien lui avait expliqué qu'elle devait éviter de tomber enceinte avant d'avoir subi une opération de l'utérus. Mais l'intervention serait lourde et comportait des risques de stérilité.

La mise en garde avait été très claire. Dans ces conditions, elle n'avait rien à offrir à un homme. Et, de plus, elle refusait catégoriquement d'avoir de nouveau le cœur brisé.

— Cassie ?

L'intonation de Ryan la poussa à relever la tête, mais avant que l'un ou l'autre ait pu dire quoi que ce soit, ils virent approcher Jane, l'assistante sociale de l'hôpital, accompagnée d'une femme d'une quarantaine d'années.

Cette dernière portait une veste d'uniforme gris et violet avec un badge « Protection de l'enfance ». Elle avait l'air si revêche que Cassie eut un coup au cœur.

— Docteur Murphy, Cassie, je vous présente Judith

Muller, dit Jane. C'est la référente chargée du dossier d'Emma. Bien, je vous laisse discuter… A plus tard !

Cassie salua la nouvelle venue, puis recula pour laisser Ryan s'entretenir avec elle.

— Peut-on faire le point ? demanda Judith d'un ton sec. J'aimerais savoir de quoi souffre ce bébé.

Elle semblait pressée et n'avait même pas jeté un regard sur la couveuse.

— Hier soir, elle était dans un état critique, répondit Ryan d'un ton très professionnel. Nous l'avons stabilisée, elle va un peu mieux. Elle est sous assistance respiratoire et anticonvulsifs.

— Hm. Je vois. Pourquoi est-elle si malade ?

— Le labo vient de confirmer qu'elle souffre d'un syndrome de sevrage. Sa mère était droguée. Emma est donc positive aux opiacés — mais heureusement moins que je ne le craignais.

Judith fronça les sourcils.

— Nous pourrions chercher cette femme et engager des poursuites pour maltraitance.

Cassie ne put s'empêcher d'intervenir.

— Non, s'il vous plaît ! Elle a abandonné son enfant dans un cadre légal. Si la rumeur court qu'elle a été arrêtée, cela découragera d'autres mamans de placer ou juste de faire soigner leur bébé. La santé de ces enfants va en pâtir.

— J'en suis consciente, maugréa Judith. Mais l'attitude irresponsable de certaines mères me rend folle. Bref ! Dans combien de temps cette petite fille sortira-t-elle de l'hôpital ?

— Difficile à dire. Elle va sans doute devoir passer deux semaines ici, voire plus. Tout dépendra de sa réaction au traitement, expliqua Ryan.

— Avez-vous trouvé une famille d'accueil ? demanda Cassie, le cœur battant.

— Non, pas encore. Je voulais d'abord savoir de quoi il

retournait. En toute franchise, le syndrome de sevrage et les problèmes médicaux risquent de compliquer les choses.

Cassie dévisagea l'assistante sociale, surprise.

— Pourquoi ? Cela ne change rien. Un bébé est un bébé.

— Que vous dites ! Pour certaines personnes, cela change tout. Les gens veulent accueillir un enfant en bonne santé. S'il y a des soins ou un traitement lourd, les candidats ne se bousculent plus.

— Moi, je suis volontaire !

Les mots avaient jailli, haut et fort. Cassie n'avait même pas pris une seconde pour réfléchir. Elle n'avait jamais été aussi sûre d'elle de toute sa vie !

Elle croisa le regard sidéré de Judith et enchaîna :

— Je m'engage à suivre la formation demandée aux parents adoptants. Ce sera un bonheur pour moi d'accueillir Emma à la maison, quels que soient ses ennuis de santé.

Judith n'était pas la seule à avoir l'air ébahi. Ryan la fixait également, bouche bée.

— Ne vous inquiétez pas. Je sais ce que je fais, insista-t-elle.

La destinée avait placé Emma sur son chemin. Il devait être écrit quelque part qu'elle deviendrait la mère adoptive de ce bébé. Rien ne la détournerait de son but, et elle aimerait cette petite fille comme la sienne.

D'ailleurs, elle l'aimait déjà.

# 4.

Comme l'assistante sociale, Ryan avait d'abord été stupéfié par l'annonce de Cassie. Mais, la première surprise passée, il songea qu'au fond il n'y avait pas de quoi s'étonner. La jeune femme était douce, calme, attentive, elle ferait une maman géniale. Et d'ailleurs, il se demandait bien pourquoi elle était encore célibataire.

L'idée qu'elle puisse fréquenter quelqu'un lui parut tout à coup insupportable. Il serra discrètement les poings, tout en essayant de se convaincre qu'elle ne voyait personne. Si elle était en couple, réagirait-elle de cette manière avec lui ? Il avait bien vu qu'elle rougissait souvent en sa présence…

La voix sèche de Judith le fit retomber sur terre.

— Etes-vous déjà inscrite à la formation des adoptants ? demandait celle-ci.

— Non, mais j'irai cet après-midi, déclara Cassie. Je termine à 15 h 30. Je peux être à la mairie vers 16 heures.

— Même si vous entamez les démarches aujourd'hui, vous n'aurez jamais fini la formation à temps, objecta Judith.

Ryan ne put s'empêcher d'intervenir.

— N'y aurait-il pas moyen d'accélérer la procédure ? Puisque, apparemment, vous aurez du mal à trouver une famille d'accueil, Emma aurait tout à gagner dans l'histoire.

Le regard reconnaissant de Cassie lui fit chaud au cœur.

— Je ferai tout pour que ça marche, insista celle-ci. Au besoin, je poserai des congés.

Judith haussa les épaules.

— J'ignore s'il est possible de raccourcir la formation. Il faudra vous renseigner à la mairie. Bien, je vais vous laisser, conclut-elle sèchement. Je repasserai voir le bébé en début de semaine prochaine. S'il y a le moindre changement d'ici là, j'apprécierais d'être tenue au courant.

Il n'aimait pas beaucoup les manières de cette femme. Néanmoins, il fallait la ménager dans l'intérêt d'Emma et de Cassie.

— Je vous appellerai, promit-il, se forçant à sourire. Comptez sur moi.

— Parfait ! Bonne journée, docteur, mademoiselle.

Sur un bref signe de tête, l'assistante sociale tourna les talons et s'éloigna.

Il attendit qu'elle soit hors de portée de voix pour s'adresser à Cassie.

— Etes-vous sûre de savoir ce que vous faites ?

— Certaine, répondit celle-ci d'un ton ferme. Même si je peux donner l'impression d'agir sur un coup de tête, ce n'est pas le cas.

— Bien sûr… Mais le quotidien d'une mère célibataire est loin d'être facile. Et votre vie sociale va en prendre un coup.

Cassie eut un petit rire triste.

— Ma vie sociale ? Quelle vie sociale ? Quand j'ai découvert que mon mari me trompait, j'ai divorcé et me suis promis de ne plus faire confiance aux hommes. Je sors très peu, et uniquement avec des collègues féminines. Donc, ça ne me manquera pas trop… Je veux à tout prix offrir un foyer digne de ce nom à Emma ! enchaîna-t-elle avant qu'il ait pu réagir. Peu importent les problèmes d'organisation. Même si les délais sont courts et que j'ai peu de chances d'être retenue, je veux essayer.

Cassie avait été mariée ! Elle était divorcée !

Pour une information, c'en était une ! Quel homme digne de ce nom avait pu être assez stupide pour la tromper et la laisser partir ?

Il aurait voulu lui dire que cet individu était un imbécile, que tout le monde n'était pas comme ça. Mais, finalement, il s'abstint. Il la connaissait trop peu.

— Je ferai tout mon possible pour vous aider, dit-il simplement. Si vous avez besoin d'une lettre de recommandation, n'hésitez pas.

— Vraiment ? Oh ! merci !

La joie qui irradiait le visage de Cassie lui provoqua une onde de chaleur au creux de l'estomac.

Cette jeune femme était merveilleuse, adorable. Jamais elle ne lui avait paru plus belle. Il se sentait si ému que les mots lui manquaient.

— Je… Nous trouverons une solution, murmura-t-il. Il y en a forcément une.

— Merci, docteur Murphy, répéta Cassie, les yeux brillants. Merci mille fois !

— De rien.

Il aurait préféré qu'elle arrête de lui donner du « docteur ». Elle lui avait demandé de l'appeler « Cassie ». Elle pouvait bien montrer l'exemple et l'appeler « Ryan », non ?

Mais voilà qu'il s'égarait encore. Leur relation était purement professionnelle, et elle devait le rester !

— Ma garde se termine, dit-il d'un ton neutre. Matthew Marks va prendre le relais. Surtout, n'hésitez pas à le biper si Emma supporte mal la sonde.

Cassie opina.

— Je l'appellerai au moindre doute. Mais je suis sûre que tout va bien se passer. Pas vrai, ma puce ? On va te donner à manger, et tu te sentiras beaucoup mieux.

Quand elle effleura la joue d'Emma avec une infinie douceur, il se prit de nouveau à rêver malgré lui.

Si seulement il pouvait se rapprocher d'elle !

Mais c'était hors de question. Une partie de lui-même était morte le jour où il avait perdu sa femme et son fils. Une petite flamme s'était éteinte en lui. Il doutait de pouvoir la raviver. Même s'il adorait les enfants, il ne se sentait pas prêt pour une nouvelle relation.

Il ne le serait sans doute jamais.

Cassie ne put s'empêcher de jeter un coup d'œil par-dessus son épaule pour regarder Ryan Murphy s'éloigner.

Quelle conversation ! Jamais, en six mois, ils n'avaient échangé de propos aussi personnels. Elle avait même parlé de son divorce, un sujet tabou !

Le fait qu'il ait pris sa défense devant Judith n'y était sans doute pas étranger. Elle lui était reconnaissante de l'avoir soutenue. Il n'approuvait peut-être pas son initiative mais, au moins, il la comprenait !

Bon, il fallait qu'elle arrête de se faire des films, se chapitra-t-elle. Le Dr Murphy l'aimait bien, c'est sûr, mais les choses n'iraient jamais plus loin.

Elle sentit pourtant ses joues s'enflammer malgré elle à l'idée que Ryan Murphy s'intéresse à sa petite personne.

« Cassandra »…

La manière dont Ryan avait prononcé son prénom le matin même restait gravée en lettres de feu dans sa mémoire. Jamais elle n'avait entendu autant de douceur, autant de charme dans une voix masculine.

Cela la flattait. Elle se sentait plus vivante qu'elle ne l'avait été depuis des mois. Mais, en même temps, elle avait peur.

Jamais elle n'oserait sortir avec un homme aussi exceptionnel !

Evan, son ex-mari — un pharmacien de Pittsburgh —, était brillant, mondain, charmeur. Il plaisait beaucoup aux femmes, et pour finir il avait décidé qu'une seule ne lui suffisait pas. L'histoire risquait fort de se reproduire avec Ryan, qui était cent fois plus beau !

Elle inspira à fond pour recouvrer son calme.

Certes, le pédiatre se montrait gentil et attentionné, mais cela ne signifiait pas grand-chose. Elle devait cesser de tirer des plans sur la comète. Et puis, ce n'était ni l'endroit ni le moment de penser à tout cela. Elle avait mille choses à faire !

Après avoir placé Barton sous les lampes à ultraviolets pour traiter un début de jaunisse, elle s'installa derrière son ordinateur et se plongea dans les formalités relatives à l'adoption.

Le volume de paperasse à remplir était impressionnant, mais elle ne se laisserait pas décourager pour si peu. Elle était déterminée !

Elle compléta les fiches en double exemplaire, puis elle retourna s'occuper d'Emma, qui semblait avoir absorbé sans problème sa deuxième dose de nourriture.

Elle se pencha sur la couveuse en souriant.

— Tu te débrouilles comme un chef, trésor, chuchota-t-elle. Malheureusement, je suis en repos demain toute la journée et dimanche matin. Quand je vais revenir, dimanche après-midi, je suis sûre que tu auras fait beaucoup de progrès.

Du bout de l'index, elle effleura le bras de la toute petite fille jusqu'à sa main.

C'est alors qu'elle eut l'immense surprise de sentir une paume minuscule se refermer sur son doigt !

Envahie d'une immense émotion, elle battit des paupières pour refouler ses larmes.

— C'est bien, ma chérie. Tu gardes la nourriture, tu serres mon doigt… Tout ça en une journée ! Je suis tellement contente !

Quel dommage que Ryan n'ait pas pu partager ce moment ! Il aurait été ravi, elle en était sûre.

Elle sentit la pression de la petite main se relâcher et sourit en retirant la sienne.

Emma s'était endormie. Elle pouvait s'éclipser.

Après avoir refermé la couveuse, elle gagna le bureau des infirmières.

Par chance, Sheri, sa collègue de l'après-midi, était arrivée tôt. Elle lui passa donc rapidement les consignes et, une fois n'est pas coutume, quitta son poste avec un quart d'heure d'avance. Cela tombait bien, car elle devait d'abord passer chez elle.

De retour à son appartement, elle brancha son imprimante, prit son extrait d'acte de naissance et sa carte de sécurité sociale dans ses papiers et les photocopia, mit le tout dans une chemise de carton. Puis elle troqua son uniforme contre un T-shirt blanc et une courte jupe fleurie.

Une fois prête, elle contempla un moment le dossier qu'elle venait de constituer, avant de se décider à le saisir pour partir à la mairie.

Qu'allait-il se passer au juste ? N'allait-on pas la refouler parce qu'elle était célibataire ? Ou parce que son logement n'avait qu'une chambre ? Elle projetait d'acheter une petite maison dès que ses économies le lui permettraient, mais dans l'immédiat…

Le téléphone se mit à vrombir dans son sac.

— Cassandra ?

La voix de Ryan Murphy ! Etait-elle en train de rêver ? A force de penser à lui, elle le voyait partout !

— Cassie, est-ce qu'il y a un problème ?

Mais non, elle n'hallucinait pas. C'était bien Ryan.

— Non, tout va bien, répondit-elle. Mais je… Je ne m'attendais pas à vous entendre. Etes-vous chargé de m'annoncer qu'Emma a fait une rechute ? demanda-t-elle, brusquement inquiète. Le Dr Marks vous a-t-il appelé ?

Ryan émit un rire rassurant.

— Rassurez-vous, je me proposais juste de vous servir de comité de soutien. De toute manière, après une nuit de garde, il faut que je m'active jusqu'à l'heure du coucher, sinon je suis trop énervé pour dormir.

— Ah, d'accord. Je comprends.

Il aurait pu trouver mille manières de s'occuper. Au lieu de cela, il avait choisi de l'accompagner dans sa démarche d'adoption. De les aider, elle et Emma.

— Merci, ajouta-t-elle, touchée par cette attention. C'est gentil de votre part.

— Mais de rien. Etes-vous prête ?

— Oui, mon dossier est complet. Nous pouvons nous retrouver sur la place devant la mairie, si vous voulez.

— Entendu.

Après avoir raccroché, elle partit sans attendre.

Même si les touristes étaient nombreux à Cedar Bluff en été, la circulation restait fluide jusqu'en fin d'après-midi. Elle atteignit son but sans encombre, se gara sur la place principale inondée de soleil, descendit de voiture.

Ryan était déjà là, plus séduisant que jamais en jean délavé et polo bleu assorti à la couleur de ses yeux.

En une fraction de seconde, elle se dit qu'elle avait eu raison de se changer. Puis elle se traita d'idiote…

Ce qui ne l'empêcha pas de rougir furieusement quand Ryan glissa la main sous son coude pour l'entraîner vers l'hôtel de ville.

Oh non, ça suffisait comme ça ! Elle avait été mariée, elle était divorcée. Elle aurait dû montrer un peu plus de sang-froid !

A l'intérieur de la mairie, l'air conditionné lui fit un bien fou. Elle inspira profondément puis demanda son chemin à l'hôtesse d'accueil, qui lui indiqua le service des affaires familiales au premier étage.

Un couple se trouvait déjà au guichet lorsqu'ils entrèrent dans le bureau. Ils attendirent derrière la ligne de discrétion. Quand vint son tour, elle s'avança, la tête haute, Ryan à son côté.

Si elle s'était attendue à une foule de questions, elle en fut pour ses frais. L'employée prit ses papiers et les rangea dans un trieur sans même y jeter un coup d'œil.

— Nous allons étudier votre dossier, dit la jeune femme d'un ton impersonnel. Nous vous tiendrons au courant.

Cassie allait tourner les talons, un peu dépitée, quand Ryan prit la parole.

— Je me présente : Dr Ryan Murphy, dit-il sur un ton qui en imposait. Je suis pédiatre à l'hôpital de Cedar Bluff. Nous aimerions savoir s'il existe un moyen d'accélérer la procédure. Je dirige le service où cette petite fille est hospitalisée. Son état de santé est problématique. Quand ce bébé sortira de l'hôpital, je souhaiterais que Cassandra Jordan, qui est infirmière, puisse assurer sa garde temporaire en attendant de pouvoir l'adopter.

La préposée les regarda tour à tour, l'air ébahi.

— Je… Je ne peux pas vous répondre, balbutia-t-elle. Je suis simplement là pour prendre les dossiers.

Cassie était presque aussi ébahie qu'elle. Elle n'avait certes pas l'habitude qu'un chevalier servant vole à son secours !

Résolue à défendre son cas jusqu'au bout, elle se pencha en souriant par-dessus le comptoir et capta le regard de l'employée.

— Pourriez-vous me donner le nom de votre chef de service ? demanda-t-elle. J'aurais besoin de le voir le plus rapidement possible.

— M. Davies s'occupe de la Protection de l'enfance. Il faudrait prendre rendez-vous.

— Naturellement. Puis-je avoir ses coordonnées, s'il vous plaît ?

Son interlocutrice griffonna quelques lignes sur un bristol qu'elle lui tendit.

— M. Davies est déjà parti, précisa-t-elle. En principe, il sera là lundi matin.

— Parfait. Merci beaucoup.

Cassie prit congé, imitée par Ryan.

Quelle idiote ! Avait-elle vraiment cru que tout allait s'arranger d'un coup de baguette magique ? Mieux valait retomber sur terre : elle n'était pas au bout de ses peines.

— C'est plutôt décevant, n'est-ce pas ? maugréa-t-elle, comme ils sortaient sur le parking. Enfin, merci quand même de m'avoir accompagnée, docteur… Euh, Ryan.

— Votre compagnie n'est jamais décevante, répondit celui-ci, avec un sourire si lumineux qu'elle sentit son pouls s'accélérer. Au contraire, ce fut un plaisir.

Alors qu'elle cherchait désespérément quelque chose à répondre, il enchaîna :

— Si ce M. Davies refusait de vous recevoir, surtout, dites-le-moi. Dans ce cas, je me permettrais d'intervenir.

— C'est gentil, mais je ne pense pas qu'il faudra aller jusque-là. Je finirai bien par y arriver.

Même si elle appréciait la sollicitude de Ryan, elle avait la ferme intention de se débrouiller par elle-même. Ce projet était le sien. Si bataille il devait y avoir, elle la livrerait avec ses propres armes.

Elle tourna sur le parking en direction de sa voiture, et c'est alors qu'elle *la* vit.

La vieille dame !

De stupeur, elle agrippa le bras de Ryan.

— Vous voyez cette dame âgée, là-bas ? Celle qui porte un pantalon blanc, une chemise verte et qui marche avec une canne ?

Il fronça les sourcils.

— Oui, pourquoi ?

— C'est la troisième fois en deux jours que je la croise. Hier soir, elle était chez nous, devant le sas. Elle regardait par la vitre. Ce matin en arrivant, je l'ai aperçue dans le hall de l'hôpital. Et là…

— Bizarre, en effet, commenta Ryan.

— Je pense que ce n'est pas un hasard. Mais je me demande tout de même ce qu'elle fabrique ici. Elle ignore que je projette d'adopter Emma !

— J'espère qu'elle ne vous suit pas.

Cassie se sentit frissonner.

Elle trouvait cette idée assez perturbante, et même un peu angoissante. Il devait toutefois y avoir une explication…

— Je suis sûre que cette femme a un lien avec Emma, dit-elle à voix basse. Je parie qu'elle connaît sa mère.

— Il n'y a qu'un moyen de le savoir. Allons lui parler, décida Ryan.

Mais la vieille dame avait dû se sentir observée. Le temps qu'ils traversent le parking où plusieurs voitures en circulation leur barrèrent le passage, elle avait disparu.

Ils avaient réagi trop tard.

# 5.

Ryan n'en croyait pas ses yeux. La vieille dame s'était volatilisée. C'était fou !

— Elle a dû partir en voiture, dit-il. A pied, avec sa canne, elle n'aurait pas pu aller bien loin.

Cassie approuva, l'air sombre.

— Exact. Dommage qu'on n'ait pas vu la voiture en question.

— Nous ne pouvons malheureusement rien faire de plus. Pourtant, si votre intuition est bonne, j'aimerais parler à cette femme. Elle pourrait me renseigner sur la mère d'Emma. Quelques informations médicales ne seraient pas de trop.

— Si je la revois, je tâcherai de la questionner. A mon avis, elle cherche à savoir ce qu'Emma est devenue. Elle va donc refaire surface tôt ou tard.

— Vous avez probablement raison. Mais l'idée qu'elle puisse encore vous suivre ne me plaît guère. Pourquoi vous ?

— Je me le demande, murmura Cassie avec une petite grimace. Je ne suis pas la seule infirmière du service.

— Peut-être que cette dame a accompagné la mère d'Emma aux urgences ? Dans ce cas, elle vous aura vue descendre avec la couveuse ?

— Hm. C'est possible, oui. Ou alors, elle m'a aperçue en train de soigner Emma. Depuis le sas, on voit bien ce qu'il se passe dans cette partie du service… Quoi qu'il en soit, nous n'en saurons pas plus aujourd'hui.

Cassie haussa les épaules en soupirant, puis elle se dirigea vers sa voiture.

Il la suivit, déçu à l'idée de la voir partir.

Il n'avait pas la moindre envie de rentrer chez lui, dans cette grande maison bourgeoise qu'il n'avait jamais vraiment considérée comme son foyer.

Il s'était marié trop jeune. A l'époque, il avait confondu désir et amour, mais il s'était vite rendu compte que Victoria et lui n'avaient rien en commun. Il avait néanmoins essayé de faire en sorte que leur mariage fonctionne. Et il avait échoué…

La perspective de passer une énième soirée en tête à tête avec ses remords lui fit soudain froid dans le dos.

— Aimeriez-vous dîner avec moi ? proposa-t-il.

Cassie s'arrêta net et le regarda, l'air surpris.

— Je… Je croyais que vous ne fréquentiez pas vos collègues de travail ?

Cette remarque lui fit l'effet d'une douche froide, mais il s'efforça de n'en rien montrer.

— N'y voyez rien d'autre qu'un dîner amical, répondit-il d'un ton neutre.

Devant l'air incrédule de Cassie, il se demanda si son nez ne s'était pas allongé comme celui de Pinocchio. Il n'avait jamais su mentir, cela se confirmait. Pour quelqu'un qui voulait éviter les ennuis, il venait de se fourrer dans un beau pétrin !

— D'accord, dit Cassie, l'air un peu hésitant.

— Ça va être super, vous verrez ! Il fait trop beau pour rester enfermé, et je connais un petit restaurant très sympathique à deux pas d'ici, avec une belle terrasse.

Quoique, si des collègues ou des amis les voyaient ensemble, la nouvelle ne mettrait pas longtemps à faire le tour de Cedar Bluff.

Cette simple idée aurait dû le décourager mais, pour une fois, il s'en moquait. La présence de Cassie le rendait plus vivant, plus heureux qu'il ne l'avait été depuis des mois. Voilà qui méritait bien de s'exposer à d'éventuels commérages.

— Allons-y à pied, suggéra-t-il. Je vous raccompagnerai à votre voiture tout à l'heure.

— Entendu.

Situé dans une ruelle derrière la mairie, le Sunshine Café était un établissement à la mode, très prisé des touristes et des habitants de Cedar Bluff. La terrasse était bondée lorsqu'ils arrivèrent, et il craignit un moment de devoir rebrousser chemin. Par chance, une table se libéra juste devant eux.

Une hôtesse les fit s'installer et leur tendit deux menus.

— J'espère que vous n'êtes pas trop pressés, dit-elle d'un ton affable. Une serveuse va venir dès que possible.

— Ne vous inquiétez pas, nous avons tout notre temps, lui répondit-il avec chaleur.

Et c'était vrai. Il se réjouissait de passer une soirée entière avec Cassie, alors autant faire durer le plaisir.

— Je n'étais jamais venue ici. C'est ravissant, commenta cette dernière. De ma place, on voit même le lac Michigan !

Amusé par son enthousiasme, il lui sourit.

— C'est un bel endroit, et on y mange très bien. Qu'aimeriez-vous boire ? Un apéritif, du vin, un cocktail ?

— Pas d'alcool, il fait tellement chaud… Une limonade, s'il vous plaît.

— Parfait.

Avisant la serveuse, il lui fit signe et commanda deux limonades. Puis un silence gêné tomba.

Jamais encore il ne s'était retrouvé en tête à tête avec Cassie, et il ne savait pas comment lancer la conversation.

Finalement, c'est elle qui le devança.

— Tout s'est bien passé hier soir ? demanda-t-elle. Vous n'avez pas été trop débordé ?

Il la regarda, surpris.

Il n'avait guère l'habitude de parler de son travail en dehors de ses gardes. Du temps de leur mariage, Victoria lui répétait toujours qu'elle ne voulait rien en savoir, qu'elle trouvait déprimantes les histoires de bébés malades. Alors, il s'était tu. Ou plutôt, il s'était mis à parler de tout et de rien.

Surtout de rien.

— Nous avons eu un accouchement délicat vers 3 heures. Le bébé était en souffrance, mais il s'en est tiré.

— Ah, oui, c'est le petit Daniel ! Sa couveuse est à côté de celle d'Emma. Le pauvre est sous assistance respiratoire, lui aussi.

— Pas pour longtemps. John et son équipe l'ont sorti très vite. Il était tout pâle, mais il a rapidement pris des couleurs.

L'air compréhensif de Cassie lui fit du bien. Quel plaisir de discuter en toute décontraction avec quelqu'un qui savait de quoi il parlait et s'y intéressait ! Il n'en avait pas eu l'occasion depuis une éternité.

— Enfin, je ne me plains pas, reprit-il. J'ai pu dormir quatre heures avant d'être appelé au bloc.

— Quatre heures ? Mais ce n'est pas suffisant ! Je comprends mieux pourquoi vous vouliez rester occupé cet après-midi. C'est la même chose pour moi. Si on fait une sieste, on ne sait plus où on en est. Ces horaires à géométrie variable cassent le sommeil.

— Exactement.

Comme la serveuse arrivait avec les boissons, il s'interrompit. Puis Cassie et lui s'absorbèrent dans la lecture du menu, qui offrait une belle sélection de viandes et de poissons, ainsi que des plats plus légers.

— La salade de poulet aux amandes grillées a l'air pas mal, fit observer Cassie, l'air hésitant.

Il dissimula un sourire.

Par expérience, il savait que beaucoup de femmes surveillaient leur ligne.

— Ces salades ne sont pas assez copieuses pour moi ! Je prendrai la côtelette de veau aux champignons, décida-t-il.

Cassie se renfrogna, l'air faussement sévère.

— Bien sûr, il faut que vous me tentiez, marmonna-t-elle.

— Eh oui, c'est le jeu. Laissez-vous donc tenter…

— Après tout, pourquoi pas ? J'ai sauté le déjeuner ce midi. Je voulais absolument remplir mes papiers d'adoption.

Il leva un index et secoua la tête.

— Ce n'est pas bien de sauter des repas ! En tant qu'infirmière, vous devriez le savoir.

— Je ne le fais presque jamais. Et puis, la côtelette va compenser, répondit-elle en riant.

— Vous ne le regretterez pas. Avec les frites maison, c'est d'enfer.

— Je vous crois sur parole.

Après avoir passé commande, ils se dévisagèrent de nouveau, et ce fut encore Cassie qui relança la discussion.

— Expliquez-moi pourquoi vous refusez de fréquenter vos collègues féminines, dit-elle.

Il ne s'était pas attendu à une question aussi directe. De surprise, il faillit s'étrangler avec sa limonade.

Il opta néanmoins pour la franchise.

— J'ai essayé, il y a environ un an. L'histoire s'est soldée par un fiasco.

A l'époque, Cassie ne travaillait pas encore à Cedar Bluff. Avec un peu de chance, elle n'avait pas eu vent des rumeurs qui avaient couru à son sujet : Shana l'avait fait passer pour un type sans cœur, un séducteur invétéré. C'était évidemment faux mais, à l'époque, il n'avait guère apprécié.

Cassie se pencha en avant, le menton dans une main.

— Pourquoi ? demanda-t-elle.

Il inspira profondément.

Il détestait évoquer cette période de sa vie. Pourtant, il n'allait pas mentir.

— Je suis veuf. Ma femme est décédée depuis presque trois ans. L'année dernière, je n'étais pas encore prêt pour une nouvelle relation.

Cassie allongea le bras sur la nappe, lui captura une main et l'étreignit.

— Oh ! Ryan ! Je suis vraiment, terriblement désolée…

Il sentit le souffle se bloquer dans sa gorge.

Il aurait voulu en dire plus, mais il n'en avait pas la force. Et d'ailleurs, quel intérêt ? Mieux valait qu'il garde pour lui les détails de cette histoire sordide.

— Assez parlé de moi, décréta-t-il, forçant un sourire sur ses lèvres. Vous ai-je dit à quel point je vous admire ? Je trouve génial que vous ayez décidé d'adopter Emma. Etre parent, c'est le plus beau métier du monde.

Cassie le fixa quelques instants, et il eut l'intuition qu'elle avait deviné son malaise. Mais, délicate, elle n'insista pas. Elle lâcha sa main puis se rejeta en arrière.

— Merci, répondit-elle doucement. Je ne fais pas ça pour épater la galerie, vous savez. Je me sens très proche d'Emma depuis que nous l'avons recueillie.

L'émotion faisait briller son magnifique regard noisette. Elle était si belle qu'il eut envie de l'embrasser sur-le-champ.

— Vous savez quoi ? chuchota-t-il. Moi aussi, je me suis attaché à cette petite puce.

Et il but une grande gorgée de limonade pour masquer son trouble.

Par chance, un serveur arriva sur ces entrefaites, apportant leurs plats, et il fut heureux de cette diversion.

S'il n'y prenait garde, il allait finir par se trahir. Plus le temps passait, et moins il parvenait à dissimuler les sentiments que Cassie lui inspirait. Quels sentiments ? Il aurait été bien en peine de répondre à cette question.

Cassie repoussa son assiette avec embarras.

La côtelette de veau aux champignons était effectivement « d'enfer ». Elle avait littéralement dévoré ! Tout juste avait-elle laissé quelques frites.

Levant les yeux, elle croisa le regard taquin de Ryan.

Il avait l'air plutôt content qu'elle ait apprécié son repas. Visiblement, il n'était pas comme Evan, son ex-mari. Ce dernier lui reprochait souvent de ne pas assez surveiller sa ligne, alors qu'elle n'avait jamais eu de problème de poids.

Oui, Ryan était différent.

En apprenant qu'il était veuf, elle avait ressenti un élan de tendresse et de compassion profonde à son égard. Néanmoins, ses sentiments ne se limitaient pas à cela. Cet homme l'attirait comme un aimant. Jamais encore on ne l'avait dévisagée avec une telle intensité. Son ex-mari ne s'était jamais privé de regarder d'autres femmes en sa présence. Ryan, au contraire, lui donnait l'impression d'être unique !

— C'était délicieux, dit-elle. Je me suis régalée. Mais je vais devoir doubler mon temps de footing demain matin pour perdre toutes ces calories.

Il secoua la tête.

— Vous êtes très bien comme vous êtes.

Question compliment, on avait entendu mieux. Pourtant, il ne lui en fallut pas davantage pour que ses joues s'enflamment de nouveau.

Mieux valait détourner la conversation, et vite !

— Merci encore pour cet excellent dîner. Peut-être devrions-nous rentrer ? Vous avez besoin de dormir.

— Ça va, je tiens encore debout, répondit Ryan en souriant. Si vous n'êtes pas pressée, nous pourrions faire une petite marche digestive, puis manger une glace dans le parc ?

Elle crut sentir son cœur manquer un battement.

Etait-ce le fruit de son imagination ou la soirée était-elle en train de prendre une tournure plus intime qu'un simple dîner entre amis ?

Se calmer, respirer, arrêter de se faire des films.

— Excellente idée, répondit-elle d'un ton léger.

Ryan appela la serveuse pour demander l'addition. Mais à peine eut-il réglé la note que son portable sonna. Il l'extirpa de sa poche et scruta l'écran, l'air contrarié.

— C'était l'hôpital, dit-il. Je les rappelle.

— Oh non ! J'espère que ce n'est pas Emma !

— Nous allons vite le savoir… Ryan Murphy, dit-il d'un ton bref lorsqu'il eut son interlocuteur en ligne. Vous avez essayé de me joindre ?… Ah, d'accord. Arrêtez tout de suite de l'alimenter et faites descendre un technicien pour une radio des poumons. J'arrive.

Rien qu'à le regarder, elle comprit qu'elle avait eu raison de s'inquiéter pour Emma.

— Quel est le problème ? demanda-t-elle, la gorge nouée, lorsqu'il eut raccroché.

— C'était Sheri. Emma vient de convulser. Pendant la crise, elle a aspiré une partie de sa sonde. Matthew est retenu au bloc pour une césarienne, voilà pourquoi ils m'appellent en renfort. Je m'excuse, mais je dois vous abandonner.

Ryan s'était déjà levé. Elle l'imita.

— Je viens aussi, décréta-t-elle.

Mais elle n'avait pas encore adopté Emma. Lorsqu'elle ne travaillait pas, elle n'avait rien à faire dans le service, dont l'accès était strictement limité.

— C'est vrai, je n'en ai pas le droit, se reprit-elle avec un soupir. J'ai failli oublier…

— Je vous appellerai pour vous tenir au courant.

— Oh… C'est très gentil. Merci beaucoup.

Ryan l'entraîna vers la sortie.

— Venez, je vous raccompagne à votre voiture.

— Ce n'est pas la peine ! protesta-t-elle. Je suis garée à deux pas d'ici. Allez vite chercher la vôtre et foncez !

Sans réfléchir, elle appuya ses propos d'une pression sur son coude.

Il fixa sa main pendant quelques secondes, avant de chercher son regard, et elle dut résister à la tentation de se jeter dans ses bras.

— Emma a besoin de vous, chuchota-t-elle. Ne vous occupez pas de moi.

Il hésita puis opina.

— Vous avez raison. Bonne nuit, Cassandra.

Avant qu'elle ait pu réagir, il se pencha et déposa un baiser léger sur ses lèvres.

— A plus tard, au téléphone.

Stupéfaite, elle le regarda s'éloigner à grands pas.

Cela n'avait été qu'un baiser furtif, mais elle frissonnait de la tête aux pieds.

Avait-elle rêvé ? Venait-il réellement de l'embrasser ?

La pensée qu'il allait rejoindre Emma et que celle-ci était très malade la fit retomber sur terre.

Elle allait rentrer chez elle et se ronger les sangs en attendant le coup de fil de Ryan.

Malheureusement, elle ne pouvait rien faire d'autre.

# 6.

Cassie venait de lire trois fois le même passage de son roman policier sans rien y comprendre quand son téléphone sonna.

Une heure et demie s'était écoulée depuis qu'elle avait quitté Ryan. Quatre-vingt-dix minutes d'angoisse et de stress.

Elle appuya fébrilement sur son écran tactile pour prendre la communication.

— Ryan ?

— Oui, c'est moi. J'ai réussi à stabiliser Emma, mais la situation reste délicate.

— C'est-à-dire ?

— Il y a un léger affaissement des alvéoles pulmonaires du côté droit, d'où une mauvaise ventilation de cette zone. J'ai dû augmenter l'assistance respiratoire, car Emma risque la pneumonie. Je l'ai aussi mise sous antibiotiques pour éviter que le sang pulmonaire non purifié ne contamine tout le système sanguin.

— Mon Dieu, c'est très grave. Elle pourrait… mourir.

— Ne vous affolez pas, elle respire déjà mieux. Les prochaines vingt-quatre heures seront critiques mais, si elle réagit bien, elle a toutes les chances de s'en sortir. Nous avons dû simplement stopper l'alimentation. Elle sera nourrie par perfusion pour l'instant.

Cassie ferma les paupières, à la fois consternée et soulagée.

La pauvre puce n'allait pas grossir beaucoup, mais il n'existait aucune autre solution dans l'immédiat.

— Quelle chance pour Emma de vous avoir ! dit-elle d'une voix rauque d'émotion. Heureusement que vous êtes parti tout de suite !

— Vous êtes très compréhensive. Toutes les femmes ne réagiraient pas comme vous, rétorqua Ryan.

Elle eut l'intuition qu'il parlait d'expérience. Avait-il rencontré ce problème avec son ex-femme ? Ou avec l'infirmière qu'il avait fréquentée l'année précédente ?

— Ne dites pas de bêtises ! protesta-t-elle. Tout ce qui importe, c'est la santé d'Emma. Et à présent, il faut vite aller dormir. Vous avez besoin de repos.

— Vous aussi, Cassandra, répliqua-t-il d'une voix si sexy qu'elle en eut le frisson. Je vous appellerai demain matin. Bonne nuit.

— Bonne nuit, Ryan.

Elle raccrocha à regret. La manière dont Ryan prononçait son prénom lui donnait envie de passer la nuit au téléphone avec lui.

Le cœur battant, elle enregistra son numéro de portable dans ses contacts.

Pourquoi voulait-il la rappeler ? Pour lui donner des nouvelles d'Emma… Ou pour autre chose ?

Allons, pas de plans sur la comète. Il avait clairement signifié qu'il n'était pas prêt pour une nouvelle relation. Elle serait bien bête de se faire des idées. Elle devait le chasser de son esprit !

Mais c'était plus facile à dire qu'à faire et, le lendemain matin au réveil, ses premières pensées s'envolèrent vers Ryan Murphy. Ou plutôt vers Ryan et Emma.

Elle avait senti Ryan angoissé pour leur petite protégée. Il ferait sans doute un papa merveilleux, plus tard.

Une raison supplémentaire de se dire qu'ils n'avaient rien à faire ensemble, puisqu'elle avait peu de chances de fonder une famille…

Elle décida de s'activer pour balayer ces idées sombres.

Comme elle se l'était promis la veille, elle prit un petit déjeuner léger, puis partit faire un peu de jogging. Après quoi, elle s'attaqua au ménage comme chaque samedi de repos où elle consacrait quelques heures aux corvées.

Elle venait de récurer la salle de bains et s'attaquait à la cuisine quand son portable sonna.

— Cassie ? C'est Ryan. Je ne vous réveille pas, au moins ?

— Pas du tout, répondit-elle avec un petit rire.

A 10 h 30, avec tout ce qu'elle avait déjà fait, son réveil était loin !

— Je n'ai pas de nouvelles d'Emma, mais Matthew va certainement m'appeler bientôt, dit-il.

— Vous avez devancé ma question. J'espère que tout ira bien.

— Mais oui, répondit-il d'un ton grave. En fait… Je me disais que vous aviez peut-être besoin de vous aérer un peu. Si vous restez à la maison, vous allez vous faire un sang d'encre. Avez-vous quelque chose de prévu aujourd'hui ?

Du ménage, de la lessive, du repassage. Elle n'allait tout de même pas lui exposer ce programme très « glamour » !

— Rien de spécial, admit-elle.

— Puisque nous n'avons pas pu nous promener hier soir, que diriez-vous d'aller au parc aujourd'hui ? Nous pourrions aussi faire un tour en centre-ville. Avec un peu de chance, nous tomberons peut-être sur la vieille dame à la canne.

Ryan avait lancé cette invitation d'un ton neutre, impersonnel.

Elle se sentit d'abord déçue, puis elle se chapitra. Ils étaient amis, rien d'autre. Elle ferait bien de s'en souvenir.

— Oui, pourquoi pas. Mais à mon avis, autant chercher une aiguille dans une botte de foin.

— Quelque chose me dit que nous recroiserons cette personne tôt ou tard, affirma-t-il. Donc, nous n'avons rien à perdre à jeter un coup d'œil. Quand puis-je venir vous chercher ?

— Je… Dans une heure, si vous voulez.

Elle lui donna son adresse et raccrocha. Elle se dépêcha de nettoyer la cuisine puis passa sous la douche.

Une fois n'est pas coutume, elle sécha ses longues mèches au sèche-cheveux. Son brushing ne résisterait sans doute pas longtemps à l'air chaud et humide du dehors, mais tant pis. Elle serait au moins présentable pendant une trentaine de minutes !

Après avoir longuement hésité, elle enfila une courte jupe verte et un débardeur assorti. Enfin, elle opta pour un maquillage léger. Avec la chaleur, mieux valait jouer la carte de la simplicité…

Elle était juste prête quand on sonna à l'Interphone.

Le cœur battant, elle ouvrit la porte du bas, prit son sac et sortit sur le palier. Trente secondes plus tard, Ryan se matérialisait devant elle.

— Bonjour, murmura-t-elle.

— Vous êtes ravissante, Cassandra, répondit-il d'une voix profonde.

Elle se troubla sous son regard intense et chaleureux. Mais que lui arrivait-il, à la fin ? Ce n'était pas un rendez-vous galant !

Elle verrouilla sa porte en se mordillant les lèvres.

Avait-elle bien fait d'accepter cette invitation ? Elle aimait beaucoup Ryan. Si elle s'attachait à lui, ce serait à ses risques et périls. Elle risquait tout simplement d'avoir le cœur brisé.

En voyant Cassie, Ryan avait dû déployer un effort surhumain pour ne pas se jeter sur elle et l'embrasser sauvagement. Il avait bien conscience de jouer avec le feu… sauf qu'il ne pouvait pas s'en empêcher. Elle était belle à couper le souffle.

Une conversation professionnelle, voilà ce qu'il lui

fallait pour se tenir tranquille. D'ailleurs, il avait de bonnes nouvelles pour Cassie.

— Matthew Marks m'a appelé, dit-il comme ils sortaient dans la rue. Emma va un peu mieux. Il lui a fait passer une nouvelle radio ce matin : l'affaissement du poumon droit régresse. L'assistance respiratoire renforcée et les médicaments ont dû faire effet.

— Oh ! que je suis contente ! Merci, vraiment ! Merci pour elle.

— Comme je vous l'ai dit, les prochaines heures seront cruciales. Mais elle est sur la bonne pente.

Tout en parlant, ils avaient rejoint sa voiture.

Cassie poussa un petit cri en la découvrant.

— Waouh, une vieille décapotable ! C'est un véhicule de collection ?

Elle ressemblait à une gamine devant le marchand de glaces.

Il lui sourit.

— Oui. Je l'utilise peu. Je la sors quand il fait assez chaud pour cela. J'espère que ça ne vous ennuie pas ?

— Non, au contraire ! J'ai toujours rêvé de faire une balade dans un de ces petits bijoux.

Il lui tint sa portière puis alla s'asseoir au volant. Il remarqua alors qu'elle avait sorti un chouchou de son sac pour se faire une queue-de-cheval.

— Voulez-vous que je ferme le toit ? proposa-t-il, amusé.

— Non, surtout pas. Ça va être super !

La fraîcheur, l'enthousiasme de Cassie étaient comme un baume pour lui. Quelle différence avec Victoria ! Ce caractère naturel et chaleureux l'attirait comme un aimant. Avec elle, il sortait de sa réserve jusqu'à risquer de se mettre en danger. Mais jamais il n'irait jusqu'à lui proposer une aventure d'un soir. Elle méritait mieux qu'une liaison éphémère.

Lui, en revanche, il ne méritait rien. S'il avait fait plus attention à Victoria, sa femme et son fils seraient peut-être encore de ce monde. Il ne l'avait pas aimée assez, et leur mariage avait tourné au drame par sa faute. Il ne voyait pas pourquoi il aurait droit à une seconde chance.

Balayant ces pensées obsédantes, il prit la direction du parc, se gara sur le parking réservé aux touristes et proposa à Cassie de gravir le chemin escarpé qui serpentait entre de grands arbres d'essences variées.

— J'adore la vue qu'on a de là-haut sur le lac Michigan, dit-il.

— Moi aussi ! J'aimerais venir plus souvent, mais avec nos horaires de garde compliqués, on a peu de temps.

— C'est vrai.

Cassie le regarda, l'air perplexe.

— J'ai repensé à ce que vous m'avez dit, pour la dame à la canne. Nous avons peu de chances de la trouver dans les parages. Ça m'étonnerait qu'elle arrive à grimper ici.

Il se frotta le menton.

— Non, effectivement. Nous aurons plus de chances en ville tout à l'heure.

Cette promenade, il l'avait imaginée pour eux seuls. Il avait espéré ce moment. Il n'aurait pas dû, mais c'était plus fort que lui.

Ils s'engagèrent côte à côte sur le sentier.

Cassie ne disait pas grand-chose, pourtant ce silence relatif ne le gênait pas. Il se réjouissait de passer un moment détendu en compagnie de cette femme dont la beauté et la simplicité le charmaient tous les jours un peu plus.

— C'est magnifique, chuchota-t-elle, un peu essoufflée, en arrivant au sommet.

*Comme vous*, eut-il envie de répondre. Mais il s'abstint.

— Je me demande pourquoi il n'y a pas plus de monde, reprit Cassie. Les gens ont dû écouter la météo. Il paraît qu'il doit pleuvoir.

Il leva les yeux vers le ciel.

De gros nuages noirs commençaient à s'amonceler au-dessus de leurs têtes. Ils risquaient en effet d'essuyer une averse.

— Nous ferions mieux de redescendre, dit-il à regret.

Incapable de s'en empêcher, il captura sa main.

Ils mirent presque deux fois moins de temps à faire le chemin en sens inverse et à rejoindre la voiture.

— Je vais fermer le toit, dit-il.

Cassie l'arrêta d'une main posée sur son bras. Il eut l'impression de recevoir une décharge électrique.

— Non, protesta-t-elle. Il ne pleut pas encore.

A cette minute précise, elle aurait pu lui demander la lune, il n'aurait pas eu le courage de refuser.

— Espérons que ce ne sera pas le déluge, répondit-il en souriant. La voiture doit être à l'arrêt pour pouvoir relever la capote.

— Mais non, ça ira !

Cinq minutes plus tard, alors qu'il se garait sur la place principale, quelques gouttes s'abattirent sur le pare-brise.

Il se hâta de mettre l'habitacle au sec.

— Courons vers la grand-rue, lança Cassie. Allez, on fonce !

Cette fois, ce fut elle qui le prit par la main.

En riant, ils sprintèrent jusqu'au salon de thé. Ils l'atteignirent juste à temps : à peine s'étaient-ils mis à l'abri sous le store que l'averse se déchaîna.

Cassie éclata de rire. Des mèches folles s'échappaient de sa queue-de-cheval, mais elle n'avait pas l'air de s'en formaliser.

— Ouf ! s'exclama-t-elle.

Elle était si vibrante de jeunesse et de beauté qu'il ne résista plus. Il l'attira contre lui et l'embrassa passionnément.

Et lorsqu'elle se blottit dans ses bras, il sut qu'il n'aurait plus jamais envie de la laisser partir.

Cassie avait l'impression de se trouver captive d'un tourbillon sensuel.

Une petite voix intérieure lui soufflait de repousser Ryan, mais elle en était incapable. Jamais encore on ne l'avait embrassée avec une telle frénésie, une telle passion. Comment aurait-elle pu résister au désir fou qui déferlait sur elle ?

Instinctivement, elle pencha la tête sur le côté, entrouvrit les lèvres.

Leurs langues entamèrent un ballet enfiévré, et elle eut l'impression que Ryan prenait possession de son corps et de son âme. Le monde extérieur s'était évanoui. Elle ne vivait plus que pour cette étreinte sauvage qui la propulsait hors du temps et du monde.

Les mains nouées autour de la nuque de Ryan, blottie contre son torse musclé, elle aurait voulu rester là jusqu'à la fin des temps…

— Mais c'est le Dr Murphy, dit une voix féminine toute proche. Dites donc, il se donne en spectacle ! Qui aurait cru cela ?

Du coin de l'œil, elle vit deux dames quitter le salon de thé en jetant des coups d'œil indignés par-dessus leur épaule.

Cela l'arracha d'un coup à la passion de l'instant.

— Nous ne devrions pas, chuchota-t-elle en baissant la tête. On nous regarde.

Les battements accélérés du cœur de Ryan sous sa paume prouvaient s'il en était besoin qu'il était aussi affecté qu'elle par ce baiser.

— Je suis désolé, dit-il en glissant une main caressante le long de son dos. Je ne regrette pas de t'avoir embrassée, mais je m'excuse de l'avoir fait en public. Avec toutes ces commères qui traînent, ce n'est pas très malin.

Malgré sa gêne, elle s'esclaffa. Puis elle s'écarta doucement.

— Ça ne fait rien. Au fond, tu es beaucoup plus connu que moi ici. C'est sur ton dos que les gens risquent de parler.

Il lui effleura la joue, l'air grave.

— Cassandra… Si tu savais comme je regrette de ne pas pouvoir aller plus loin ! Mais malheureusement, c'est impossible.

Elle hocha la tête.

Il portait encore le deuil de son épouse. Elle pouvait le comprendre.

— Je sais, répondit-elle. De toute manière, ce serait une mauvaise idée de sortir ensemble. Entre collègues, il vaut mieux l'éviter.

Ryan parut chercher ses mots. Néanmoins, elle n'avait pas envie d'en entendre plus.

A quoi bon, puisque tout était dit ? La souffrance qu'elle avait éprouvée après la trahison d'Evan devait lui servir de garde-fou. Il n'était pas question qu'elle s'expose une deuxième fois. D'ailleurs, elle se demandait bien comment Ryan réagirait s'il découvrait son problème de stérilité. Elle n'allait sûrement pas prendre le risque de le lui dire !

Amis ils étaient, amis ils resteraient.

— Si on mangeait une glace ? proposa-t-elle d'un ton léger qui sonnait faux.

— Bonne idée, approuva Ryan sans enthousiasme.

Ils entrèrent dans le salon de thé et prirent deux glaces au chocolat.

— On les mange dehors ? suggéra-t-elle. Il ne pleut plus.

— Oui, si tu veux.

Machinalement, elle embrassa la salle du regard. C'est alors que le cœur lui manqua.

— Ryan, chuchota-t-elle, elle est là. La dame à la canne…

Cette dernière était assise seule, à une petite table au fond de la pièce.

Cassie traversa la boutique sans hésiter, suivie par Ryan. Puis elle s'installa en face de la dame.

Celle-ci sursauta à sa vue.

— Bonjour, madame. Je m'appelle Cassie Jordan. Nous nous sommes parlé à l'hôpital l'autre jour, devant le sas de la réanimation néonatale. Vous vous rappelez ?

— Je… Oui.

— Pourriez-vous me dire qui vous êtes, s'il vous plaît ? Connaissez-vous la mère d'Emma ?

La vieille femme hésita.

— Je m'appelle Lydia, répondit-elle enfin. Et je ne connais pas d'Emma.

A sa manière de baisser les yeux, Cassie devina qu'elle mentait. Mais pourquoi ?

— Lydia, je tiens à vous dire qu'Emma compte beaucoup pour moi. Pour mieux la soigner, nous aurions besoin de connaître les antécédents médicaux de sa mère. Nous ne voulons pas lui causer de problèmes, juste lui poser quelques questions. Vous comprenez ?

Pendant une minute, elle put croire qu'elle avait amadoué la vieille dame. Mais, finalement, celle-ci secoua la tête. Puis elle s'agrippa au rebord de la table, prit sa canne, son sac et se leva.

— Je suis désolée, marmonna-t-elle. Je ne peux pas vous aider.

Navrée, Cassie pivota vers Ryan, resté debout près d'elle. Ils allaient échouer tout près du but !

— Madame, je suis pédiatre, dit-il d'une voix douce. Sachez que nous prenons bien soin d'Emma. Elle n'était pas très en forme en arrivant à l'hôpital, mais nous faisons notre maximum pour qu'elle guérisse.

Cassie crut voir l'ombre d'un sourire sur les lèvres de Lydia. Puis, avec une vivacité surprenante, la vieille dame contourna la table, coupa la file d'attente et gagna la sortie.

# 7.

Frustré, Ryan s'assit à la place laissée libre par Lydia.

Il aurait voulu courir derrière cette femme, la rattraper, mais on ne retenait pas les gens de force.

De toute évidence, cette personne avait un lien avec Emma. Néanmoins, rien ne l'obligeait à en parler.

— Elle nous cache quelque chose ! s'exclama Cassie. Elle ne nous fait pas confiance.

— Tu as raison.

— D'ailleurs, elle ne nous a pas donné son nom de famille, juste son prénom. Elle doit porter le même nom que la mère d'Emma. Du coup, elle doit avoir peur que l'on puisse remonter jusqu'à elle.

— Oui, je le crains, marmonna-t-il. Ça paraît logique.

Il se sentait de plus en plus mal à l'aise. Tout allait de travers. L'après-midi idyllique qu'il avait imaginé était en train de tourner au fiasco.

Cassie et lui n'avaient rien obtenu de la vieille dame. Avant cela, ils avaient échangé un baiser brûlant, et il avait dû mettre les points sur les *i* pour lui faire comprendre que rien n'était possible entre eux.

Quel imbécile ! Il n'aurait pas pu se contrôler ?

Le souvenir de leur étreinte l'emplit d'un désir insensé, et il se tortilla sur sa chaise.

Comment faire pour tenir ses bonnes résolutions à l'avenir ? C'était mission impossible…

Tandis qu'il réfléchissait fébrilement, Cassie repoussa sa coupe de glace à demi pleine. Puis elle se mit debout.

— Cela valait quand même la peine d'essayer, dit-elle. Eh bien… je vais y aller, maintenant. Merci pour ton invitation.

Il se leva comme un ressort.

— Attends ! protesta-t-il. Il risque de pleuvoir encore. Je te raccompagne.

La lueur glaciale, très inhabituelle, qui dansait dans le regard de Cassie lui fit mal.

— Non. Je préfère rentrer seule, riposta-t-elle sèchement. Et même s'il pleut, j'ai envie de marcher. A plus tard, Ryan.

Il posa une main sur son bras, mais elle se dégagea et courut presque vers la sortie.

Désespéré, il se laissa retomber sur sa chaise et se prit la tête à deux mains.

Comme il aurait voulu que la situation soit différente !

Lorsqu'il avait compris que son mariage était une erreur, il avait pensé à divorcer. Mais Victoria était tombée enceinte, et il y avait renoncé. Ses propres parents s'étaient séparés quand il était petit. Il savait quel déchirement cela représentait pour un enfant. Il n'avait pas voulu imposer cela à leur bébé à naître. Au contraire, il avait tout fait pour recoller les morceaux.

Il avait malheureusement échoué. Il n'avait pas pu empêcher que son épouse se drogue avec ces fichus cachets.

Après son décès, il s'était rendu compte que la boîte d'antalgiques retrouvée dans la voiture de Victoria n'avait pas été prescrite par son rhumatologue, mais par un certain Oliver Stevenson. Sauf qu'il n'existait aucun praticien de ce nom en ville ni même dans l'Etat. Et que la police n'avait jamais pu retrouver sa trace.

Savoir le coupable dans la nature l'avait rendu fou. Encore maintenant, il ne le supportait pas. Même si cela ne lui rendrait ni sa femme ni son bébé, il aurait payé cher pour mettre la main sur cet homme.

Mais pour ce qui était de Cassie, elle n'avait rien à voir là-dedans. Il s'était vraiment conduit comme le dernier des imbéciles.

En marchant vite, il pourrait encore la rattraper. Il allait s'excuser, lui parler, lui dire que…

Déterminé à faire amende honorable, il quitta le salon de thé.

L'esprit en ébullition, il se rendit soudain compte qu'il était arrivé devant chez elle. Mais il ne l'avait vue nulle part. Elle n'avait quand même pas pu rentrer si vite !

Il pressa le bouton de l'Interphone, en vain. Il tenta alors de l'appeler sur son portable, sans plus de succès.

— Cassie, c'est Ryan. Rappelle-moi, s'il te plaît. J'aimerais être sûr que tu es bien rentrée…

A présent, il n'avait pas d'autre choix que d'aller récupérer sa voiture et rentrer chez lui, dans cette maison qu'il détestait.

Cette fois, sa décision était prise, il allait la mettre en vente. Peu importait que le marché de l'immobilier soit catastrophique, il ferait tout pour s'en débarrasser. Il avait assez stagné comme cela. S'il devait tourner la page, il fallait bien commencer quelque part.

Et cela n'avait aucun rapport avec Cassie. Il devait le faire pour lui. Pour lui seul.

En quittant le salon de thé, Cassie avait eu la surprise de tomber sur Gloria, sa collègue et amie des urgences.

Celle-ci, qui passait dans la rue en voiture, s'était arrêtée pour lui proposer de la raccompagner. Comme elle habitait l'immeuble voisin du sien, Cassie avait accepté, et finalement elles avaient mangé chinois chez Gloria devant la télévision.

Après le fiasco de son après-midi avec Ryan, cette soirée lui avait fait beaucoup de bien.

Ryan…

A un moment, elle s'était rendu compte qu'il avait essayé de la joindre sur son portable.

Tout ça pour lui demander si elle était bien rentrée. Il devenait ridicule ! Non seulement elle habitait un quartier très sûr, mais elle était partie du centre-ville en plein jour, avec des dizaines de personnes autour d'elle !

Elle avait hésité à le rappeler, mais s'était abstenue. A quoi cela aurait-il servi, sinon à remuer le couteau dans la plaie ?

A présent, il était plus de 22 heures, et le dernier épisode de la série qu'elle regardait avec Gloria venait de se terminer.

Elle pivota vers son amie en souriant.

— J'ai passé une super soirée ! dit-elle, sincère. Maintenant, il faut que je rentre. Je travaille demain. Je commence à 14 heures, mais j'ai des tas de choses à faire avant…

— Oh ! pauvre petite chose ! se moqua gentiment Gloria. Demain, mon frère fête son bac chez mes parents. Passe nous faire un petit coucou avant d'aller travailler, si tu veux.

— Tu es gentille, mais je ne voudrais pas déranger…

— Penses-tu, au contraire ! Ce serait avec plaisir.

Cassie remercia chaleureusement son amie et prit congé.

De retour chez elle, tentée de rappeler Ryan, elle coupa son téléphone pour s'empêcher de le faire.

Peut-être allait-elle accepter l'invitation de sa camarade, après tout. Comme ça, elle aurait l'esprit occupé avant de se rendre à l'hôpital.

Le lendemain matin, après une nuit passablement agitée, elle ralluma son portable.

Oui, c'était décidé, elle irait chez les parents de Gloria. Elle n'en pouvait plus de penser à Ryan. A cause de lui, elle n'avait presque pas dormi, et…

La sonnerie de son mobile interrompit le cours de ses réflexions.

Elle reconnut le numéro de l'hôpital et prit la communication, le cœur battant.

Emma. Pourvu que…

— Cassie ? C'est Diane. Excuse-moi de te déranger, mais Amy a attrapé la gastro, elle a dû rentrer chez elle. Cela t'ennuierait-il de venir plus tôt ?

Elle laissa échapper un soupir de soulagement.

— Bien sûr que non, répondit-elle gentiment. Je serai là dans un quart d'heure.

— Oh ! merci ! Tu nous sauves la mise !

Pressée comme elle l'était, elle n'eut pas beaucoup le temps de réfléchir à cette journée qui démarrait sur les chapeaux de roue. Mais, une fois en voiture, elle songea soudain qu'elle allait peut-être tomber sur Ryan.

Etait-il de garde ? Si oui, elle allait devoir travailler avec lui et faire semblant de rien. Un vrai défi en perspective.

En arrivant à l'hôpital, elle rejoignit tout de suite Diane en salle de réanimation.

— Cassie ! C'est vraiment super que tu aies pu venir ! s'exclama sa collègue. J'ai surveillé Emma et Daniel en t'attendant. R.A.S., ne t'inquiète pas.

Si les deux bouts de chou étaient sous assistance respiratoire, Cassie remarqua que Daniel bénéficiait d'une ventilation minimale.

— Il n'en aura bientôt plus besoin, fit-elle observer. A mon avis, il est capable de respirer tout seul. Qui est le pédiatre de garde ?

— C'est le Dr Murphy. Il a été appelé en salle de travail, mais il ne devrait pas tarder à remonter.

Comme par hasard !

Raison de plus pour garder ses distances. Jamais elle n'aurait dû aller si loin.

Basculant en mode professionnel, elle fit le point avec Diane sur les admissions et les traitements en cours. Puis, dès qu'elle le put, elle alla rejoindre Emma qui dormait dans sa couveuse.

— Coucou, mon cœur, murmura-t-elle. Je suis arrivée plus tôt que prévu. Nous allons passer les douze prochaines heures ensemble. Et demain, je vais m'inscrire à des cours pour être maman d'accueil. Je me bats pour toi, petite chérie. Alors, toi, il faut te battre aussi. D'accord ?

Elle effleura la joue pâle du bébé.

L'instinct d'Emma lui permettait-il de comprendre que quelqu'un l'aimait et s'intéressait à elle ? Elle l'espérait, en tout cas…

— Bonjour, Cassandra. Tu es arrivée de bonne heure !

La voix de Ryan dans son dos lui déclencha un délicieux frisson. Elle se chapitra, et inspira à fond avant de se retourner.

— Bonjour, Ryan. Amy est malade. Je la remplace, expliqua-t-elle d'un ton aussi neutre que possible. Où en est-on, avec Emma ?

— Il y a une nette amélioration. Son lobe inférieur droit s'est bien dilaté, et elle respire mieux, répondit-il en souriant.

— Ouf ! Je me suis fait un sang d'encre…

— Je sais.

Baissant la voix, il ajouta :

— Moi, c'est à ton sujet que je me suis inquiété. Pourquoi ne m'as-tu pas rappelé hier soir ?

Elle ne lui devait aucune explication. Mais, au lieu de l'envoyer promener, quelque chose la poussa à répondre.

— J'étais chez mon amie Gloria, l'infirmière des urgences qui a recueilli Emma, le premier jour.

— Ah, d'accord.

— Elle habite l'immeuble voisin du mien. En sortant du salon de thé, je l'ai croisée dans la rue. Elle m'a raccompagnée, et finalement j'ai passé la soirée chez elle.

Ryan allait répondre quand l'alarme de la couveuse de Daniel se mit à sonner.

Elle se précipita.

— Haute pression, annonça-t-elle. Je crois qu'il essaie de respirer tout seul.

Déjà, Ryan étudiait les résultats du monitoring.

Elle l'imita, résolue à adopter une attitude strictement professionnelle.

— Vérifions les paramètres, fit-il. Oui, c'est bien ! Peux-tu appeler l'anesthésiste pour qu'il m'aide à l'extuber, s'il te plaît ?

— Tout de suite.

Jason, l'anesthésiste de garde, descendit sur-le-champ.

Il fallut à peine deux minutes pour extuber Daniel. Sitôt ses voies respiratoires libérées, le nourrisson poussa un cri strident.

Ryan le prit dans ses bras et le cala contre son épaule.

— Là, mon bonhomme, c'est fini… Maintenant, tu vas pouvoir nous crier dans les oreilles tant que tu voudras. Surtout, ne te gêne pas, c'est excellent pour tes poumons !

Cassie l'observa, fascinée.

A le voir bercer Daniel, on aurait pu croire qu'il était père d'une demi-douzaine d'enfants lui-même. Elle était sûre qu'il ferait un papa génial…

De fait, le bambin se calma puis, très vite, s'endormit.

Ryan le reposa délicatement dans sa couveuse.

— Bien joué, murmura-t-elle. Tu m'as dit une fois que je me débrouillais comme un chef, mais tu n'es pas mal non plus. Aimerais-tu avoir des enfants ?

— Un jour, peut-être.

Il avait l'air nostalgique, et elle se demanda ce qu'il fallait en penser : était-ce trop tôt pour lui ? Regrettait-il sa vie passée avec sa défunte épouse ?

Dans tous les cas, il y avait peu de chances qu'elle-même puisse devenir la mère de ses enfants…

Mais elle s'égarait ! Elle devait se tenir à l'écart, point. C'était la meilleure chose à faire.

Si seulement Ryan lui facilitait les choses ! Mais non, il s'attardait là, près des couveuses, alors qu'aucun bébé n'avait plus besoin de lui…

Ce fut un vrai soulagement pour elle d'entendre le téléphone sonner.

Elle se précipita.

— Réanimation néonatale, Cassie à l'appareil… C'est toi, Gloria… Tu pleures ?

— C'est Trey, mon frère, articula Gloria d'une voix entrecoupée de sanglots. On est ici, aux urgences. Il fait… une overdose aux antalgiques.

— Une overdose aux antalgiques ? répéta-t-elle, choquée. Et la police est ici ? Mais… Je ne comprends pas. Qui lui a fourni les cachets ?

— Justement, on n'en sait rien. Oh ! Cassie, c'est très grave ! Je sais que tu travailles, mais si tu as un moment pour descendre…

— Je te rejoins dès que possible, promit-elle. Courage, Gloria.

Dès qu'elle eut raccroché, Ryan se planta devant elle.

— *Qui* fait une overdose aux antalgiques ? demanda-t-il, l'air si sombre qu'elle frissonna.

— Trey Reynolds, le petit frère de Gloria. Il…

Avant qu'elle ait pu finir sa phrase, Ryan avait tourné les talons. Il courut vers le sas, et elle comprit sans risque d'erreur qu'il descendait aux urgences.

Il se sentait visiblement concerné. Mais pourquoi ? Il ne connaissait pas Trey. Il n'était pas urgentiste…

Elle devrait hélas attendre un peu pour le savoir. Elle ne pouvait pas abandonner son poste ni ses jeunes patients.

Son devoir passait avant tout.

# 8.

Ryan n'attendit pas l'ascenseur pour descendre aux urgences. Il piqua un sprint dans l'escalier, pressé qu'il était de parler aux enquêteurs chargés de l'affaire Reynolds.

Les policiers refuseraient sans doute de lui dire quoi que ce soit, mais peut-être l'inspecteur Trammel se serait-il déplacé en personne ?

Comme il portait sa blouse et son badge de médecin, personne ne songea à lui barrer l'accès de la salle 1, où ses collègues se démenaient pour sauver la vie du patient allongé sur la table.

Il ne put qu'admirer le calme et l'efficacité de l'équipe dans cette situation critique : Trey Reynolds avait déjà été intubé, et on était en train de lui faire un lavage d'estomac.

Debout dans un coin de la salle, sa sœur pleurait à chaudes larmes. La pauvre devait culpabiliser, comme lui à une autre époque. Elle n'y était pour rien, mais elle se sentait sûrement responsable.

L'inspecteur Trammel était là aussi avec un policier en uniforme. Ils se tenaient à l'autre bout de la pièce, loin de la table d'examen pour ne pas gêner le travail des urgentistes.

Ryan se dirigea droit vers eux.

— Bonjour, inspecteur, dit-il. Vous voilà avec un nouveau cas d'overdose aux antalgiques sur les bras.

— Vous êtes déjà au courant ? Comment avez-vous su…

— Les nouvelles vont vite à l'hôpital. A-t-on retrouvé

les boîtes de cachets ? Connaissez-vous le nom du médecin prescripteur ?

Le chef de la police le fusilla du regard.

— Ecoutez, docteur Murphy, il s'agit d'informations confidentielles ! Je ne peux rien vous dire.

— Vous ne *pouvez* pas ou ne *voulez* pas ? ironisa Ryan. Je ne vous demande pas de trahir le secret de l'enquête, ajouta-t-il sans laisser à Trammel le temps de protester. J'aimerais juste savoir si la boîte de pilules a été prescrite par le Dr Oliver Stevenson.

Le policier en tenue tourna brusquement la tête vers lui, l'air surpris.

Voilà ! Il tenait sa réponse !

Trammel parut contrarié mais finit par esquisser un signe de tête.

— J'en étais sûr, murmura Ryan.

L'individu sans scrupule qui avait prescrit ses cachets à Victoria sévissait encore. Il était toujours dans la nature.

— Ne vous emballez pas, docteur, riposta sèchement Trammel. Vous savez bien que, après le décès de votre femme, nous n'avons jamais pu le retrouver. L'adresse postale correspondait à un entrepôt désert, et personne de ce nom-là n'est enregistré à l'ordre des médecins de l'Etat.

— D'accord, mais j'avais raison ! Il y a donc bien quelqu'un, pas loin d'ici, qui procure des ordonnances aux gens prêts à payer pour cela.

— Oui, et après ? Nous risquons d'avoir du mal à lui mettre la main dessus. Il doit s'agir de quelqu'un qui a volé le numéro d'enregistrement d'un médecin pour rédiger de fausses ordonnances.

Là, Trammel marquait un point. Cette hypothèse était plus que plausible.

— Je pourrais vous aider, offrit Ryan. Je…

L'inspecteur leva une main pour l'interrompre.

— Docteur, je comprends bien que cette affaire vous touche. Mais moi, je ne vous dis pas comment soigner vos malades. J'apprécierais donc que vous me laissiez faire mon travail.

Ryan s'était attendu à cette réaction. Il se détourna.

— Docteur Murphy ?

— Oui ? répliqua-t-il par-dessus son épaule.

— Je vous tiendrai au courant si j'ai du nouveau. Entendez par là des informations solides et vérifiables.

— Merci, articula-t-il.

C'était mieux que rien. Il devait faire confiance à cet homme, même si l'enquête n'avait rien donné depuis trois ans. Il n'avait pas le choix.

Longeant le mur, il gagna le coin de la pièce où Gloria Reynolds pleurait toujours à chaudes larmes.

Normalement, les familles n'accédaient pas aux salles de soins. On avait dû faire exception car elle était infirmière aux urgences.

— Je suis désolé, chuchota-t-il. Voulez-vous que j'appelle quelqu'un ? Vos parents, peut-être ?

— Ils sont déjà là, répondit la jeune femme d'une voix étranglée. Dans la salle d'attente. J'irai les voir… Dès que j'en saurai plus.

— Qu'est-il arrivé au juste ?

— Mon frère est très sportif. Il s'est blessé à l'épaule l'hiver dernier, à la fin de la saison de foot en salle. Il a vu un chirurgien orthopédique plusieurs fois. Puisqu'il n'a jamais été question de l'opérer, mes parents et moi en avions déduit que la déchirure était bénigne. D'ailleurs, Trey a vite repris le sport. Mais…

La voix de Gloria se brisa. Elle inspira à fond, puis reprit :

— D'après un de ses amis, il a reçu un coup le week-end dernier en jouant au base-ball. Il s'est évidemment bien gardé de nous dire qu'il était blessé. Je pense qu'il prenait des médicaments depuis plusieurs mois à notre insu. Et là, il a dû forcer la dose.

Ryan eut un haut-le-cœur. Il connaissait trop bien ce scénario dramatique.

— Comment s'appelle le chirurgien ?

— C'est le Dr Francowitz.

— D'accord. Je suis vraiment désolé, répéta-t-il.

Il fit une prière muette pour que le jeune homme allongé devant lui, inerte sur la table d'examen, s'en sorte.

L'histoire ne pouvait pas se répéter, c'était impossible !

Cassie attendit qu'une de ses collègues ait un moment de libre pour lui confier la surveillance de Daniel et d'Emma. Cela fait, elle se hâta de descendre aux urgences prendre des nouvelles de Trey Reynolds.

L'équipe médicale venait de terminer la réanimation, constata-t-elle en arrivant. Le monitoring cardiaque produisait un tracé régulier, signe que le frère de Gloria respirait bien.

Elle courut vers son amie et la prit dans ses bras.

— Gloria ! Comment va-t-il ?

— Ils l'ont stabilisé. Ils vont le monter en soins intensifs.

Comme elle s'y attendait, Ryan était là aussi.

Elle ne comprenait toujours pas pourquoi il était venu. Connaissait-il Gloria personnellement ?

— Il va s'en sortir, dit-il d'un ton grave. L'alerte a été donnée à temps.

— Je l'espère…, hoqueta Gloria. Imaginez un peu qu'il ne se réveille pas. Ou alors, que le cerveau soit touché…

Cassie s'efforça de balayer ses propres interrogations pour réconforter son amie. Elle lui entoura la taille d'un bras.

— Il est jeune, Gloria. Il est en bonne santé. Tout cela joue en sa faveur.

— Puisses-tu dire vrai ! Tu te rends compte, il devait partir à l'université le mois prochain.

— Et il partira. Peut-être pas le mois prochain, mais il partira. Il faut y croire !

En silence, ils regardèrent les urgentistes installer Trey sur un brancard roulant.

Après leur départ, Gloria s'essuya les yeux.

— Je vais aller voir mes parents, balbutia-t-elle.

— Je t'aurais bien accompagnée, mais il faut que je remonte, répondit Cassie, navrée. Je passerai aux soins intensifs pendant ma pause.

— Merci beaucoup. Tu es vraiment adorable.

— Mais de rien, voyons ! Les amis sont là pour ça.

Elle se rendit compte que Ryan la suivait dans le couloir.

— Quel gâchis, dit-elle. Je me demande toujours comment de tels drames sont possibles.

— Moi aussi, répondit-il, l'air lugubre.

Déjà, l'ascenseur arrivait. En montant dans la cabine, elle ne put retenir la question qui lui brûlait les lèvres.

— Ryan, pourquoi es-tu descendu ? As-tu… des relations particulières avec Gloria ? Connais-tu son frère ?

— Je ne suis jamais sorti avec Gloria, si c'est à ça que tu penses. Et, non, je ne connais pas Trey. En revanche, ajouta-t-il, les yeux baissés sur ses chaussures, je m'intéresse beaucoup aux addictions médicamenteuses.

Elle le fixa, perplexe.

Quel soulagement de savoir qu'il n'avait jamais fréquenté sa meilleure amie ! Mais, pour autant, cela n'expliquait rien. En tant que pédiatre, Ryan n'avait a priori pas de raison de se préoccuper de problèmes de drogue, en tout cas pas directement.

Elle aurait voulu le questionner encore, mais ils arrivaient déjà.

Elle se dépêcha d'aller voir Christy, l'infirmière à qui elle avait confié la surveillance d'Emma et de Daniel.

Par chance, il n'y avait pas eu d'incident, et les deux petits dormaient.

— Daniel respire bien, apparemment, fit observer Ryan.

— J'en ai l'impression, répondit-elle sans se retourner. Veux-tu que je lui fasse les gaz du sang ?

— Oui, s'il te plaît.

Elle détestait cette procédure, douloureuse pour les bébés car il fallait prélever du sang dans l'artère. Mais elle n'avait pas le choix. C'était pour leur bien, il fallait garder cela à l'esprit.

Les pleurs de Daniel lui fendirent le cœur et, comme d'habitude, elle s'arrangea pour faire la ponction le plus vite possible. Après quoi elle serra le bambin contre elle et le berça doucement.

— Là, trésor, c'est fini. Je ne te ferai plus de misères aujourd'hui. Je te le promets.

Ryan était toujours là. Sentant son regard peser sur elle, elle lui tourna le dos de peur qu'il ne lise en elle comme dans un livre ouvert.

Par chance, les parents de Daniel arrivèrent sur ces entrefaites. Il s'avança pour les accueillir, après quoi il se mit en devoir de leur faire un bilan complet.

Ouf, elle était tranquille pour un moment !

Elle alla s'asseoir près d'Emma, le cœur gros.

Cette petite fille, elle, n'avait pas de parents. Voilà qui leur faisait un point commun.

Cassie avait perdu les siens très jeune. Elle avait été élevée par ses grands-parents, qui étaient eux-mêmes décédés alors qu'elle était à l'université. Elle s'était retrouvée seule au monde à l'âge de vingt ans. Pas étonnant qu'elle soit tombée si vite dans les griffes d'Evan ! Elle avait recherché l'amour, la sécurité affective. Bien sûr, elle s'était mariée trop jeune…

Aujourd'hui, Evan ne lui manquait pas. Elle adorait son métier et s'était fait rapidement un cercle d'amis à Cedar Bluff. Pourtant, rien ne compenserait jamais la perte de ses deux bébés.

Voilà pourquoi Emma était à ses yeux un petit miracle. *Son* petit miracle. Elles n'étaient pas liées par le sang, mais quelle importance ? Dans son cœur, cette petite fille était déjà la sienne.

Ryan se sentait complètement tiraillé.

Tout l'après-midi, il avait eu envie de confier la vérité à

Cassie au sujet de Victoria, mais il en avait été incapable. Il avait eu peur qu'elle ne soit horrifiée par le récit du drame. Et surtout, il avait craint qu'elle ne le juge et ne se détourne de lui.

Bien décidé à s'occuper après ses visites du soir, il s'installa à l'ordinateur de la salle de réanimation.

Il voulait faire de nouvelles recherches sur Oliver Stevenson. Peut-être que cette fois, avec un peu de chance, il obtiendrait un résultat ?

Après une investigation poussée, il dut hélas se rendre à l'évidence : aucun praticien de ce nom n'était enregistré dans l'Etat du Wisconsin.

Cet individu exerçait-il sans licence ?

Pourtant, le numéro figurant sur l'ordonnance devait être valable, sinon le pharmacien aurait refusé de délivrer les médicaments. Il aurait même donné l'alerte.

Trois ans plus tôt, Ryan n'avait pas cherché dans les Etats voisins, à savoir le Minnesota, le Michigan et l'Illinois. La police non plus, apparemment. Mais peut-être s'agissait-il d'une piste à explorer ?

Il était en train de pianoter sur le clavier de l'ordinateur quand Cassie s'approcha.

Il ferma rapidement sa fenêtre internet.

Avait-elle vu quelque chose ? Impossible de le savoir.

— Comment va Emma ? demanda-t-il.

— Très bien, répondit-elle en souriant. Je me demandais si on ne pourrait pas réduire l'assistance respiratoire.

Il secoua la tête.

— Faire ce genre de manipulations le soir est toujours délicat, répondit-il, navré. En cas de problème, il y a moins de monde pour la réanimation.

— Oui, c'est vrai.

L'air déçu de Cassie lui fendit le cœur. Il voulut la consoler.

— Je diminuerai la ventilation demain matin si tout va bien, promit-il. Comme cela, Emma aura une nuit de plus pour bien se rétablir.

— Tu as raison. De toute manière, on n'est plus à quelques heures près.

Déjà, elle tournait les talons.

Il la retint doucement par le bras.

— Auras-tu le temps de continuer tes démarches d'adoption cette semaine ? demanda-t-il.

— Je peux m'inscrire à la formation pratique par internet. Le serveur est ouvert du lundi au vendredi, je m'en occuperai demain. Si ma candidature est retenue, je devrai suivre douze séances.

— Rien que ça ! As-tu le droit de choisir toutes les dates d'un seul coup ?

— Je n'en sais rien, répondit-elle en soupirant. Même si c'est possible, j'aurai probablement du mal à libérer douze jours. Il faudra que j'avise en fonction de mon planning. Avec les vacances d'été et les collègues en congé, ça risque d'être difficile.

— Si je peux faire quoi que ce soit, surtout n'hésite pas…

Cassie recula, rompant le contact physique.

Il en éprouva une vive sensation de manque.

— Tu es gentil mais non, merci, répondit-elle. C'est mon projet. Il faut que je me débrouille toute seule.

Dépité, il la suivit du regard tandis qu'elle retournait voir Emma.

Il aurait voulu pouvoir l'aimer, la chérir comme elle le méritait. Hélas, il doutait d'y parvenir un jour.

Etait-ce pour cette raison qu'il se sentait si malheureux ?

# 9.

Le lendemain matin, Cassie se réveilla en pleine forme.

D'habitude, elle détestait les lundis mais, pour une fois, elle se sentait gaie et pleine d'entrain.

Elle allait pouvoir avancer dans ses démarches !

Elle savait déjà que les bébés abandonnés sous couvert de la loi-refuge deviennent adoptables plus vite que les autres. Bien sûr, la mère avait toujours six mois pour changer d'avis. Celle d'Emma se manifesterait-elle ? Vu les circonstances, il était permis d'en douter, mais savait-on jamais ?

En attendant, se dit Cassie en s'asseyant devant son café, elle ne devait pas gaspiller ses forces à imaginer le pire. Mieux valait se concentrer sur l'essentiel, à savoir les formalités qui feraient d'elle une mère adoptive.

Elle expédia son petit déjeuner en un temps record puis, son agenda en main, se connecta à internet. Après avoir étudié les dates des sessions de formation, elle cliqua pour s'inscrire à la première, le cœur battant.

Suite à une attente qui lui parut interminable, un message s'afficha sur son écran.

Sélectionnée ! Elle était sélectionnée !

Ivre de joie, elle se leva et se mit à danser autour de la table dans sa petite cuisine.

Mais son enthousiasme retomba lorsque son portable se mit à sonner et qu'elle lut le nom de Gloria.

— Coucou, toi, dit-elle. Alors, comment va Trey ?

Quand elle avait quitté l'hôpital la veille, le jeune homme

ne s'était toujours pas réveillé. Les médecins l'avaient placé en hypothermie afin de protéger son cerveau, suivant le même protocole que pour un patient en arrêt cardiaque.

— Il va un peu mieux ce matin. Ils vont commencer à le réchauffer, expliqua Gloria. Quand il sera revenu à une température normale, ils diminueront la dose de sédatifs. Et alors, on verra s'il se réveille…

— Je sais que c'est très dur, mais garde espoir, répondit-elle d'un ton doux. Tu dois rester forte pour tes parents.

— J'essaie…

— Qu'en pensent les neurologues ?

— Pour l'instant, ils ne se prononcent pas. On va dire qu'ils se montrent raisonnablement optimistes… Tu les connais.

— Oui, bien sûr. As-tu besoin de quelque chose ? Aimerais-tu que je vienne ?

— Non, merci, tu es gentille. Mes parents sont là. Je voulais juste te donner des nouvelles. Je te rappellerai dès que j'en saurai plus.

— Surtout, n'hésite pas si tu changes d'avis. Je suis de repos aujourd'hui, mais je passerai cet après-midi de toute façon.

— D'accord, Cassie. Merci beaucoup. A tout à l'heure.

A peine s'était-elle réinstallée à l'ordinateur que son mobile sonna de nouveau.

Cette fois, c'était Ryan.

Elle hésita, inspira à fond, et finit par décrocher.

— Allô ?

— Bonjour, Cassandra. Comment vas-tu ?

— Je… Bien, et toi ? Ta nuit de garde n'a pas été trop fatigante ?

— Non, je ne me plains pas. J'ai réussi à dormir quatre heures et demie.

— Tant mieux.

Quelle conversation guindée ! Ils se parlaient tous les

deux d'un ton impersonnel, presque froid, comme des étrangers. Elle ne voyait d'ailleurs pas pourquoi il l'appelait.

— Nous avons diminué l'assistance respiratoire d'Emma ce matin, dit-il, rompant le silence tendu qui s'était instauré. Si tout va bien, je compte l'extuber aujourd'hui ou demain au plus tard.

— Mais c'est génial ! Donc, ses poumons fonctionnent ?

— Oui, ils sont bien dégagés. Nous avons résolu le problème assez tôt pour éviter la pneumonie.

Elle devina le sourire dans sa voix et eut un petit coup au cœur.

Ryan était très beau quand il se détendait, ce qui n'arrivait pas souvent…

L'espace d'une seconde, elle fut tentée d'aller le rejoindre à l'hôpital. Quel bonheur ce serait lorsqu'elle pourrait prendre Emma dans ses bras ! Elle en rêvait depuis le début.

— T'es-tu inscrite à la formation ? demanda Ryan, interrompant le cours de ses pensées.

— A la première séance, oui. Elle est programmée pour jeudi. Ça tombe bien, je serai en repos. J'allais m'inscrire aux réunions suivantes, mais Gloria m'a appelée sur ces entrefaites. Elle voulait me donner des nouvelles de Trey. Ils l'ont placé en hypothermie.

— Oui, je sais. Je suis descendu le voir.

Pourquoi Ryan suivait-il ce cas d'aussi près ? Elle aurait voulu l'interroger, mais elle doutait qu'il lui réponde par téléphone. Et d'ailleurs, n'avait-elle pas pris la bonne résolution de ne plus s'occuper de lui ?

— Tiens-moi au courant si tu extubes Emma, s'il te plaît, dit-elle enfin, prête à raccrocher.

— Compte sur moi. Je… Es-tu libre pour le dîner ? Je connais un excellent restaurant italien au bord du lac Michigan.

La question la prit complètement au dépourvu. Après la manière dont ils s'étaient quittés le samedi, c'était une vraie surprise. Pourquoi l'invitait-il à dîner s'il ne voulait pas d'une relation avec elle ?

Même si son instinct la poussait à dire oui, elle s'efforça de contenir ses émotions.

— Mauvaise idée, Ryan. L'autre jour, tu m'as bien fait comprendre que tu n'étais pas prêt.

— Je sais, mais… Je n'arrête pas de penser à toi, répondit-il d'une voix rauque. Pour la première fois depuis le décès de Victoria, je me sens revivre. Et c'est grâce à toi.

Elle eut soudain l'impression de manquer d'air.

Elle aurait dû refuser, se protéger, mais où en trouverait-elle la force ? Ryan venait de faire un grand pas en avant. De là à croire que tout était possible…

— S'il te plaît, insista-t-il comme elle se taisait. Ne me laisse pas tomber.

Impossible d'ignorer cette supplique. Le cœur était plus fort que la raison.

Les mots jaillirent avant qu'elle puisse les contrôler :

— D'accord. Je dîne avec toi.

— Merci, murmura Ryan. S'il fait beau, je pourrais prendre la décapotable ?

— Oui, ce… Ce serait bien.

— Dans ce cas, je passe te prendre à 19 heures. A ce soir, Cassandra.

Après avoir raccroché, elle se laissa tomber sur une chaise et se prit la tête à deux mains.

Qu'avait-elle fait ? Sortir avec Ryan Murphy était la dernière bêtise à commettre ! Pour quelqu'un qui voulait se protéger sur le plan émotionnel, elle s'y prenait mal !

C'est alors qu'elle prit conscience d'une chose : il était déjà trop tard pour se préserver. Le mal était fait, elle s'était attachée à Ryan. Elle tenait à lui, qu'elle le veuille ou non.

A charge pour elle d'en assumer les conséquences.

Ryan exultait comme un gamin lorsqu'il sortit de son bureau pour regagner la réanimation néonatale.

Il devait avoir l'air béat, mais tant pis. Peu importait que les infirmières lui jettent des regards en coin. Il était heureux. Cassie avait accepté son invitation, rien d'autre ne comptait !

Elle lui donnait une seconde chance. A lui de ne pas la gâcher. C'était plus facile à dire qu'à faire, mais il était bien décidé à ne plus se conduire comme le dernier des idiots.

L'esprit léger, il alla vérifier les constantes d'Emma.

Depuis qu'il avait diminué l'assistance respiratoire, tout se déroulait au mieux. Les résultats des gaz du sang étaient bons.

Il pouvait partir l'esprit tranquille mais, à la fin de sa garde, il demanda tout de même à Claire, l'infirmière de permanence, de lui donner un coup de fil en début de soirée.

Sinon, il risquait de s'inquiéter, et Cassie également.

Sa bonne humeur redoubla quand, de retour chez lui, il remarqua la pancarte « À VENDRE » accrochée à son portail.

Andrea Langley, l'agent immobilier, avait fait vite ! Il l'avait appelée le matin même, et voilà que sa maison se trouvait déjà sur le marché. C'était une excellente nouvelle, car il avait hâte de quitter cet endroit. Il n'avait que trop tardé.

Andrea lui avait conseillé de faire du vide, arguant qu'une maison se vendait mieux si elle n'était pas trop encombrée. A présent, il n'avait plus d'excuse pour différer le tri qu'il aurait dû faire depuis longtemps.

Pour lui éviter du chagrin, sa belle-famille avait emporté les vêtements de Victoria, ainsi que le matériel de puériculture qu'ils avaient acheté. Il ne lui restait donc que ses propres affaires à ranger. Mais la tâche s'annonçait ardue, car il avait accumulé beaucoup de choses.

Armé d'une détermination nouvelle, il se mit à l'ouvrage.

Il venait de remplir son quatrième carton quand le téléphone sonna.

C'était l'inspecteur Trammel.

— Docteur Murphy ? Vous avez cherché à me joindre, apparemment ?

— Oui, tout à fait. J'ai effectué quelques recherches et trouvé trois médecins du nom d'Oliver Stevenson dans les Etats voisins du nôtre. Peut-être qu'on trouvera un numéro d'agrément correspondant à l'un d'eux sur les boîtes de cachets de Trey Reynolds ?

— Les Etats voisins ? répéta l'inspecteur, ironique. Je m'étonne que vous n'ayez pas étendu vos investigations à tous les Etats-Unis.

— Je le ferai si ça peut vous rendre service, répondit-il sur le même ton.

— Docteur, je sais combien cette démarche est importante pour vous. Vous allez me transmettre vos informations par e-mail, si cela ne vous dérange pas. Mais dites-vous qu'on a peu de chances d'aboutir. Le praticien responsable ne sera pas forcément un de ceux-là.

— J'en ai bien conscience.

Il nota l'adresse e-mail de l'inspecteur, qui promit de le tenir au courant s'il y avait du nouveau.

— N'oubliez pas, docteur, c'est moi qui mène l'enquête, conclut le chef de la police.

Ryan ne put s'empêcher de sourire.

Trammel n'était pas un mauvais bougre. Même s'il se montrait parfois désagréable, il tiendrait parole.

— Je ne l'oublie pas. A bientôt, j'espère.

En fin d'après-midi, Cassie se demandait encore si elle ne devrait pas annuler son dîner avec Ryan.

Elle avait passé sa matinée à s'inscrire aux formations qui collaient avec ses jours de repos. Puis, vers 14 heures, elle s'était rendue à l'hôpital pour demander à Michelle, la surveillante, l'autorisation de modifier ses congés. Cette dernière s'était montrée particulièrement compréhensive lorsqu'elle lui avait exposé le motif de sa requête. Elles avaient étudié le planning ensemble, et Cassie avait choisi ses dernières dates en tenant compte de l'organisation du service.

Très satisfaite, elle était ensuite allée voir Gloria, qui ne quittait pas le chevet de Trey en soins intensifs.

— Il commence à se réveiller, lui avait annoncé son amie, les yeux brillants de larmes. Il bouge un peu les mains et les pieds. Mais il ne répond pas encore aux ordres.

— Laisse-lui le temps, avait-elle répondu. Il va s'en sortir, tu verras. J'ai une bonne intuition.

— Moi aussi, en fait. La nuit dernière, je n'aurais pas osé y croire. Maintenant… on peut espérer.

— Je suis tellement contente, Gloria !

Cassie s'était attardée un moment. Voyant qu'elle portait des papiers, Gloria lui avait demandé de quoi il s'agissait, et elle avait fini par lui confier son projet d'adoption.

Après un moment de stupeur, Gloria lui avait pris la main et l'avait serrée.

— Je comprends très bien, Cassie. Je sais combien tu t'es attachée à Emma, et puisque tu as des problèmes pour avoir des enfants… Etre une mère célibataire n'est pas facile, mais tu seras une maman formidable. Et si un jour tu rencontres l'homme de ta vie, il t'acceptera avec ta fille. Tu le vaux bien !

La gentillesse de Gloria lui avait fait chaud au cœur. Pourtant, sur le chemin du retour, Cassie s'était demandé si Ryan, par exemple, pourrait élever un enfant qui n'était pas le sien. Il adorait les petits et fonderait sans doute une famille un jour. Mais accepterait-il de vivre avec un enfant adopté ?

Elle n'en avait pas la moindre idée.

Allons, elle s'égarait. Ce qu'il voulait ou pas ne la concernait en rien. Elle ne savait même plus si elle voulait toujours dîner avec lui ce soir !

Dans l'immédiat, il lui restait d'ailleurs une foule

de choses à faire. Elle devait s'inscrire aux séances de formation qu'elle n'avait pas encore choisies.

Elle se reconnecta au serveur… Et eut soudain l'impression de recevoir un grand coup sur la tête.

> Votre dossier de candidature est provisoirement bloqué. Merci de prendre rendez-vous avec l'un de nos conseillers dans les plus brefs délais.

Bloqué ? Pourquoi ? Ce n'était pas possible, elle hallucinait !

Elle fourragea dans son sac pour retrouver la carte donnée par l'employée de la mairie, le jour où elle avait déposé ses papiers.

Il lui fallut passer par un serveur vocal et pianoter sur un certain nombre de touches avant d'avoir enfin une interlocutrice en ligne.

Au bord des larmes, elle exposa son problème d'une voix tremblante.

Elle entendit l'employée taper sur un clavier.

— Oui, c'est exact, répondit celle-ci d'une voix désinvolte qui la stressa encore plus.

— Pour quelle raison ? Ai-je oublié de remplir une rubrique ? Vous manque-t-il des renseignements ?

— Non, pas du tout. Mais vous ne disposez que d'une seule chambre. Les familles qui peuvent offrir à un enfant sa propre chambre sont prioritaires. Ceci dit, nous faisons parfois des exceptions. Il faudrait demander à M. Davies. C'est lui qui décide.

— Je comprends, murmura-t-elle. Je vais tout de suite voir avec mon propriétaire s'il peut me louer un appartement plus grand. Pourrais-je parler à M. Davies, s'il vous plaît ? J'aimerais lui demander une dérogation sur ce point en attendant de trouver mieux, pour ne pas bloquer la procédure.

— Je suis désolée, mademoiselle, mais M. Davies est en vacances toute la semaine. Il faudra rappeler lundi prochain. Je lui laisserai un message. Comme cela, il saura déjà que vous voulez le joindre.

Elle sentit le téléphone lui glisser des mains.

Une semaine, c'était bien trop long ! Ce retard allait l'empêcher d'adopter Emma. Son rêve était en train de tourner au cauchemar. Et le pire, c'est qu'elle n'y pouvait rien.

Désespérée, elle enfouit sa tête dans ses mains et éclata en sanglots.

# 10.

Ryan se sentait nerveux en arrivant chez Cassie.

Comme un locataire de l'immeuble sortait, il n'eut pas besoin d'attendre devant l'Interphone. Il entra, monta l'escalier quatre à quatre, puis inspira à fond une fois arrivé devant sa porte.

Quel idiot ! Avait-il besoin de se mettre dans des états pareils ? Ce n'était qu'un dîner !

Il frappa, le cœur battant.

Mais, à sa grande surprise, il n'obtint aucune réponse.

Il frappa de nouveau, plus fort cette fois.

Après un moment, la porte s'entrebâilla.

— Je suis désolée, Ryan… Je ne vais pas pouvoir venir, chuchota Cassie, d'une voix si basse qu'il l'entendit à peine.

Alarmé, il la dévisagea.

Elle portait un vieux bermuda en jean délavé, un T-shirt informe. Et surtout, elle avait les yeux rouges et gonflés.

— Cassie ! Que se passe-t-il ? Tu as pleuré ?

Elle secoua la tête en reniflant.

— Non, je… Ça va, mais je ne suis pas d'humeur à sortir.

Devinant qu'elle allait refermer la porte, il agrippa le battant d'une main pour l'en empêcher.

— S'il te plaît, parle-moi ! Peu importe le dîner, je refuse de te laisser toute seule dans cet état. Dis-moi ce qui ne va pas !

Elle haussa les épaules et recula.

Il la suivit dans l'entrée puis referma la porte derrière eux.

— Je m'excuse, dit Cassie, baissant les yeux. J'aurais dû te téléphoner, ça t'aurait évité de venir. Mais… Je n'y ai pas pensé.

— Cela m'aurait fait venir plus tôt, au contraire ! J'aurais voulu être là pour t'aider, quel que soit le problème.

De nouveau, elle haussa les épaules.

Qu'avait-il bien pu se produire ? Elle ne pouvait pas pleurer à cause d'Emma puisque le bébé allait mieux. Mais alors…

— Pourquoi es-tu si bouleversée ? insista-t-il. Ta chef a-t-elle refusé de modifier ton planning ?

— Non, mais… Je ne peux pas suivre la formation pour l'instant, répondit-elle d'une voix étranglée. Je dois voir le responsable, et il est en vacances toute la semaine. Donc, il sera probablement trop tard pour que je puisse adopter Emma.

Parce qu'il ne supportait pas de voir Cassie aussi malheureuse, il s'avança et la prit dans ses bras.

Elle se raidit puis enfouit le visage contre sa poitrine.

— Je suis vraiment terriblement désolé, murmura-t-il, la joue posée sur ses cheveux. Ce n'est pas juste.

Cassie laissa échapper un sanglot étouffé.

— Je m'étais fait une telle joie de… de devenir sa mère. Ils lui trouveront une bonne famille d'accueil, c'est certain, mais malgré cela… Je suis égoïste, je voulais que ce soit moi, sa maman !

— Chut, Cassie. Tu n'es pas égoïste. Cette petite fille et toi êtes destinées l'une à l'autre. Ça se voit au premier coup d'œil. Si seulement je pouvais faire quelque chose…

— Malheureusement, il n'y a rien à faire. La situation est bloquée puisque M. Davies est en vacances. Mais merci quand même. Tu n'imagines pas à quel point ta présence me réconforte.

Et elle, elle n'imaginait visiblement pas à quel point il s'inquiétait à son sujet. Il aurait remué ciel et terre pour elle. Il se sentait prêt à soulever des montagnes pour lui rendre le sourire !

— Ne baisse pas les bras, chuchota-t-il. Tu t'es déjà inscrite pour la première séance, de toute manière.

— Oui, mais…

— Alors, tu vas y aller comme si de rien n'était ! Nous aviserons pour la suite dans le courant de la semaine. Ça va s'arranger, tu verras. Je ne peux pas croire qu'Emma et toi soyez séparées.

Elle esquissa un sourire tremblant.

— Tu le penses, Ryan ? Tu crois vraiment que nous sommes destinées à vivre ensemble, elle et moi ?

— Oui, vraiment ! Tu as un instinct maternel extraordinaire. Chaque fois que tu t'occupes d'Emma, j'en ai les larmes aux yeux.

— Oh ! Ryan ! Jamais on ne m'avait dit quelque chose d'aussi adorable. C'est le plus beau compliment qu'on puisse me faire…

A sa grande surprise, elle se dressa sur la pointe des pieds pour l'embrasser sur les lèvres.

Il lui caressa le dos dans l'idée de la réconforter.

Il se sentait si bien, là, à serrer Cassie dans ses bras. Le monde venait enfin de se remettre en place !

Mais bientôt elle entrouvrit les lèvres et se pressa plus étroitement contre lui.

Il eut alors l'impression qu'un millier d'étoiles explosait devant ses yeux. Le corps en feu, l'esprit embrumé, il songea que, peut-être, ce serait une erreur de précipiter les choses…

Puis il ne pensa plus du tout.

Cassie avait oublié toutes ses bonnes résolutions. Elle le savait pertinemment, mais elle n'avait pas pu se retenir d'embrasser Ryan. Il avait répondu présent alors qu'elle était dans le trente-sixième dessous. Il se montrait gentil, adorable. Bien plus que son ex-mari ne l'avait jamais été !

Quand il approfondit son baiser, elle se plaqua naturellement contre lui.

Chaque fibre de son corps se réveillait après un long sommeil. Elle ne pouvait que répondre de toute son âme à cette passion sauvage dont l'intensité la laissait sans forces.

Pourquoi, déjà, avait-elle voulu résister aux sentiments qui la poussaient vers cet homme ? Jamais de toute sa vie elle ne s'était sentie aussi bien !

Quand Ryan se redressa, elle frissonna en voyant une flamme danser dans son regard bleu.

— Tu es si belle, chuchota-t-il d'une voix rauque.

De ses lèvres, il traça un sillon sur ses joues, son menton, et vint butiner son cou. Puis il la plaqua contre lui, et elle frémit en sentant la force de son érection.

— Je me sens belle grâce à toi.

C'était comme si elle vivait, comme si elle respirait à travers Ryan. Son parfum subtil et boisé l'enivrait tel un puissant élixir. Elle était entrée dans un univers où elle ne s'appartenait plus. Seul comptait le désir irrépressible qu'il éveillait en elle.

— Cassandra… Si tu veux que je m'arrête, dis-le maintenant, je t'en conjure.

Elle n'avait fréquenté aucun homme depuis sa rupture avec Evan. Néanmoins, même si elle avait peur, elle ne reculerait pas.

— Non, murmura-t-elle. Ne t'arrête pas. J'ai envie de toi.

Il eut un sourire taquin.

— Ouf ! Je suis content de savoir que je ne suis pas tout seul.

Elle perçut la vulnérabilité sous-jacente à cette boutade et sentit sa gorge se serrer.

Ryan était fragile malgré les apparences. Lui aussi avait souffert. Ce vécu difficile le rendait encore plus cher à son cœur.

Tendrement, elle l'embrassa dans le cou, et laissa échapper un petit cri lorsqu'il la souleva de terre pour l'emmener jusqu'à sa chambre. Là, il la déposa sur le sol puis, d'un mouvement preste, retira sa chemise.

Déjà, ses mains caressantes se glissaient sous son T-shirt.

L'espace d'une seconde, elle regretta de ne pas porter des vêtements plus jolis, mais Ryan paraissait s'en soucier comme d'une guigne. La preuve, sa réaction quand il découvrit son soutien-gorge de dentelle rose.

Il le dégrafa avec un gémissement rauque, avant de s'intéresser à la fermeture de son bermuda. A son tour, elle le débarrassa de son pantalon, et il fut bientôt à demi nu devant elle, son corps splendide révélé par le boxer noir qui masquait à peine son érection.

Alors, pour la première fois, elle se sentit gênée.

Et si elle n'était pas à la hauteur ? Et si…

— Cassie, il y a un problème ? Tu as changé d'avis ?

Elle repoussa le souvenir dérangeant d'Evan dans un coin de son cerveau. Elle ne devait pas tout gâcher.

— Ça fait longtemps, tu sais, murmura-t-elle. J'ai peur de te décevoir.

— Jamais tu ne pourras me décevoir, Cassie ! Tu es la lumière que j'attendais désespérément. Il faut me croire ! Et ça fait longtemps pour moi aussi, tu sais…

Il lui captura le visage de ses paumes et l'embrassa tendrement, avant de laisser libre cours à sa passion. Puis il la souleva une nouvelle fois et la déposa sur le lit avec une infinie douceur.

Ivre de désir, elle se cramponna à lui, grisée par le contact de son torse musclé. Elle crut mourir de plaisir quand ses lèvres glissèrent sur elle pour se refermer sur un de ses mamelons durcis. Il le taquina longuement et fit de même avec l'autre, jusqu'à ce qu'elle se tortille sous lui.

— Ryan, implora-t-elle, le ventre en feu. Maintenant…

Il glissa une main entre ses cuisses, excita gentiment son clitoris.

Elle se mordit la lèvre pour s'empêcher de céder au plaisir insoutenable qui montait en elle.

— Tu es merveilleuse, chuchota-t-il.

Elle eut à peine conscience qu'il se relevait pour prendre un préservatif dans la poche de son pantalon. Il se protégea rapidement puis se rallongea près d'elle tandis qu'elle s'offrait sans réserve.

— Ryan !

Quand il vint en elle, une vague de plaisir lui coupa le souffle. Ils commencèrent à cheminer ensemble, de plus en plus vite, de plus en plus fort.

— Oui, gémit-elle. Oh oui…

— Cassandra…

Le rythme de Ryan devint urgent, presque frénétique. Arc-bouté au-dessus d'elle, il chercha son regard.

— Cassandra, répéta-t-il. Jouis avec moi ! Maintenant !

Le corps secoué de spasmes, elle s'abandonna. Ryan s'abattit sur son épaule avec un cri rauque, et l'univers explosa en un millier de couleurs.

Jamais elle n'avait autant eu l'impression d'être à sa place, en paix avec le monde. Elle était merveilleusement bien.

Ryan roula sur le côté, gardant Cassie étroitement serrée contre sa poitrine. Son cœur cognait dans sa cage thoracique, et il mit de longues minutes à reprendre son souffle.

Contre lui, Cassie demeurait immobile, alanguie. Un sourire heureux flottait sur ses lèvres.

— Waouh…, murmura-t-elle.

— Waouh, en effet, répéta-t-il en effleurant la peau satinée de sa joue.

Faire l'amour avec elle avait été une expérience unique. Merveilleuse. Extraordinaire. Il aurait aimé garder la jeune femme sur son cœur jusqu'à la fin des temps.

Quand elle nicha le visage dans son cou, il sentit une nouvelle vague de désir le submerger. Pourrait-il un jour se rassasier de cette femme ?

C'est alors que, brutalement, la passion céda à l'angoisse.

Cassie méritait mieux qu'une nuit de plaisir. Serait-il

à la hauteur ? Ce qu'il partageait avec elle ne ressemblait en rien à son aventure avec Shana. Toutefois, le problème restait intact : il n'était pas sûr d'avoir changé, ni de pouvoir s'engager dans une relation durable.

— Tu n'es pas rancunier, chuchota Cassie, malicieuse.

— Rancunier ? Mais pourquoi ?

— Parce que nous ne sommes pas allés dîner dans ton restaurant italien !

Il secoua la tête en souriant.

— Non seulement je ne t'en veux pas, mais je suis ravi que nous soyons restés chez toi. Et tout va s'arranger pour Emma, ajouta-t-il. J'en ai la certitude. Tout comme je suis persuadé qu'il s'agit d'une première étape. Un jour, tu auras tes propres enfants. Tu as une âme de mère poule.

A sa façon de se raidir, il songea qu'il aurait mieux fait de se taire. La température de la pièce venait de chuter d'une dizaine de degrés sans qu'il comprenne pourquoi. Qu'avait-il dit de mal ? Il avait voulu se montrer gentil…

Avant qu'il puisse éclaircir le malentendu, son portable se mit à sonner.

Il se leva pour répondre, frustré, pensant qu'il s'agissait de l'hôpital. Mais, à sa grande surprise, c'était le nom de Trammel qui s'affichait sur l'écran.

— Ryan Murphy, dit-il.

— Bonsoir, docteur. Nous avons mené l'enquête sur vos trois Oliver Stevenson. Le numéro d'agrément relevé sur l'ordonnance de Trey Reynolds correspondrait à un Dr Stevenson de Chicago, dans l'Illinois.

Médusé, Ryan s'assit au bord du lit.

Cela faisait des lustres qu'il espérait entendre cela ! Il commençait à désespérer…

— Où est-il, à Chicago ? demanda-t-il d'un ton pressant. Il faut vite que nous coincions cette ordure avant qu'il ne déménage. Il doit bouger régulièrement.

— On se calme, rétorqua sèchement Trammel. Vous n'allez rien faire du tout, docteur. Et vous entendriez parler du pays si jamais vous faisiez capoter mon enquête !

Ryan se mordit la lèvre pour s'empêcher de riposter.

La dernière des choses à faire était de se mettre Trammel à dos. L'inspecteur avait fait l'effort de le tenir au courant comme promis. Mais s'il le contrariait, cela ne se reproduirait pas, et il ne saurait plus rien…

— Je ne me mêlerai pas de votre enquête, se força-t-il à répondre.

Pour la première fois depuis le début de la conversation, son regard croisa celui de Cassie, qui le fixait, l'air médusé.

Il baissa les yeux sur la moquette.

Quel imbécile ! Dans son emportement, il avait oublié qu'elle était là. Qu'allait-il bien pouvoir lui dire ?

— Merci d'avoir appelé, inspecteur, conclut-il.

— Mais de rien, marmonna Trammel. A bientôt.

Après qu'il eut raccroché, Cassie s'enroula dans le drap puis s'assit contre les oreillers, très raide.

— Si j'ai bien compris, tu parlais à un inspecteur de police, fit-elle. Quel est le problème ? Pourquoi lui as-tu dit que tu ne te mêlerais pas de son enquête ?

Le moment était on ne peut plus mal choisi pour lui révéler la vérité…

Il rassembla ses vêtements et commença à se rhabiller tout en se demandant pourquoi il avait répondu à Trammel. Il aurait mieux fait de s'abstenir !

— Ryan ?

Impossible de garder le silence. Il était au pied du mur.

— Après l'overdose de Trey Reynolds, je t'ai dit que je m'intéressais aux addictions médicamenteuses, dit-il avec un soupir las. Tu t'en souviens ?

— Oui.

Cassie avait l'air si perplexe qu'il aurait voulu retourner au lit et la prendre dans ses bras. Mais s'il se rapprochait, il aurait encore plus de mal à lui parler. C'était déjà tellement difficile !

— Ce sujet… me touche de près. Ma femme est morte d'une overdose d'antalgiques.

— Oh non ! s'exclama Cassie en portant une main à ses lèvres. Est-ce que…

— Victoria n'a pas mis fin à ses jours, elle n'avait pas de tendance suicidaire. D'après le médecin légiste, le surdosage était accidentel.

— Ryan… C'est terrible. Je me mets à ta place.

Les grands yeux noisette de Cassie reflétaient une immense compassion.

Mais il ne méritait pas qu'elle le prenne en pitié.

— Arrête ! s'écria-t-il. Tu ne comprends rien. C'est ma faute !

Silence. Elle le dévisagea longuement.

— En effet, je ne comprends pas, balbutia-t-elle.

Il secoua la tête.

Il s'était déjà confié beaucoup plus qu'il n'aurait voulu, et les mots s'étranglaient dans sa gorge. D'habitude, il évitait ce sujet à tout prix. En trois ans, il n'avait même pas eu le courage de tout raconter à Simon, son meilleur ami. Ce dernier ignorait les détails de cette triste histoire.

Il ne pouvait pas en parler à Cassie. C'était au-dessus de ses forces. Quand elle découvrirait la part de responsabilité qu'il portait, il tomberait de son piédestal. Elle risquait de le détester.

— Il faut que j'y aille, dit-il.

Elle le dévisagea en silence. Alors qu'il gagnait la porte, il sentit son regard peser dans son dos et se retourna.

— Bonne nuit, articula-t-il. A bientôt.

Pas de réponse.

D'ailleurs, il n'en attendait aucune. Tout était dit. Il était trop tard, il avait vraiment tout gâché.

Cassie avait trouvé le chemin de son cœur. Il tenait plus à elle qu'il ne l'aurait cru possible. Cette fois, il avait atteint le point de non-retour.

# 11.

Cassie n'avait pas eu d'insomnie depuis longtemps. Mais après le départ de Ryan, elle avait cherché le sommeil en vain pour finalement s'endormir à l'aube. Et maintenant, à 7 heures, elle était déjà réveillée. La journée s'annonçait longue, sachant qu'elle travaillait l'après-midi.

Enroulée dans un plaid, elle alla s'asseoir sur son canapé. Elle n'avait pas envie de bouger, ni même d'ouvrir les volets.

Elle était passée du rêve au cauchemar, et le pire, c'est qu'elle ne comprenait toujours pas pourquoi les choses s'étaient aussi mal terminées avec Ryan.

Ils avaient partagé des moments magiques, d'une intensité incroyable. Lorsqu'ils avaient fait l'amour, elle s'était sentie plus proche de lui qu'elle ne l'avait jamais été de quiconque. Mais après son entretien au téléphone avec cet inspecteur de police, il avait fui comme un voleur.

Elle avait éprouvé une peine immense en apprenant qu'il avait perdu son épouse suite à une overdose. Tout s'était expliqué d'un coup. Elle savait maintenant pourquoi il s'intéressait au cas de Trey Reynolds. Néanmoins, le mystère demeurait entier : pourquoi s'accusait-il de la mort de Victoria ?

Une chose était certaine : il ne lui faisait pas assez confiance pour le lui dire.

Heureusement qu'elle avait gardé son propre secret. Cela aurait sans doute aggravé les choses qu'elle lui parle de ses fausses couches. Ryan voulait des enfants, et elle savait que ses problèmes gynécologiques auraient fini par devenir un obstacle.

Elle avait eu la preuve qu'ils n'étaient pas assez proches pour échanger des confidences intimes. D'ailleurs, elle n'aurait jamais dû faire l'amour avec lui. Tout simplement.

Il risquait de la faire souffrir encore plus qu'Evan.

Saisie de nausées, elle gagna la cuisine.

Elle évitait en général de sauter des repas, mais, même si elle n'avait rien mangé la veille, elle n'avait toujours pas faim.

Etait-elle devenue folle ? Allons, c'était ridicule, personne n'était mort ! Certes, elle avait brûlé les étapes en tombant dans les bras d'un homme dont elle ne savait pas grand-chose, mais la terre continuait de tourner. Le principal était qu'Emma se rétablisse. Le bébé allait mieux, alors que demander de plus ?

Elle se prépara un café et quelques tartines, résolue à se secouer. La matinée filerait vite, et elle pouvait faire des tas de choses pour s'occuper l'esprit.

Après son petit déjeuner, elle prit une douche revigorante. Elle s'attela ensuite au ménage et au classement de ses papiers, puis elle fit une pause vers 11 heures pour appeler Gloria.

Son amie avait une très bonne voix au téléphone, et pour cause : Trey venait enfin de se réveiller ! Elles décidèrent de se retrouver à midi au Sunshine Café pour discuter des derniers événements, après quoi Cassie raccrocha, en songeant qu'elle devait encore contacter son propriétaire : elle avait besoin d'un logement plus vaste, et le temps pressait.

— Malheureusement, je n'ai rien à vous proposer, répondit-il lorsqu'elle lui posa la question. Pour un appartement avec deux chambres, il faudra compter six mois, le temps qu'un bail arrive à expiration. Je peux vous mettre en tête de liste, si vous voulez.

— Je… Non, merci, ce n'est pas la peine.

Elle raccrocha, dépitée.

Six mois, c'était bien trop long. Elle devait chercher ailleurs sous peine de perdre toute chance d'adopter Emma.

Depuis quelque temps, elle s'interrogeait sur l'achat d'une maison à Cedar Bluff. Il était temps de passer la vitesse supérieure.

Elle alluma son ordinateur portable puis se connecta aux sites de plusieurs agences immobilières.

Ainsi qu'elle le craignait, les prix dépassaient largement son budget.

Si seulement elle avait suivi le conseil de son avocat de demander une pension alimentaire au moment du divorce ! Elle avait refusé par fierté, ne voulant rien devoir à Evan. Tout juste lui avait-elle laissé prendre les frais d'avocat à sa charge. Son avocat avait essayé de la raisonner, sans succès. Elle avait campé sur ses positions.

Et maintenant, elle se retrouvait avec des économies très insuffisantes pour devenir propriétaire.

Mais elle ne regrettait rien. Elle allait continuer à prospecter, voilà tout. Elle n'allait quand même pas puiser dans son assurance retraite pour financer l'achat d'un bien !

Au moment où elle allait se déconnecter, une annonce lui sauta aux yeux :

> Cedar Bluff. Petite maison de ville. Deux chambres. Chauffage central. Jardinet.

La photo qui accompagnait le texte montrait une façade blanche qui paraissait bien entretenue, une cour proprette.

Elle sentit son cœur s'emballer.

Elle venait peut-être de dénicher LA bonne occasion ?

Le prix paraissait raisonnable, et elle fit un rapide calcul : taxe foncière incluse, elle devrait verser chaque mois environ deux cents dollars de plus que son loyer actuel. C'était faisable.

Pourquoi tergiverser ?

Elle laissa un message sur la boîte e-mail de l'agent

immobilier en précisant qu'elle souhaitait visiter la maison le plus tôt possible.

Elle fut tentée d'appeler Ryan dans la foulée.

Mais à quoi bon ? Elle n'allait pas prendre l'habitude qu'il la soutienne dans ses projets, maintenant c'était terminé. D'ailleurs, elle n'avait pas besoin de lui.

Si elle avait cru un moment que tout était possible entre eux, elle devait à présent admettre son erreur. Il ne lui restait qu'une chose à faire : avancer sans se retourner.

Ryan chargea son dernier carton à l'arrière du pick-up de son ami Simon en poussant un ouf de soulagement.

— Tu es sûr que ça ne t'ennuie pas d'emmener ce bazar à la déchetterie ? demanda-t-il. J'aurais pu t'accompagner.

— Ne te casse pas la tête ! répondit Simon avec un grand geste de la main. Je suis content de pouvoir te rendre service. Si tu as besoin d'autre chose, n'hésite pas.

Il eut un rire désabusé.

— Tu ne connaîtrais pas un acheteur potentiel, par hasard ?

— Malheureusement non. Holly et moi cherchons une maison plus grande, maintenant que nous attendons notre petit deuxième. Mais de là à vivre ici…

Simon s'interrompit, l'air gêné.

Ryan lui tapota l'épaule.

— Je te comprends, vieux. A ta place, j'aurais la même réaction. On ne peut pas dire que cet endroit respire la gaieté.

Après le départ de Simon, Ryan s'assit sur son escalier extérieur en soupirant.

Il avait réussi à occuper cette matinée morose en triant ses affaires. Maintenant qu'il avait fini, ses pensées s'envolaient de nouveau vers Cassie.

Il était devenu accro à cette femme. Depuis son réveil aux aurores, il avait failli l'appeler une dizaine de fois.

Mais dans quel but ? Même s'il s'excusait, il n'aurait

pas la conscience tranquille. Il se sentirait mal tant qu'il n'aurait pas trouvé le courage de lui raconter toute son histoire. Avec elle, c'était tout ou rien, et il ne voulait plus lui mentir, même par omission.

Faire l'amour avec elle avait été la plus belle expérience de sa vie d'homme. Pourtant, il avait fui comme un lâche. Accepterait-elle de lui donner une autre chance ?

Rien n'était moins sûr.

Indécis, il rentra dans la maison pour se doucher et se changer. Puis, n'y tenant plus, il appela Cassie.

Le téléphone sonna dans le vide.

Il s'abstint de laisser un message. Ils risquaient tous les deux d'être mal à l'aise au téléphone, mieux valait qu'ils se parlent directement.

Il sortit et s'installa au volant de sa décapotable. Sur la route, il hésita à faire demi-tour, se raisonna, poursuivit son chemin.

Que lui arrivait-il ? Jamais il n'avait été aussi peureux !

Dépité, il comprit bientôt qu'il avait stressé pour rien : Cassie était absente, ou alors elle refusait de répondre à l'Interphone pour ne pas le voir.

La perspective de rentrer chez lui ne le séduisait guère. Il allait déjeuner en ville. Ensuite, il irait marcher, ou au cinéma. Tout plutôt que rester seul à remâcher ses regrets.

Comme il l'avait fait des centaines de fois, il s'engagea au ralenti dans les ruelles proches de la place principale. La terrasse du Sunshine Café inondée de soleil lui rappela son dîner avec Cassie, et il ralentit machinalement.

Hallucinait-il ?

Non ! L'objet de ses pensées était là, en compagnie de Gloria Reynolds. Elles attendaient apparemment qu'une table se libère. Cassie n'avait pas l'air malheureux, loin de là. Elle riait à gorge déployée et semblait prendre du bon temps avec son amie.

Il crispa les mains sur le volant.

Avait-il été le seul à s'impliquer dans cette histoire ?

Le seul à se poser des questions, à hésiter, à souffrir ? Il commençait sérieusement à le croire.

Cassie eut un coup au cœur lorsqu'elle vit la vieille décapotable de Ryan tourner le coin de la rue.

Cette vision fugace ne dura pas plus de trois secondes. Néanmoins elle sentit une vive déception la submerger. Puis elle se traita d'idiote.

Qu'espérait-elle au juste ? Ryan Murphy n'allait pas ratisser toute la ville pour la retrouver. Il était parti comme un voleur la veille, et il n'avait pas donné signe de vie depuis !

Tandis que la serveuse se mettait en quête d'une table, elle regarda discrètement son mobile.

Avec un peu de chance, l'agent immobilier, Andrea Langley, l'aurait peut-être rappelée ?

Ce n'était hélas pas le cas. En revanche, Ryan avait cherché à la joindre.

Ryan ! Il avait appelé !

Malgré ses bonnes résolutions, une vague de chaleur la parcourut de la tête aux pieds.

Voulait-il lui présenter ses excuses ? De toute manière, ils devraient bien se parler un jour puisqu'ils travaillaient ensemble. Dans ces conditions, ne vaudrait-il pas mieux écouter ce qu'il avait à dire ?

— Cassie ? Hé ho, Cassie !

La voix de Gloria la ramena à l'instant présent.

— Oui, oui, excuse-moi. Euh… Tu disais ?

— Je te demandais des nouvelles de la petite Emma. Comment va-t-elle ?

— Beaucoup mieux, heureusement…

Comme la serveuse leur faisait signe qu'une table était libre, elle s'interrompit. Elle se laissa tomber sur sa chaise en soupirant.

— La mauvaise nouvelle, c'est que mon projet d'adoption risque de tourner court, expliqua-t-elle. Les services de protection de l'enfance ont tiqué parce qu'il n'y a qu'une seule chambre dans mon appartement.

— Non ! Ce n'est pas vrai !

— Oh ! que si ! Le pire, c'est que le responsable est en vacances toute la semaine. Je ne peux donc pas demander de dérogation. Et bien sûr, mon propriétaire n'a rien de plus grand à me proposer. En désespoir de cause, j'ai épluché les annonces immobilières ce matin, mais mon budget est limité, donc… Voilà, j'ai peu de chances d'aboutir.

Gloria la considéra en fronçant les sourcils.

— Tu devrais peut-être laisser tomber, Cassie. Sans parler d'adoption, tu ne sais même pas si tu obtiendras la garde provisoire de la petite. Tu remues ciel et terre, mais imagine que tu fasses tout ça pour rien ?

La réaction de son amie lui donna un coup au moral. Un jour comme celui-là, elle s'en serait bien passée !

— Dans la vie, il faut se battre pour ce qui en vaut la peine, répliqua-t-elle d'un ton ferme. Donc, je me bats.

Pour couper court, elle se plongea dans la lecture du menu.

— Le sandwich au poulet grillé me tente, dit-elle.

— Hm. Si j'étais raisonnable, je prendrais une salade, marmonna Gloria. Mais oublions le régime ! Je te suis !

— Je te suggère des frites maison en accompagnement. Elles sont délicieuses.

— Ah, oui ? Tu as testé ? Je ne savais pas que tu étais déjà venue ici.

Elle se sentit rougir sous le regard inquisiteur de Gloria.

— Une fois seulement. Mais on devrait y déjeuner plus souvent, bredouilla-t-elle, gênée par le sourire narquois de son amie. On n'habite pas loin et…

La sonnerie de son portable l'empêcha de se trahir davantage. Elle lut « agence immobilière » et se leva d'un bond.

— Excuse-moi, Gloria. C'est un coup de fil important… Cassandra Jordan, j'écoute !

— Bonjour, mademoiselle. Andrea Langley à l'appareil. Je vous appelle au sujet de la maison de Lavender Drive.

Pour pouvoir discuter tranquillement, Cassie gagna le bord de la terrasse et s'isola derrière une grande plante.

— Merci de m'avoir contactée, répondit-elle. Quand pourrai-je visiter la maison ?

— Etes-vous libre cet après-midi à 15 heures ?

Juste au moment où elle devait prendre son poste. Quelle guigne !

— Malheureusement non, répliqua-t-elle, déçue. Je serai au travail. N'y aurait-il pas moyen de se voir à 14 heures ?

— Si, bien sûr. Je vais réorganiser mon planning, ne vous inquiétez pas.

Cassie remercia une nouvelle fois son interlocutrice, puis prit congé. Au moment de rejoindre Gloria, elle avisa alors une silhouette à cheveux blancs, non loin d'elle.

Une personne âgée était assise, seule, à la table la plus reculée de la terrasse.

Cassie se rapprocha, sachant d'instinct de qui il s'agissait.

Elle ne s'était pas trompée. C'était bien Lydia, la dame à la canne. Cette dernière avait dû la guetter et la suivre en voiture.

Elle se planta devant la vieille femme.

— Bonjour ! fit-elle. Vous n'en avez pas assez de ce petit jeu ?

— Bonjour. Je ne comprends pas…

— Assez tourné autour du pot ! Voulez-vous des nouvelles d'Emma ? Je suis sûre que vous avez un lien de parenté avec cette petite fille.

Lydia ouvrit la bouche, la referma. Elle posa les yeux sur sa canne pendant un moment, puis releva enfin la tête.

— Je souffre de polyarthrite rhumatoïde, dit-elle. D'après le rhumatologue, mon état va beaucoup se dégrader dans les deux ans à venir.

Cassie la regarda, surprise et peinée à la fois. Jamais elle n'aurait cru que la discussion prendrait cette tournure. Pourquoi Lydia lui parlait-elle de sa santé ?

— Je suis désolée, répondit-elle, sincère. Il n'est jamais facile d'apprendre qu'on souffre d'une maladie chronique et invalidante. Quel traitement vous ont-ils proposé ?

— Des choses classiques, expliqua la vieille dame avec un haussement d'épaules désabusé. Je prends des anti-inflammatoires, des corticoïdes. Et je vais chez le kiné trois fois par semaine.

Cassie s'installa sur la chaise voisine de Lydia et lui sourit. Sa colère s'était envolée, cédant à la compassion.

— La kiné, c'est très bien ! Dans certains cas, un bon massage améliore beaucoup les choses.

— Chez moi, ce n'est pas frappant, marmonna Lydia. J'arrive encore à conduire et à marcher mais, très bientôt, je risque de passer de la canne au déambulateur. Je suis déjà tombée une fois. Si cela se reproduit, je n'y couperai pas.

— Je suis vraiment désolée, répéta Cassie.

Pauvre femme ! Si seulement elle pouvait faire quelque chose pour l'aider !

Lydia secoua la tête.

— Je ne vous ai pas raconté tout ça pour me faire plaindre, déclara-t-elle. Et d'ailleurs, assez parlé de ma petite personne ! L'autre jour, je vous ai menti. Je connais la mère d'Emma : c'est ma nièce. Quand ma sœur est décédée, il y a six ans, je me suis occupée d'elle, mais Avery a très vite mal tourné. Elle avait de mauvaises fréquentations… Enfin, vous voyez ce que je veux dire.

Cassie opina. Elle voyait très bien, en effet.

— Et puis ? l'encouragea-t-elle. Que s'est-il passé ?

— Je n'ai plus eu de nouvelles d'Avery pendant un an. Quand elle est tombée enceinte, elle a refait surface. Je les ai dépannés financièrement comme j'ai pu, elle et son ami. Elle a accouché à l'hôpital, mais elle en est ressortie dès le lendemain. Et ce jour-là, elle est venue me demander de l'aide. Elle ne se sentait pas capable d'élever sa fille toute seule, avec un compagnon instable. En fait, elle voulait me la confier et revenir la voir de temps à autre.

Le visage ridé de Lydia reflétait une profonde détresse.

Cassie lui serra la main par-dessus la table.

— Je devine la suite, dit-elle gentiment.

— Croyez-moi, si j'avais été plus en forme, j'aurais gardé la petite, chuchota la vieille dame, les larmes aux yeux. Mais c'était impossible. Après une longue discussion, j'ai incité Avery à déposer le bébé à l'hôpital. C'était la seule solution.

— Vous avez bien fait, répondit Cassie d'un ton apaisant. Au moins, Emma a pu être soignée. Sans cela, elle serait probablement morte. Nous avons dû gérer des problèmes pulmonaires compliqués, mais elle va beaucoup mieux. Le pédiatre envisage même d'enlever l'assistance respiratoire aujourd'hui. Nous la garderons le temps qu'il faudra, puis elle sera adoptée par une famille aimante. Je vous le promets.

— Merci, murmura Lydia. Merci pour ma petite-nièce.

Elle pleurait à chaudes larmes, à présent.

Cassie resserra son étreinte sur sa main.

— Pour tout vous dire, j'envisage d'adopter Emma moi-même. Je l'aime déjà comme ma fille.

— Ce serait merveilleux !

La réaction de Lydia, son sourire reconnaissant ne firent que la conforter dans son projet. Elle était heureuse de lui en avoir parlé. Elle espérait l'avoir ainsi consolée un peu.

Restait maintenant à faire en sorte que ce rêve devienne réalité.

Elle ne pouvait pas imaginer qu'il en soit autrement.

# 12.

Ryan n'avait pas réussi à aller déjeuner seul au bord du lac. Il avait fait demi-tour.

Puisque Cassie était au Sunshine Café, il allait la rejoindre, même si ça ne servait à rien. Il n'aurait pas la conscience tranquille tant qu'il ne lui aurait pas présenté ses excuses.

Après avoir retraversé le centre-ville, il se gara dans une ruelle adjacente au Sunshine Café et s'y rendit au pas de charge.

En arrivant, il eut alors la surprise d'apercevoir Gloria seule à une table. Cassie, elle, se trouvait à l'autre bout de la terrasse en compagnie de Lydia, la vieille dame à la canne.

Que fabriquaient-elles ensemble ? Pourvu qu'il n'y ait pas de problème !

Autant en avoir le cœur net.

Il se rapprocha au moment précis où Cassie se levait.

— N'oubliez pas que vous avez mon numéro de téléphone, maintenant, disait-elle. N'hésitez pas à m'appeler si vous avez besoin de quoi que ce soit, et…

— Bonjour, Cassie. Tout va bien ? demanda-t-il, l'air interrogateur.

— Très bien, répondit-elle d'un ton froid. Lydia, vous vous souvenez du Dr Murphy ? Il est pédiatre à l'hôpital. Il s'occupe d'Emma.

— Mais oui, évidemment ! Enchantée de vous revoir, docteur.

Il serra la main que la vieille dame lui tendait, de plus en plus étonné.

— Je m'excuse de ne pas me lever, mais mes vieux os me chatouillent aujourd'hui, ajouta Lydia.

Malgré sa perplexité, il retrouva sur-le-champ sa bonne éducation.

— Restez assise, je vous en prie ! fit-il.

— Cette dame est la grand-tante d'Emma, précisa Cassie, répondant à la question qu'il n'osait pas poser.

En quelques phrases, elle lui résuma l'entretien qu'elle venait d'avoir avec Lydia.

Cette fois, tout s'expliquait. Et sans doute la vieille dame connaissait-elle des détails importants sur sa nièce...

Il s'assit près d'elle et plongea le regard dans le sien.

— Je soupçonne Avery d'être droguée aux antalgiques, dit-il d'un ton grave. Nous ne voulons pas lui causer de problèmes mais, à mon avis, elle met sa santé en danger.

Lydia pinça les lèvres.

— Je sais, docteur. Elle a été blessée dans l'accident de voiture qui a coûté la vie à ma sœur, et depuis son dos la fait beaucoup souffrir. Vous avez raison à propos des antalgiques. Elle en prend régulièrement et à fortes doses. Voilà pourquoi elle a signé une décharge pour quitter l'hôpital juste après la naissance d'Emma. Elle était en manque ! Je pourrais l'aider si seulement elle acceptait de revenir chez moi, mais elle refuse. Elle ne peut pas se passer de son bon à rien !

Il devinait ce que la pauvre Lydia pouvait ressentir. Il avait éprouvé la même chose quand, choqué et désemparé, il avait découvert l'addiction de Victoria. Sauf que, pour Avery, il restait un espoir...

— Si jamais elle revient, s'il vous plaît, parlez-lui, l'exhorta-t-il. Il faut la convaincre de se faire soigner. Je suis conscient que ce sera dur, mais il faut essayer.

— J'essaierai, murmura Lydia avec un pauvre sourire. Je vous le promets.

Il lui pressa la main avec douceur, puis Cassie et lui prirent congé pour aller rejoindre Gloria.

Celle-ci pianotait sur les touches de son portable, l'air exaspéré.

— Ah, tout de même ! s'exclama-t-elle en les voyant. La serveuse vient d'apporter nos sandwichs.

— Je suis vraiment désolée, murmura Cassie, l'air contrit. Je ne pensais pas te laisser seule aussi longtemps, mais j'ai rencontré une vieille dame de ma connaissance, là-bas.

Gloria haussa les épaules. Ryan croisa son regard interrogateur.

Il sourit, gêné.

— Bonjour, Gloria.

— Docteur Murphy, quelle surprise ! répliqua-t-elle. Vous déjeunez avec nous ?

Il ne demandait que cela, mais Cassie n'avait pas l'air emballée. De plus, il ne pourrait rien lui dire en présence de Gloria.

— Je ne voudrais pas vous déranger, répondit-il. Je vais plutôt prendre un sandwich au bar. Pourrai-je te parler cinq minutes quand vous aurez fini de déjeuner, Cassie ?

— Ça risque d'être dur. J'ai un rendez-vous.

La tension était à couper au couteau.

Gloria, pourtant, ne paraissait pas s'en apercevoir.

— Vous allez déjeuner tout seul ? C'est ridicule ! protesta-t-elle. Asseyez-vous donc, vous n'aurez qu'à attraper la serveuse au vol.

Cassie ne disait toujours rien.

Il finit par prendre une chaise, puis s'installa près d'elle.

— Sans indiscrétion, tu as un rendez-vous important, Cassie ? demanda Gloria.

— Oui et non. Tout à l'heure, je te parlais de maison… Figure-toi que j'en ai repéré une sur internet qui entrerait dans mon budget. Je dois la visiter à 14 heures.

— Ah, bon ? intervint Ryan, surpris.

C'était nouveau. Cassie n'en avait encore jamais parlé.

— Le temps presse, expliqua-t-elle. Mon propriétaire n'a rien de disponible avec deux chambres. Idem chez les agents immobiliers. Je dois vite réagir pour débloquer mon dossier d'adoption.

Voilà donc pourquoi elle avait l'air si serein. Il pensait la trouver maussade, et surtout très énervée contre lui, mais elle était déjà passée à autre chose.

— Je suis content pour toi, dit-il gentiment. Si tu veux, je pourrais t'accompagner, histoire de voir s'il y a des travaux à faire ou si le quartier est sûr…

Elle hésita, puis fit un signe de tête.

— Pourquoi pas ?

Certes, elle ne débordait pas d'enthousiasme, mais elle avait accepté. C'était déjà quelque chose.

— Super, murmura-t-il. Ça me fait plaisir.

Gloria s'éclaircit la gorge.

— Je vais peut-être aller déjeuner au bar, moi ! s'exclama-t-elle. Vous semblez avoir beaucoup de choses à vous raconter.

— Mais non, voyons ! protesta-t-il, gêné. Dites-moi, comment va votre frère ?

Pendant que Gloria lui détaillait les progrès de Trey, il commença à picorer quelques frites dans l'assiette de Cassie, à son invite. Finalement, elle insista aussi pour qu'il prenne un morceau de son sandwich parce que la serveuse était débordée.

— C'est toujours aussi bon, ici, déclara-t-il. On ne se lasse pas de ces frites maison.

— Vous aussi ? Quelqu'un m'en a déjà parlé, justement…

Gloria eut un sourire taquin tandis que Cassie plongeait le nez sur son assiette en rougissant.

Il n'épilogua pas, car, à l'évidence, l'amie de Cassie se doutait de quelque chose. A l'hôpital, elle n'était probablement pas la seule.

Il s'efforça d'orienter la conversation sur des sujets neutres jusqu'à la fin du repas. Puis Cassie demanda rapidement l'addition.

Il s'empara de la note dès que la serveuse l'eut posée sur la table.

Cassie et Gloria protestèrent en chœur.

— Tu n'as presque rien mangé ! se récria Cassie. Pourquoi veux-tu payer ?

— Parce que j'ai honte de m'être incrusté dans votre déjeuner entre filles, répliqua-t-il d'un ton badin.

Il glissa quelques billets dans l'assiette et, pour couper court à toute discussion, se dépêcha de l'emporter au bar. Quand il revint, les deux jeunes femmes s'étaient levées et l'attendaient près de la table.

— Merci beaucoup, docteur Murphy, dit Gloria. Je suis désolée, mais je dois vous abandonner. J'ai des courses à faire en ville. On se voit plus tard, Cassie ?

— Oui, bien sûr. Je passerai faire un coucou à Trey ce soir, pendant ma pause.

Ryan se félicita du tact de Gloria, qui avait saisi le premier prétexte pour les laisser seuls. D'ailleurs, elle n'avait guère eu le choix. Il avait clairement laissé entendre qu'il voulait parler à Cassie.

— Tu as rendez-vous dans une demi-heure, dit-il alors qu'ils descendaient la rue du restaurant. Veux-tu faire un petit tour en décapotable ?

Elle secoua la tête.

— J'aime beaucoup ta voiture, mais je dois repasser chez moi prendre mon uniforme. J'irai travailler directement après la visite de la maison.

— Je suis garé tout près. Je peux te conduire, si tu veux.

— D'accord.

Il attendit Cassie devant chez elle le temps qu'elle récupère ses affaires. Lorsqu'il la vit revenir, il éprouva l'envie folle de descendre de voiture pour l'embrasser.

Mais elle n'apprécierait sans doute pas. Et il était venu pour parler, rien d'autre.

Dès qu'elle fut assise près de lui, il se lança.

— Cassie, je te dois des excuses. Je voudrais…

— Non, ne t'excuse pas ! l'interrompit-elle. Moi aussi,

je te cache des choses. Il est temps que tu saches pourquoi je me suis attachée à Emma.

Il la fixa, intrigué.

— D'accord.

— Je t'ai dit que mon ex me trompait, mais il y a plus grave, murmura-t-elle, l'air si malheureux qu'il faillit de nouveau la prendre dans ses bras.

Au lieu de cela, il lui adressa un regard encourageant.

— Je t'écoute, Cassie.

— J'ai fait deux fausses couches. Les deux fois à vingt semaines de grossesse.

Jamais, pas une seconde, il ne s'était attendu à ce genre de révélation. Seigneur ! Perdre un enfant était déjà terrible, mais deux…

— Je suis tellement désolé, chuchota-t-il.

— La deuxième fois, j'ai fait une hémorragie, et j'ai dû rester à l'hôpital.

Cassie pivota sur son siège et plongea un regard torturé dans le sien.

— A un moment, les infirmières sont parties chercher du matériel en laissant ma porte ouverte. Evan était dans le couloir… Il parlait au téléphone avec sa maîtresse, et j'ai tout entendu. Il lui expliquait à quel point il était content que j'aie perdu le bébé parce que, ainsi, il pourrait divorcer plus facilement.

— Oh non… Qu'as-tu fait ?

— Quand il est revenu, j'ai hurlé que je ne voulais plus le voir. Qu'il pouvait aller chercher les papiers tout de suite et me les faire signer sur mon lit d'hôpital.

Par réflexe, Ryan tendit une main.

Cassie l'arrêta du geste.

— Ce n'est pas tout, reprit-elle. L'obstétricien qui m'a soignée m'a fait passer des examens. Il a découvert que j'avais un utérus atrophié. Il est trop petit à cause d'une barrière tissulaire, qu'il faudrait retirer si je veux avoir des enfants un jour. Et même avec une opération, rien ne dit que cela marchera. La cicatrice sera peut-être trop importante.

— Les mots me manquent… Je suis tellement triste pour toi ! Si je pouvais faire quelque chose…

Elle eut un faible sourire.

— Tu ne peux rien faire, mais j'apprécie ta sollicitude. Et même si c'est douloureux, j'ai appris à vivre avec. Le pire, c'est de penser que je ne fonderai peut-être jamais de famille. J'en rêve depuis si longtemps ! Voilà pourquoi je m'étais précipitée dans ce mariage avec Evan.

— Parlons-en, de celui-là ! Cet abruti ne mérite pas une larme !

Cassie sourit franchement cette fois.

Il se pencha vers elle.

— Même si tu ne peux pas concevoir d'enfant, tu auras une famille un jour. J'en suis persuadé. Accroche-toi.

Puisqu'ils étaient dans les confidences, il aurait pu lui parler de son fils mort-né. Mais il ne voulait pas lui saper le moral. La perspective de visiter cette maison semblait lui faire du bien, et pour l'instant il fallait se raccrocher à cela. Le reste viendrait en son temps.

Il n'avait pas renoncé à s'expliquer. Il devrait juste trouver le bon moment pour le faire.

Assise près de Ryan dans la décapotable, sur le chemin de la maison à vendre, Cassie se sentait libérée d'un poids.

Elle était soulagée de lui avoir confié son problème. Il lui avait témoigné de la gentillesse et de la compassion, ce qui ne l'étonnait pas vraiment. Bien sûr, il restait beaucoup de non-dits entre eux. Au départ, il était venu pour lui parler, mais finalement il l'avait juste écoutée. Peut-être avait-il renoncé parce qu'ils manquaient de temps ?

Quoi qu'il en soit, une discussion sérieuse n'était plus à l'ordre du jour.

— Je vois un panneau « à vendre » ! s'exclama-t-elle, alors qu'ils tournaient le coin d'une artère résidentielle.

Elle tendit le cou pour lire la plaque de rue.

— Ce n'est pas ici. Dommage, elle est mignonne.

La ravissante villa de style Cape Cod avait un cachet indéniable avec son habillage de bois et son porche à colonnade. Mais cette demeure de charme n'était pas pour elle.

— D'après le GPS de mon téléphone, Lavender Drive est la rue suivante à droite. Nous y sommes ! Avance jusqu'au 15… Voilà.

Ils descendirent sur le trottoir.

Plusieurs maisons jumelées aux façades en brique rouge formaient un petit lotissement. Le 15 se trouvait presque au bout de la rue, non loin du parc qu'ils avaient contourné en arrivant.

— Elle est toute petite, mais bien située, fit-elle observer. Et puis, je n'ai pas besoin d'habiter un château. Il y a deux chambres, c'est le principal.

Sans savoir pourquoi, elle se sentait un peu gênée de son choix. Ryan allait-il trouver la maison trop exiguë ? Trop quelconque ?

Mais quelle importance ? Ce n'était pas pour lui qu'elle voulait l'acheter. D'ailleurs, à sa décharge, il avait l'air intéressé et pas du tout condescendant.

— Le toit semble en bon état, observa-t-il. Et les extérieurs sont bien entretenus. Voilà déjà deux atouts non négligeables.

A peine avait-il fini sa phrase qu'une petite berline se gara derrière la décapotable. Une femme blonde d'une trentaine d'années en descendit. A la grande surprise de Cassie, celle-ci s'avança vers Ryan et lui tendit la main.

— Docteur Murphy ! Je ne m'attendais pas à vous voir ici.

— Bonjour, Andrea, répondit-il en souriant. Je suis un ami de Mlle Jordan, ajouta-t-il, avec un geste vers Cassie en guise de présentation.

— Enchantée, dit Cassie en serrant la main de la jeune femme. Comment vous connaissez-vous ?

— J'ai mis ma maison en vente dans l'agence d'Andrea, expliqua Ryan.

— Oui, et je m'en réjouis ! s'exclama Andrea en riant. Enchantée, mademoiselle Jordan.

Ryan ne lui avait jamais dit qu'il voulait vendre sa maison ! Cet homme s'entourait décidément de mystères.

Cassie décida d'oublier cet aspect du problème pour se focaliser sur l'essentiel, à savoir la visite. Elle entra dans la maisonnette derrière Andrea, avec Ryan sur les talons.

— Il y a quelques travaux à prévoir, mais rien d'important, déclara Andrea.

Rien d'important ? Elles ne devaient pas avoir la même notion de cet adjectif !

Le bel enthousiasme de Cassie s'évapora lorsqu'elle découvrit des murs, autrefois blancs, jaunis par la fumée de cigarette. Le revêtement de sol — linoléum en bas et moquette dans les chambres — était dans un état déplorable. Et pour couronner le tout, une odeur de moisi et de tabac froid rendait l'air presque irrespirable. Jamais elle ne pourrait s'installer ici avec Emma, qui avait des problèmes respiratoires, avant d'avoir assaini l'atmosphère ! Même en laissant les fenêtres ouvertes huit jours d'affilée, elle aurait sans doute du mal à faire disparaître cette odeur.

— Je ne m'attendais pas à cela, dit-elle, dépitée. Il y a beaucoup de frais à engager. Et je voulais un logement habitable en l'état, très vite.

Andrea opina.

— Je comprends, répondit-elle. Nous n'avons pas eu l'occasion d'en parler avant la visite, sinon je vous l'aurais précisé. Je ne pensais pas que vous étiez pressée à ce point.

— Si, hélas. Par ailleurs, j'ai un budget limité.

— Il ne faut peut-être pas se focaliser uniquement sur l'intérieur, objecta Ryan. Le reste est en bon état.

Cassie réfléchit un moment.

— Je ne suis pas spécialiste, mais je sais que les travaux coûtent en général plus cher que prévu, dit-elle. Malgré tout, cette maison a du potentiel. Je pourrais faire une proposition inférieure de quinze mille dollars au prix initial ?

— Pourquoi pas ? murmura Andrea, dubitative. Je vais transmettre aux propriétaires. Nous verrons bien comment ils réagiront.

La jeune femme n'y croyait guère, apparemment. Mais Cassie décida de rester ferme sur ses positions. Elle avait certes prévu de s'endetter, mais dans la limite du raisonnable !

Ils ressortirent dans la rue. Cassie remarqua que Ryan scrutait les environs.

— A propos de maisons à vendre, nous sommes passés devant une villa de style Cape Cod, tout à l'heure, dit-il à Andrea.

Le visage de la jeune femme s'éclaira.

— Oui, elle est listée à l'agence. C'est l'un de nos plus beaux produits. Nous ne la garderons pas longtemps.

— Pourquoi veux-tu partir de chez toi ? demanda Cassie, incapable de refréner sa curiosité quand ils furent seuls.

Ryan haussa les épaules.

— Pour diverses raisons. D'abord, parce que la maison est immense. Ensuite, parce que je la trouve trop bourgeoise à mon goût.

Elle ne sut que répondre.

Si sa demeure ne lui convenait pas, pourquoi avait-il attendu trois ans pour la mettre en vente ? Etait-il en train de tourner la page ? Ou, au contraire, voulait-il fuir le souvenir trop douloureux de son épouse chérie ?

Même s'ils s'étaient rapprochés, elle doutait que Ryan soit prêt à aller de l'avant. Pire, elle craignait que ses sentiments pour lui ne soient pas réciproques. En brûlant les étapes, elle avait misé gros. Elle risquait tout simplement de perdre son cœur dans la bataille.

# 13.

Depuis qu'ils avaient quitté Lavender Drive, ils avaient à peine échangé quelques mots. Ils arrivaient maintenant en centre-ville, à l'endroit où Cassie s'était garée.

Ryan se sentait navré pour elle. Il devait dire quelque chose, lui remonter le moral. Tant pis pour sa résolution de garder ses distances. Il ne pouvait pas la voir malheureuse sans réagir.

— Réfléchis tranquillement à tout ça, dit-il comme elle allait descendre de la voiture. Tu n'es pas à deux jours près pour te décider. En tout cas, si les travaux te font peur, je te donnerai un coup de main.

Elle eut un petit sourire triste.

— Merci, murmura-t-elle. Attendons déjà la réponse des propriétaires. Andrea n'avait pas l'air très optimiste.

— Tout va s'arranger, tu verras.

— Je l'espère… Merci encore, Ryan. A bientôt.

Il la regarda s'éloigner dans la rue en se demandant pour la énième fois ce qu'il pourrait faire de plus.

C'est alors que la sonnerie de son portable interrompit ses réflexions. C'était l'inspecteur Trammel.

— Docteur Murphy, j'ai de bonnes nouvelles, annonça le policier sans préambule. Nous avons retrouvé le numéro d'agrément du Dr Stevenson de Chicago sur plusieurs ordonnances présentées dans des pharmacies de notre Etat.

Ryan faillit en lâcher son téléphone.

Une chance qu'il soit assis, car l'émotion lui coupait

les bras et les jambes. Avait-il bien compris ? Etait-il possible…

— Vous allez donc enfin mettre la main sur cette ordure ? demanda-t-il d'une voix rauque.

— J'y compte bien, déclara Trammel. La première adresse de Chicago correspondait à un bureau vide, mais grâce aux relevés téléphoniques, nous en avons trouvé une autre. Un inspecteur s'y est rendu en se faisant passer pour un malade. Il a obtenu son ordonnance sans le moindre problème. Malheureusement, c'est une secrétaire — ou une complice — qui la lui a donnée, le Dr Stevenson étant absent. Mais nous ne tarderons plus à le coincer. Nous travaillons en étroite collaboration avec les agents fédéraux pour l'arrêter.

Ryan crispa la main sur le téléphone.

— Merci de m'avoir tenu au courant. J'ai hâte que cet individu soit traduit en justice.

— Moi aussi, docteur. Je tiens également à m'excuser de ne pas vous avoir pris au sérieux après la mort de votre femme. J'aurais dû vous écouter.

Jamais il n'aurait cru entendre ces mots dans la bouche de l'orgueilleux inspecteur Trammel ! Si celui-ci avait réagi plus tôt, combien de drames aurait-on pu éviter ?

Hélas, on ne pouvait pas refaire l'histoire.

— Mon scénario était peu probable, j'en conviens, répondit-il d'un ton calme. L'essentiel, maintenant, c'est de mettre ce type sous les verrous.

— Comptez sur nous. Bonne journée, docteur Murphy.

« Bonne journée ». En était-ce vraiment une ?

Après avoir raccroché, Ryan se sentit tout à coup abattu. Il aurait dû se sentir soulagé, libéré d'un poids, mais ce n'était pas le cas.

L'arrestation du Dr Stevenson ne lui rendrait ni sa femme ni son fils. Elle ne lui enlèverait pas ce terrible sentiment de culpabilité.

Mais il savait ce qu'il devait faire. S'il voulait s'en

sortir et tourner la page, il fallait qu'il parle à Cassie. Et le plus tôt serait le mieux.

En arrivant au travail, Cassie eut la joie d'apprendre qu'Emma n'était plus sous assistance respiratoire.

Envahie d'un bonheur incommensurable, elle se précipita vers la couveuse et resta bouche bée.

— Ma chérie ! Comme tu es belle…

Emma respirait paisiblement, les traits reposés et détendus. Elle ne gardait qu'une petite marque sur la joue droite, stigmate des tuyaux qu'on y avait fixés les jours précédents. Mais il n'y paraîtrait bientôt plus !

— Nous surveillons de près les signes d'apnée, expliqua Diane, venue lui passer les consignes. Pour l'instant, elle n'en a pas fait une seule.

— C'est génial, murmura-t-elle, les larmes aux yeux.

Sans surprise, elle découvrit qu'elle s'occuperait d'Emma pendant sa garde. Ce serait donc à elle que reviendrait l'honneur de lui donner son premier biberon. Et à en croire les mimiques qu'Emma faisait avec la bouche, ce moment privilégié ne tarderait plus.

Elle se dépêcha d'aller faire chauffer du lait.

Juste à temps ! Lorsqu'elle revint, Emma commençait à geindre.

Quel plaisir d'entendre le son de sa petite voix ! Ses poumons avaient l'air de fonctionner à merveille !

— Là, mon cœur… Je suis là…

Elle ressentit une émotion indescriptible en soulevant Emma. Elle pouvait enfin tenir cet adorable bébé dans ses bras, la cajoler, respirer son odeur…

— Voilà. Nous y sommes.

Installée dans le rocking-chair, elle cala Emma au creux de son coude et lui présenta la tétine du biberon, que le bébé happa avec décision.

Quand elle releva la tête, elle eut la surprise de voir

Ryan debout devant elle, en train de les observer avec une intensité incroyable.

Elle frissonna au souvenir de la nuit précédente.

Mais elle ne pouvait pas lui montrer son émotion. Elle ne devait plus se laisser aller devant lui. Se concentrer sur Emma, voilà ce qu'elle avait de mieux à faire.

— Cette petite puce est magnifique, dit-elle.

— Oui, et toi aussi. Vous êtes très belles toutes les deux, chuchota-t-il d'une voix rauque.

Heureusement qu'aucune collègue ne se trouvait à proximité ! C'était déjà bien suffisant de sentir les regards curieux des unes ou des autres depuis quelques jours.

— Qu'est-ce que tu fabriques ici ? demanda-t-elle tout bas. Je te croyais en repos. Es-tu venu voir Emma ?

— Non. Je suis venu te voir, *toi*. Même si tu travailles, j'aimerais que nous dînions ensemble pendant ta pause.

Elle faillit refuser tout net, mais elle n'en avait pas le courage. Alors, elle choisit une autre tactique : celle de l'évitement.

— Ça risque d'être difficile. Nous allons bientôt prendre un prématuré en charge. L'accouchement se termine, d'après Diane. Et comme nous tournons en sous-effectifs…

Ryan secoua la tête.

— J'attendrai, décida-t-il. Si tu n'as pas le temps de faire un break, on se verra après ton service.

— Mais… Pourquoi ?

— Il faut que je te parle. S'il te plaît. C'est très important pour moi.

La supplique qu'elle lut dans ses yeux la toucha. Elle céda.

— D'accord… Mais dis-toi que tu risques d'attendre longtemps.

— Ce n'est pas un problème.

Il se pencha pour effleurer le crâne duveteux d'Emma puis se détourna.

Cassie se retint de justesse de le rappeler.

Même si elle lui en voulait de s'être enfui la veille, elle

savait déjà que rien ne pourrait altérer ses sentiments à son égard. Elle tenait à lui. Non, c'était plus fort que ça…

Elle l'aimait ! Elle l'aimait de toute son âme, comme on ne peut aimer qu'une fois dans sa vie. Elle le savait depuis des jours, mais à présent elle ne pouvait plus nier la réalité.

Cet amour avait-il une chance d'être réciproque ? Ou leur nuit de passion n'avait-elle été qu'un élan physique pour Ryan ? Elle avait eu l'impression de vivre un moment exceptionnel, mais peut-être de son côté voyait-il les choses différemment ? Après tout, il était parti…

Elle reporta son attention sur Emma et se secoua.

Le moment était mal choisi pour avoir des états d'âme. Cette petite puce avait besoin d'elle.

Emerveillée, elle contempla Emma qui tétait fermement. Elle l'encouragea de la voix, soulagée de voir que le biberon de trente grammes était presque vide.

Son bébé pouvait enfin se nourrir.

« Son » bébé…

Même si elle n'en obtenait pas la garde, Emma occuperait toujours une place à part dans son cœur. Le plus important dans l'immédiat était qu'elle aille bien, qu'elle se rétablisse correctement. Elle était en bonne voie de guérison, et rien d'autre ne comptait.

Cassie ne voulait pas réfléchir à la suite. Elle ne voulait pas penser au fait que ses chances d'adopter s'amenuisaient. Il fallait positiver, se dire que la santé d'Emma était primordiale. Et, forcément, il se trouverait bien à Cedar Bluff ou dans les environs un jeune couple — puisque les gens mariés étaient prioritaires — pour accueillir et aimer cette petite fille comme elle le méritait. Si tel était le destin d'Emma, elle n'aurait pas d'autre choix que de l'accepter.

Ce soir-là, Ryan n'avait pas pu voir Cassie pendant sa pause. Comme prévu, elle ne s'était octroyé qu'un minibreak, manque de personnel oblige. Il avait donc classé des dossiers en l'attendant.

Après tout, on ne prenait jamais assez de temps pour la paperasse. Au moins, cette corvée était liquidée !

Quand il revint chercher Cassie à la fin de son service, celle-ci parut étonnée de le voir.

— Tu es resté là ! s'exclama-t-elle. Tu as dû t'ennuyer.

— J'avais de l'administratif en retard, répondit-il, l'air désinvolte. J'en ai profité. Mais maintenant, je meurs de faim. Je suppose que tu n'as rien mangé ?

— Non, avoua-t-elle. Je pourrais dévorer un ours.

Il s'esclaffa.

— Une pizza, ça t'irait, dans un premier temps ?

Comme elle hésitait, il comprit qu'elle n'était pas convaincue du bien-fondé de ce dîner, et il lui fit les yeux doux sans le moindre scrupule.

— Adjugé, vendu, dit-elle enfin.

Ils se rendirent à pied à la pizzeria du quartier, derrière l'hôpital.

Après qu'un serveur les eut installés à une table tranquille, il demanda à Cassie si elle avait des nouvelles de l'agence immobilière. Son air déçu lui fit craindre le pire.

— Andrea m'a appelée en fin d'après-midi. Les propriétaires ne veulent baisser que de trois mille dollars. C'est très insuffisant, expliqua-t-elle.

L'image de la villa de style Cape Cod traversa l'esprit de Ryan tel un flash.

Mais il était prématuré d'y penser. Chaque chose en son temps.

— Je suis vraiment désolé, murmura-t-il.

— Ne t'inquiète pas, ça va. Le principal, c'est qu'Emma se rétablisse. Les services sociaux n'auront aucun mal à lui trouver une famille d'accueil.

Elle avait raison, bien sûr. L'état de la santé de la puce rendrait vite l'adoption possible. Mais, au fond de lui-même, il aurait tant voulu que Cassie devienne sa mère…

Il n'allait pas épiloguer, inutile de remuer le couteau dans la plaie.

Il but une gorgée de limonade, et s'aperçut en reposant son verre que Cassie le dévisageait, l'air intrigué.

— Pourquoi était-ce si important qu'on se parle ce soir, Ryan ? Cela ne pouvait pas attendre demain ?

Comme une soudaine angoisse lui nouait la gorge, il inspira à fond avant de se lancer.

— L'inspecteur Trammel m'a appelé en début d'après-midi. Ils ont localisé le fameux Dr Oliver Stevenson. Ils ne l'ont pas encore arrêté, mais c'est une question de jours.

— Vraiment ? s'exclama Cassie, les yeux écarquillés. Celui qui a fourni ses ordonnances à Trey ?

— A Trey et à des dizaines d'autres personnes. D'après la police, il ne reste jamais au même endroit plus de quelques semaines. Il loue des bureaux bas de gamme en périphérie des villes et déménage régulièrement pour ne pas se faire repérer.

Ryan lui expliqua comment les inspecteurs avaient fini par dénicher la bonne adresse et de quelle manière ils allaient s'y prendre pour arrêter le Dr Stevenson.

— Cet ignoble individu va être mis définitivement hors d'état de nuire, conclut-il.

Cassie allongea une main sur la nappe et pressa la sienne.

— Je suis contente, dit-elle, les yeux brillants. Quel soulagement ce doit être pour toi !

— Oui. Tout à fait.

Il voulut poursuivre ses confidences, mais l'arrivée du serveur apportant les pizzas l'en empêcha.

— Hm ! Ça sent bon, commenta Cassie.

Elle se mit à manger avec appétit, et il l'imita. Il était conscient que le plus dur était à venir, mais il ne savait pas comment relancer la discussion.

Finalement, ce fut Cassie qui s'en chargea.

— Explique-moi quelque chose, dit-elle. Apparemment, tu te doutais depuis le début qu'un médecin véreux avait fourni ses ordonnances à ton épouse. Donc, pourquoi penses-tu qu'elle est morte par ta faute ?

Ryan but un peu de limonade, s'éclaircit la gorge. Son morceau de pizza lui paraissait soudain peser très lourd sur son estomac, mais il trouva le courage de croiser le regard de Cassie.

— Parce que… Parce que je ne l'ai pas assez aimée, murmura-t-il. Nous nous étions mariés trop jeunes, sans bien mesurer les conséquences de notre engagement. Au fil des mois, je me suis aperçu que Victoria s'intéressait surtout à sa position sociale. Etre femme de médecin lui procurait une certaine aisance. Elle s'était inscrite dans des clubs huppés où elle fréquentait du beau monde. Son style de vie s'accompagnait d'un régime draconien, car l'idée de prendre un gramme la rendait malade. Elle était très jolie mais ne se trouvait pas assez belle. Elle était obsédée par son look.

Cassie eut un hochement de tête encourageant.

— Et alors ? demanda-t-elle. Que s'est-il passé ?

— Après quatre ans de mariage, j'ai pensé à divorcer. Pour moi, nous avions fait le tour de la question. Nous avions été attirés l'un par l'autre, il y avait eu du désir, mais nous n'avions rien en commun, et je ne m'imaginais pas passer le reste de ma vie auprès d'elle. C'est à cette période-là qu'elle est tombée enceinte.

— Enceinte ! répéta Cassie, tellement fort que les clients de la table voisine se retournèrent.

Elle baissa la tête, l'air gêné.

Il eut un soupir las.

— Oui, confirma-t-il. Dès que je l'ai su, j'ai oublié mes projets de divorce. J'avais moi-même beaucoup souffert de la séparation de mes parents. Ce n'est pas génial pour un enfant d'être ballotté entre son père et sa mère. Et puis, j'étais ravi de devenir papa. J'ai pensé que Victoria changerait peut-être avec la maternité… Mais c'était mal la connaître.

— Que veux-tu dire ?

— Un an plus tôt, elle s'était rompu le tendon d'Achille en faisant trop de sport. Elle s'en était vite remise et, à l'époque, j'avais admiré sa force de caractère. En fait, j'aurais plutôt dû me poser les bonnes questions. Elle était devenue dépendante aux antidouleurs.

Le regard horrifié de Cassie lui fit mal. Néanmoins, il s'obligea à poursuivre :

— Tu comprends maintenant pourquoi je culpabilise ? Ma femme était droguée, et moi, je n'ai rien vu ! Ces médicaments ont été sa bouée de sauvetage. Tout ça parce que moi, son mari, je ne l'ai pas assez soutenue !

Comme chaque fois qu'il repensait à cela, une vague de dégoût de lui-même le submergea. Il jeta sa serviette sur la table d'un geste rageur sous les yeux de Cassie, médusée.

— Comme je te l'ai dit, Victoria est morte d'une overdose. Elle était enceinte de cinq mois. Nous savions déjà que le bébé était un garçon.

— Ryan, je ne sais quoi te dire. Je n'avais aucune idée…

— Tu ne pouvais pas deviner, répondit-il avec un rire sans joie. Et, crois-le ou non, même si le décès de Victoria a été difficile à vivre, c'est surtout la mort de mon fils qui m'a anéanti.

Cassie baissa les yeux. On aurait dit qu'elle refusait de croiser son regard.

Il sentit une main glacée lui étreindre la gorge.

La femme de ses rêves le méprisait, elle ne voulait plus rien avoir à faire avec lui.

Le pire, c'est qu'il avait prévu cette réaction. Il avait peut-être soulagé sa conscience, mais à quel prix ?

# 14.

Cassie tremblait comme une feuille. Son cœur battait la chamade, le sang bourdonnait à ses tempes. Elle se sentait vraiment très mal.

Elle se leva, empoigna son sac à main et jeta la bandoulière sur son épaule.

— Excuse-moi, je reviens, articula-t-elle d'une voix blanche.

Ignorant les regards curieux des autres convives, elle courut s'enfermer aux toilettes situées à l'autre bout de la salle.

Là, elle prit appui sur la tablette du lavabo et inspira plusieurs fois à fond pour se calmer.

Ryan avait perdu un bébé. Il ne lui en avait rien dit, même quand elle avait parlé de ses fausses couches. Mais, à sa décharge, il n'en avait guère eu l'occasion, puisqu'ils étaient partis visiter la maisonnette de Lavender Drive.

Quoi qu'il en soit, elle se débattait en plein cauchemar : le drame qui avait bouleversé la vie de Ryan ne faisait que compliquer les choses entre eux. Après cette épreuve, il devait rêver de se reconstruire en fondant une famille. Or, cette famille, elle-même avait peu de chances de la lui donner.

Elle l'aimait. Et parce qu'elle l'aimait, elle n'imaginait pas le bloquer dans une relation stérile. Ce serait trop injuste, il méritait d'avoir ses propres enfants, de trouver le bonheur…

— Cassandra ? Ça va ?

Les larmes jaillirent lorsqu'elle entendit la voix de Ryan derrière la porte. Elle les balaya de la main puis ouvrit le robinet pour s'asperger le visage d'eau fraîche.

— Oui, répondit-elle enfin. J'arrive.

Elle sortit la tête haute, déterminée à paraître forte.

— Je m'excuse de m'être sauvée comme une voleuse, murmura-t-elle. Je suis désolée, Ryan. Ce qu'il t'est arrivé me fait beaucoup de peine.

Il opina brièvement, le regard insondable.

— Puisque nous avions fini, j'ai réglé l'addition, dit-il. Je vais te raccompagner.

Il avait insisté pour dîner avec elle, mais maintenant il voulait abréger la soirée ? Au fond, c'était logique, elle avait réagi comme une idiote !

— Je suis désolée, répéta-t-elle. Je suis garée à l'hôpital.

— Très bien. Moi aussi, en fait.

Honteuse, elle le suivit dans la rue. Ils marchèrent en silence, chacun plongé dans ses pensées.

Quand elle avait parlé à Ryan de ses problèmes, il l'avait réconfortée. Mais elle avait été incapable d'en faire autant. Elle était vraiment nulle.

Ils avaient commencé à traverser le parking de l'hôpital quand elle osa enfin pivoter vers lui.

— Ce n'était pas ta faute, chuchota-t-elle.

Ryan eut un rire amer.

— Mais oui, c'est ça !

— Ecoute, je… Je ne connais pas le fond de l'affaire, mais je pense que Victoria a tout fait pour te cacher son addiction.

— Le problème n'est pas là !

Il darda sur elle un regard si sombre qu'elle s'abstint d'insister. De toute manière, ils étaient presque arrivés à sa voiture. La discussion était close, qu'elle le veuille ou non.

La mort dans l'âme, elle extirpa ses clés de son sac.

— Bonne nuit, Cassie, dit Ryan d'un ton froid.

— Bonne nuit… A bientôt.

Ils se reverraient forcément dans le cadre du travail.

Pour le reste, c'était une autre histoire. Et d'ailleurs, quel intérêt de poursuivre cette relation, puisque Ryan paraissait incapable de s'attacher à elle ?

Avant d'aimer quelqu'un, il faudrait déjà qu'il apprenne à se pardonner, et il n'en prenait guère le chemin.

Allongé dans son lit, les yeux levés vers le plafond, Ryan savait pertinemment qu'il n'arriverait pas à dormir.

Jamais, même s'il vivait cent ans, il n'oublierait l'expression horrifiée de Cassie.

Certes, elle lui avait dit qu'il n'était pas responsable de la mort de Victoria. En revanche, elle n'avait fait aucun commentaire sur ses sentiments trop tièdes à l'égard de sa défunte femme. Elle devait le mépriser, sachant qu'il s'était marié par désir plus que par amour.

L'amour…

Il était maintenant sûr de l'avoir trouvé. Il aimait Cassie. Jour après jour, son attirance pour elle s'était muée en un sentiment profond, au point qu'il ne pouvait plus imaginer la vie sans elle. Mais la réciproque n'était pas — et ne serait jamais — d'actualité. Il en avait eu la triste preuve quelques heures plus tôt.

Dans ces conditions, il ne voulait pas imaginer le lendemain ni les jours suivants. Il se demandait comment il allait pouvoir côtoyer Cassie à l'hôpital sans pouvoir lui dire qu'il l'aimait. Peut-être que, finalement, il devrait changer de ville, et même d'Etat ?

A force de cogiter, il finit par sombrer dans un sommeil peuplé de cauchemars. Il en émergea à l'aube, contrarié à la perspective de la journée de repos qui l'attendait.

Il aurait mille fois préféré travailler !

Il but un café du bout des lèvres puis gagna la salle de bains dans l'espoir qu'une bonne douche lui remette les idées en place. Mais ce ne fut hélas pas le cas.

Quand, revenu dans le salon, il entendit son portable

sonner, il eut l'impression que son cœur explosait dans sa poitrine.

Dépité, il vit s'afficher le nom d'Andrea Langley.

— Docteur Murphy, j'ai une excellente nouvelle pour vous ! annonça la jeune femme d'une voix guillerette qui lui mit les nerfs en pelote. Un jeune couple s'intéresse de près à votre maison. Ils aimeraient la visiter aujourd'hui à 14 heures. Cela vous conviendrait-il ?

— Hm… Oui, d'accord, répondit-il sans enthousiasme.

— Pendant que je vous tiens, vous n'avez encore rien vu sur notre listing qui pourrait vous convenir ?

Il pensa aussitôt à la villa de style Cape Cod.

Même si son enthousiasme était largement retombé depuis la veille, ça lui ferait peut-être du bien de sortir pour la visiter ?

Justement, Andrea était disponible.

Le temps de faire chacun le trajet, et ils se retrouvèrent sur place.

Ryan avait eu un flash en passant devant la demeure. Cette impression, loin de se démentir, ne fit que se confirmer lorsqu'il pénétra sous le porche, puis à l'intérieur de la villa.

Tout était parfait. La taille des pièces, les murs à l'élégance discrète, les cheminées dans les deux salons et la salle à manger, les chambres…

Andrea lui faisait l'article, mais c'est à peine s'il écoutait. Des visions plus séduisantes les unes que les autres s'étaient mises à danser devant ses yeux : Cassie chantonnant dans la cuisine, Cassie en train de coucher Emma dans un petit berceau douillet à l'étage, Cassie lisant sous le porche un soir d'été…

La pensée que cela n'arriverait jamais lui fit mal. Il pressa machinalement une main sur la poitrine, comme s'il pouvait effacer cette douleur. En vain.

Voilà pourquoi il avait refusé de s'attacher à quiconque

depuis la mort de son épouse : il avait eu peur de souffrir, et à juste titre ! Mais là, il était trop tard.

— Alors, qu'en dites-vous ? demanda Andrea. Vous voulez faire une offre, discuter le prix ?

— Je ne sais pas trop… J'ai besoin de réfléchir, peut-être de visiter d'autres maisons.

La jeune femme eut l'air déçue. Elle opina cependant, et promit de chercher d'autres biens susceptibles de lui convenir.

Après l'avoir quittée, il eut envie de faire un tour en voiture au bord du lac Michigan. Mais il ne tarda pas à se rendre compte qu'il s'agissait d'une erreur : ici, tout lui rappelait Cassie. Il la revoyait nouer ses cheveux en queue-de-cheval. Il l'entendait rire comme une gamine, heureuse de se promener en décapotable, le visage offert à la caresse du vent.

Où qu'il aille à présent, elle envahirait ses pensées. Jamais il ne pourrait l'oublier.

Résigné, il se décida à rentrer chez lui.

Il allait s'occuper du mieux possible, trier ses papiers, remplir ses derniers cartons. Ensuite…

Le flot de ses réflexions s'interrompit lorsque, arrivé dans sa rue, il aperçut de loin une petite berline qui ressemblait à celle de Cassie.

Décidément, il la voyait partout…

Mais non, c'était bien elle ! constata-t-il en tournant dans son allée. Elle s'était garée devant la maison et l'attendait, assise sur le trottoir d'en face.

Un mélange de joie et de tristesse déferla sur lui. Même s'il avait peur de ce qu'elle était venue lui dire, il était quand même heureux de la voir.

Elle se leva, s'avança vers lui.

— Salut, dit-elle, l'air gêné.

Il voulut sourire, mais ne parvint qu'à esquisser une grimace.

— Cassie, qu'est-ce que tu fais là ? demanda-t-il.

— Je… J'ai mal dormi la nuit dernière.

— Moi aussi. Mais ne t'inquiète pas, je comprends très bien.

Elle haussa les sourcils, l'air étonné.

— Tu comprends quoi, Ryan ?

— Je sais pourquoi tu t'es enfuie aux toilettes... Mais je manque à tous mes devoirs. Veux-tu entrer ?

— Heu... j'aimerais mieux marcher, si ça ne t'ennuie pas.

— Non, bien sûr.

Cassie n'avait sans doute aucune envie d'entrer dans la maison où il avait habité avec Victoria. C'était normal.

Ils commencèrent à longer l'allée piétonnière parallèle à la rue.

— Je voulais m'excuser d'avoir quitté la table hier soir, dit Cassie au bout d'un moment. J'ai été stupide. Quand tu m'as dit que tu avais perdu un enfant, j'ai repensé aux deux miens. Ça m'a bouleversée.

Il pivota vers elle, surpris.

— Je croyais que tu me méprisais, pour Victoria. Pour n'avoir pas assez aimé ma femme.

— Mais non, voyons ! Crois-tu que je ne connaisse pas la signification des mots « malheureux en ménage » ? Je suis bien placée pour comprendre !

— Donc... Tu ne me prends pas pour un salaud ?

— Ryan, tu plaisantes ? Bien sûr que non !

Il s'arrêta de marcher pour lui faire face.

— Tu n'imagines pas à quel point je suis soulagé. J'avais tellement peur que tu ne me détestes !

Elle le dévisagea, les yeux brillants de larmes.

— Comment pourrais-je te détester, puisque je t'aime ?

Il eut l'impression qu'un poids écrasant s'envolait de sa poitrine.

— Oh ! Cassandra ! Je t'aime aussi ! De tout mon cœur.

Devant son air incrédule, il captura ses deux mains et embrassa ses doigts l'un après l'autre.

— Il faut me croire, ma chérie. J'étais figé dans le remords et la culpabilité, mais tu m'as complètement transformé. Toi, ton charme, ton rire, ta douceur. Quand j'ai perdu mon fils, j'étais sûr d'être incapable d'aimer de nouveau. Mais tu as trouvé le chemin de mon cœur.

— Oh ! Ryan, chuchota-t-elle, j'ai tellement envie de te croire…

— Que puis-je faire pour te convaincre ? Nous partons de loin, tous les deux. Nous avons beaucoup souffert. Mais ne penses-tu pas que nous méritons une deuxième chance ?

Son sourire tendre le rassura. Pouvait-il espérer ?

— J'en suis persuadée, répondit-elle doucement. Sauf que…

— Sauf que quoi, mon amour ?

— Je ne pourrai peut-être jamais avoir d'enfant. Ça ne te dérange pas ?

Il secoua la tête.

— Tout ce qui compte, c'est que nous soyons ensemble ! déclara-t-il avec force. Inutile de nous tracasser avec des « si » et des « mais », prenons la vie comme elle vient. Je t'aime, Cassandra. Tu es déjà ma famille, comme je suis la tienne. Et je suis certain qu'elle ne tardera pas à s'agrandir.

Incapable de se retenir, il se pencha et chercha ses lèvres.

Ils échangèrent un long baiser porteur d'espoir, de bonheur et de joie.

Cette fois, il ne la laisserait plus partir.

Cassie sursauta en entendant un coup de Klaxon. Elle avait complètement oublié qu'elle et Ryan se donnaient en spectacle en pleine rue.

Mais quelle importance ? Ils s'aimaient, Ryan l'aimait ! Elle n'en revenait toujours pas qu'il ait dépassé ses blocages et ses angoisses pour tomber amoureux d'elle.

— Si on allait chez toi ? suggéra-t-il. Je préférerais.

— Oui, bien sûr ! Allons-y.

Elle laissa sa voiture devant chez Ryan, et ils s'installèrent tous les deux dans la décapotable. Cassie flottait sur un petit nuage et mit un moment à s'apercevoir qu'ils ne prenaient pas la direction de son appartement.

— Où vas-tu ? demanda-t-elle, intriguée.

— Ah, ah… Surprise !

Intriguée, elle reconnut le quartier où ils avaient visité la maisonnette la veille. Mais Ryan s'arrêta bien avant, pour se garer devant la villa de style Cape Cod.

— Elle est magnifique, commenta-t-elle. Tu comptes l'acheter ?

— Ça, ça dépend de toi.

— De moi ? répéta-t-elle, la gorge nouée par l'émotion.

— Oui, de toi ! Je ne vais quand même pas acheter une maison qui ne te plaît pas.

Bouleversée, elle défit sa ceinture et se jeta contre la poitrine de Ryan.

— Oui, chuchota-t-elle, achète-la. Je n'ai même pas besoin de voir l'intérieur, je l'aime déjà. Mais je t'aime, toi, surtout !

— Allez, on repart, s'écria Ryan. La rue n'est vraiment pas un endroit pour…

— Pour discuter ? acheva-t-elle, malicieuse.

Il s'esclaffa.

— Oh ! Cassie !

Deux heures plus tard, nichée dans les bras de Ryan, Cassie songea qu'elle aurait volontiers passé le reste de la journée au lit avec lui. Mais son mobile venait de sonner pour la troisième fois, elle devait se lever. Si jamais il y avait un problème, si Emma…

Elle déposa un baiser sur les lèvres de Ryan et sauta hors du lit.

— Je reviens tout de suite, promit-elle.

Son portable était resté dans la cuisine. Avec un coup au cœur, elle s'aperçut qu'elle avait manqué non pas trois, mais cinq appels de Lydia.

Très inquiète, elle la rappela immédiatement.

— Lydia ? C'est Cassie Jordan. Je suis navrée, je n'avais pas entendu mon téléphone. Y a-t-il un problème ? Etes-vous souffrante ?

— Non, du tout ! répondit la vieille dame d'une voix étonnamment joyeuse. J'ai une excellente nouvelle à vous annoncer.

— Ah bon ?

Ryan se matérialisa près de Cassie, torse nu et en boxer. Elle s'efforça d'ignorer cette vision trop séduisante pour se concentrer sur la discussion.

— Avery est passée à la maison, expliqua Lydia. Nous avons beaucoup parlé. Elle et son compagnon sont prêts à se soigner. Ils admettent aussi qu'ils sont incapables d'élever Emma. Donc, ils vont abandonner leurs droits parentaux.

La grand-tante d'Emma était toute joyeuse, pensant probablement lui faire plaisir. Cassie soupira.

— Emma va pouvoir être adoptée plus vite, répondit-elle doucement. Je suis sûre qu'il y aura de nombreux couples candidats.

— Mais… je croyais que vous alliez l'adopter vous-même ?

La déception perceptible dans la voix de Lydia lui fit mal.

— J'en ai toujours l'intention, assura-t-elle, s'efforçant de contenir ses larmes. Mais je doute d'arriver à remplir toutes les formalités à temps.

— Vous en êtes sûre ? J'aurais été tellement contente et soulagée que ce soit vous.

— Je vous promets de faire mon maximum, Lydia. Vous n'imaginez pas à quel point je vais me battre.

Après qu'elle eut raccroché, Ryan s'avança et la prit dans ses bras.

— J'ai tout compris, dit-il doucement. *Nous* allons nous battre. Et *nous* réussirons. Ensemble.

— Tu crois ?

— J'en suis sûr !

Il la souleva de terre et la fit tournoyer, tout en lui

chuchotant à l'oreille à quel point il l'aimait. Quand il la reposa, ce fut pour s'agenouiller devant elle.

— Je t'aime, Cassandra, répéta-t-il. Veux-tu m'épouser ?

— Oui ! répondit-elle sans la moindre hésitation. Oui, oui, oui ! Ce sera une joie et un honneur, Ryan.

Avec cet être formidable, bon et généreux, elle était sûre que la route serait belle. Elle avait enfin trouvé son alter ego, son homme de cœur. Pour la vie.

# Epilogue

*Quinze mois plus tard*

Assise sur un banc, Cassie regardait en souriant Ryan pousser Emma sur la nacelle pour bébés du parc de jeux.

Elle ne se lassait pas d'entendre le rire cristallin de sa fille.

Si les premiers mois d'Emma avaient été émaillés de hauts et de bas, ses problèmes de santé n'étaient plus qu'un mauvais souvenir. Elle rattrapait progressivement son retard de croissance, et à présent elle était en pleine forme !

Depuis quelques semaines, elle parlait de plus en plus. Elle appelait sa grand-tante Lydia « mamie », ce qui rendait la vieille dame folle de joie. Depuis que Cassie et Ryan avaient adopté Emma, Lydia venait déjeuner chez eux une fois par semaine, et ils avaient tissé des liens solides avec elle. A eux quatre, ils formaient une magnifique famille !

Cassie effleura avec tendresse son ventre arrondi.

Un bonheur n'arrivant jamais seul, elle n'avait eu aucun mal à tomber enceinte après son opération. Si on lui avait dit cela deux ans plus tôt, elle ne l'aurait jamais cru !

— Cassie, tout va bien ? demanda Ryan. Tu as mal au ventre ?

Avant qu'elle ait pu répondre, il descendit Emma de la balançoire, la prit dans ses bras et se rapprocha.

— Non, je n'ai mal nulle part, répondit Cassie en riant. Le bébé bouge beaucoup, voilà tout.

— Hm. Nous devrions rentrer. Nous avons fait une bonne promenade, il faut que tu te reposes.

— Oui, docteur. Bien, docteur.

Depuis le jour où ils avaient appris qu'elle était enceinte, Ryan la couvait littéralement. Non qu'elle s'en plaigne, d'ailleurs. Il était vraiment aux petits soins, et toutes les nuits où il n'était pas de garde, il posait la main sur son ventre et parlait au bébé. Puis il lui chuchotait à l'oreille qu'il l'aimerait toujours quoi qu'il advienne.

A présent qu'elle en était à cinq mois et demi de grossesse, ils étaient un peu plus rassurés. Ils commençaient à réfléchir à des prénoms, à planifier les aménagements pour la chambre de leur deuxième enfant. Une réflexion compliquée par le fait qu'elle refusait de connaître le sexe du bébé !

— Tu n'as pas changé d'avis ? demanda Ryan, malicieux, alors qu'ils reprenaient le chemin de la maison.

— A quel propos ? répliqua-t-elle, l'air faussement étonné.

— Tu le sais très bien ! Tu veux faire durer le suspense jusqu'au bout, vilaine fille…

Elle s'esclaffa.

— Eh oui, ce sera la surprise ! Mais si tu veux poser la question en cachette…

Ryan secoua la tête avec vigueur.

— Tu plaisantes ? Je risquerais de gaffer. Je respecterai ton choix, mon cœur. Bien que j'aie ma petite idée sur la question : je suis persuadé que c'est une fille.

— Tiens, tiens… Moi, je dirais plutôt un garçon !

Ils éclatèrent de rire en chœur puis échangèrent un tendre baiser au-dessus de la poussette d'Emma, qui s'était endormie.

Leurs amis leur avaient déjà dit cent fois qu'ils

donnaient l'impression de nager dans le bonheur, et Cassie les croyait sur parole. Avec Ryan, la vie était devenue magique. Elle avait tout pour être heureuse, et ce n'était qu'un début !

TERESA SOUTHWICK

# Fiancée à un médecin

*Traduction française de*
CAROLE PAUWELS

BLANCHE

HARLEQUIN

*Titre original :*
THE DOCTOR'S DATING BARGAIN

*Ce roman a déjà été publié en 2014.*

# 1.

— Ce n'est pas possible… Je ne m'en sortirai jamais. Quelle galère !

Le soleil avait disparu et l'obscurité recouvrait déjà la galerie qui ceignait la façade du Blackwater Lake Lodge, où Ben McKnight était assis.

La blonde furieuse qui venait de gravir d'un pas de hussard les marches de bois était trop préoccupée pour le remarquer. Elle continua à marmonner, tout en faisant les cent pas devant la balustrade de cèdre rouge.

— Est-ce que ça vient de moi ? grommela-t-elle. Est-ce que j'attire les ennuis comme les pantalons noirs attirent les poils de chien ? C'est quoi, mon problème ?

Soudain, elle donna un coup de pied rageur dans l'un des piliers qui soutenaient la rambarde.

Il fallut quelques secondes pour que le message transite jusqu'à son cerveau, puis elle se mit à hurler.

— Bon sang, quelle idiote ! C'est malin, maintenant j'ai le pied cassé.

Les belles hystériques ne relevaient pas de la compétence de Ben. Mais pour ce qui était des fractures, il avait la prétention de s'y connaître un minimum.

Il se leva et s'avança dans le halo de lumière diffusé par l'éclairage extérieur de la résidence.

— Je peux peut-être vous aider ?

Elle poussa un petit cri et se retourna.

— Vous m'avez fait une de ces peurs ! D'où sortez-vous ? Je ne savais pas qu'il y avait quelqu'un.

— C’est ce que je me suis dit en vous entendant marmonner toute seule.

Elle s’approcha en boitillant.

— Qui êtes-vous ?

— Ben McKnight. Dr McKnight. Je suis orthopédiste à la clinique Mercy Medical.

— Pardonnez mon ignorance, mais je ne pensais pas que faire mourir les gens de peur faisait partie des prérogatives d’un médecin.

— Exact. « Ne pas nuire » est la pierre angulaire du serment d’Hippocrate.

Elle posa une main sur son cœur et prit une profonde inspiration.

— Dans ce cas, vous avez des progrès à faire.

— Désolé.

Il la vit prendre appui sur son pied et grimacer.

— Je déconseille de donner des coups de pied dans des poteaux pour s’exprimer. Surtout quand on porte des talons aiguilles.

— Ça va, je n’ai pas cinq ans !

— Vous voulez que je jette un coup d’œil à votre pied ?

— Non, tout va bien. Je n’ai plus mal du tout.

— Vous devriez quand même vous asseoir quelques minutes avec le pied surélevé. Ça pourrait enfler.

— Il vous a fallu combien d’années de médecine pour savoir ça ? demanda-t-elle, en avançant tant bien que mal vers les fauteuils de bois nichés dans l’ombre de la galerie.

— C’est une simple question de bon sens. Tous les entraîneurs de toutes les équipes où j’ai joué depuis mes cinq ans m’ont toujours donné ce conseil.

— Dans combien d’équipes avez-vous joué ?

Elle se laissa tomber dans l’un des fauteuils Adirondack et s’appuya avec un soupir contre le dossier. Il y avait un petit repose-pieds en lattes de bois naturelles assorti au fauteuil, et Ben lui souleva délicatement la cheville pour la déposer sur la surface plate, avant de lui ôter sa chaussure.

— Beaucoup, dit-il, en s'asseyant sur le repose-pieds placé à côté du sien.

— Quels sports avez-vous pratiqués ?

— Le football et le basket. Je faisais partie de l'équipe du lycée de Blackwater Lake qui a gagné le championnat régional, il y a quinze ans.

— Vous êtes donc un garçon du coin ?

— Je viens de revenir après une longue absence.

— Vous avez toujours de la famille à Blackwater Lake ?

— Mon père, mon frère aîné et ma jeune sœur.

Elle resta pensive un moment.

— Vous allez me trouver curieuse, mais pourquoi résidez-vous à l'hôtel si vous avez de la famille pour vous héberger ?

— J'attends que la construction de ma maison soit terminée.

Les nuages qui masquaient la lune s'étaient éloignés, et la galerie baignait soudain dans une lumière argentée, offrant à Ben l'occasion de mieux voir la blonde. Elle était plus jolie qu'il ne le pensait, avec des fossettes et des yeux bleus en amande.

Soudain, il se demanda à qui il parlait. Il ne connaissait pas son nom et, pour couronner le tout, c'était elle qui posait toutes les questions.

— Vous ne voulez pas me dire pourquoi vous êtes aussi énervée ?

— C'est sans intérêt.

— Pour commencer, vous pourriez définir ce que vous entendez par « galère ».

— J'espérais que vous n'aviez pas entendu ça.

— Hé si ! Désolé. Je peux vous citer mot pour mot : « Ce n'est pas possible. Je ne m'en sortirai jamais. Quelle galère ! » Est-ce que je dois avoir peur ? Vous êtes une meurtrière en cavale ? Ou une espionne en mission d'infiltration ?

— C'est sûr qu'il se passe tellement de choses à Blackwater Lake que la CIA est sur le qui-vive.

Le sarcasme n'avait pas échappé à Ben.

— Vous ne vous plaisez pas, ici ?

Elle croisa son regard.

— Disons que ce n'est pas New York ou Los Angeles.

— Vous ne voulez toujours pas me dire quel est votre problème ? Vous êtes enceinte ?

— Vous avez de l'imagination.

Ses lèvres se retroussèrent en un début de sourire. Elle avait une bouche absolument spectaculaire quand elle n'était pas toute pincée et crispée.

— Ce serait vraiment un miracle, étant donné que je n'ai pas fait l'amour depuis…

— Oui ?

— Ça ne vous regarde pas.

— Peut-être pas, mais vous avez éveillé ma curiosité.

— Aussi étrange que ça puisse vous paraître, je n'ai pas l'habitude de partager des informations aussi personnelles avec des personnes que je viens à peine de rencontrer, docteur McKnight.

— Au moins, vous connaissez mon nom. Je ne peux pas en dire autant.

— Camille Halliday.

Elle attendit une réaction, ou plutôt elle sembla s'y préparer, comme s'il s'agissait d'une information déplaisante.

Le nom était familier à Ben, mais il ne parvenait pas à le resituer dans son contexte.

— Je suis ravi de faire votre connaissance, mademoiselle Halliday.

— Moi aussi, docteur McKnight, mais je dois vraiment y aller, maintenant. J'ai du travail.

— A l'hôtel ?

— Oui.

— Dans quel domaine ?

— Je dirige cet endroit.

Ce fut à ce moment-là qu'il comprit qui elle était. Sa famille avait fait fortune dans l'hôtellerie et les complexes de loisirs.

— Vous êtes parente avec les propriétaires de la chaîne d'hôtels Halliday ?

— Entre autres.

Elle se mordilla le coin de la lèvre inférieure et son regard se perdit vers la pinède qui bordait la propriété.

— Qu'y a-t-il ? Ça pourrait vous soulager d'en parler.

— Peut-être, mais je ne peux pas. Une des règles d'or de l'hôtellerie, c'est de ne pas embarrasser les clients avec nos problèmes.

— Je ne suis pas vraiment un client, mais plutôt une sorte de locataire.

— Justement, pourquoi n'avez-vous pas pris une vraie location ?

— Alors, vous avez le droit de poser des questions mais pas moi ? Je vous propose un marché : vous me parlez de vos ennuis, et je vous dis tout sur mon mode de vie. Quel mal y a-t-il à cela ?

Elle l'observa un moment, et finit par hocher la tête.

— Tout le monde sait que cet hôtel n'est pas rentable. Mon père m'a donné six mois pour stopper l'hémorragie financière ou il le fermera.

— Je vois. Donc, vous avez une demi-année.

— Plus maintenant. Je suis ici depuis deux mois et demi. Les employés sont ingérables et n'en font qu'à leur tête. Le turn-over du personnel est trop important, et nous perdons une fortune à former des gens qui s'en vont juste au moment où ils commencent à devenir un tant soit peu opérationnels. En plus, j'ai l'impression qu'on détourne de l'argent, mais je suis tellement occupée à essayer d'éviter les catastrophes que je n'arrive pas à creuser le sujet. Et je manque de temps.

— Etes-vous personnellement attachée à cet hôtel ?

— Je n'y étais jamais venue avant le mois de janvier. Mais mon père me teste. Si je m'en sors, je pourrai obtenir la direction de n'importe quel hôtel du groupe.

— Ah…

Ben comprenait. A une époque, il s'était senti prêt à

tout pour quitter ce coin perdu du Montana. Il n'était plus dans le même état d'esprit aujourd'hui.

— Et vous ? Pourquoi êtes-vous revenu ? demanda-t-elle.

— Pour construire une maison et planter mes racines. Blackwater Lake est un endroit formidable pour vivre.

Lorsqu'elle se leva, il l'imita.

— Je ne me voyais pas louer quelque chose, commencer à prendre mes marques, puis déménager de nouveau. Je consacre tout mon temps au développement de Mercy Medical et à la qualité des soins dispensés aux habitants et aux touristes qui viennent visiter nos montagnes.

— C'est un but très noble.

Elle posa une main sur son bras pour garder l'équilibre tandis qu'elle enfilait sa chaussure puis claudiqua jusqu'à l'escalier.

— Bonne chance, docteur ! lança-t-elle par-dessus son épaule. Et bonne nuit.

Jusqu'à la nuit précédente, Camille ignorait l'existence de Ben McKnight, et elle se demandait à présent comment il avait pu séjourner dans son hôtel sans qu'elle soit au courant. Il était grand, drôle, et aussi séduisant que les hommes qu'elle avait pu rencontrer à Los Angeles ou New York — et elle en avait rencontré un certain nombre à en croire la presse à sensation de toute la planète.

Ben McKnight dînait donc au restaurant du Blackwater Lake Lodge, où elle tenait momentanément le rôle d'hôtesse, la dernière ayant démissionné du jour au lendemain. Heureusement, on était dimanche, et il n'y avait pas grand monde… en tout cas jusqu'à l'arrivée de ce bon docteur.

Dès lors, quatre femmes — deux parmi le personnel de l'hôtel, et deux clientes — étaient venues à sa table, s'étaient assises quelques minutes avec lui, et avaient griffonné quelque chose sur un bout de papier. Etant donné la taille du papier, Camille se doutait bien qu'il ne s'agissait pas de leur dossier médical.

A présent, il était seul, et il ne restait plus dans la salle qu'un couple qui sirotait son café près de la cheminée.

Camille ne put se retenir plus longtemps. S'approchant subrepticement de la table où elle l'avait installé un moment plus tôt, elle lui sourit.

— Avez-vous apprécié votre repas, docteur ?

Ben hocha la tête.

— La nourriture était excellente.

— Amanda sera ravie de l'entendre. C'est notre chef. Souhaitez-vous un dessert ? Le gâteau au chocolat d'Amanda est une merveille.

— Oh ! alors dans ce cas, je vais me laisser tenter !

Camille regarda autour d'elle, aperçut Jenny qui bayait aux corneilles, et lui fit signe. La serveuse lui lança un regard mauvais, se traîna jusqu'à la table, puis sourit chaleureusement à Ben.

— Que puis-je faire pour vous, docteur McKnight ?

— Mlle Halliday m'a convaincu de goûter le gâteau au chocolat.

— Excellent choix. Je vous l'apporte tout de suite.

— Je ferais mieux d'aller le chercher moi-même. Avec la quantité de calories qu'il doit contenir, je vais être obligé de courir un kilomètre de plus demain matin.

— Je vous trouve très bien comme vous êtes, répliqua Jenny en battant des cils.

Camille retint un soupir et se promit de mentionner lors de la prochaine réunion du personnel qu'il y avait une marge entre chaleureux et trop familier.

— Vous partez ? demanda Ben en voyant qu'elle tournait les talons.

— J'ai du travail.

— Vous êtes sûre que vous ne pouvez pas me tenir un peu compagnie ?

— D'après ce que j'ai vu, vous ne manquez pas de compagnie.

Il haussa les épaules.

— Les habitants de Blackwater Lake sont très amicaux.

— Et c'est une simple coïncidence si, ce soir, toutes les personnes amicales de Blackwater Lake étaient des femmes ?

— Vous êtes jalouse, mademoiselle Halliday ?

— Et si c'était le cas, docteur McKnight ?

— J'en serais flatté.

— Et je deviendrais une cible vivante.

— Comment cela ?

— Ne faites pas celui qui ne comprend pas, docteur. Vous êtes une belle prise.

— Vous me comparez à un poisson ?

L'étincelle de malice dans ses yeux indiquait qu'il savait où cette conversation allait les mener et qu'il n'en était pas le moins du monde offensé.

— Vous êtes médecin, et vous n'êtes pas désagréable à regarder.

— Vous venez de dire que vous me trouvez séduisant ?

— Ce que j'ai dit, c'est que les femmes d'ici pourraient vous voir ainsi, et vous gagnez sans doute confortablement votre vie…

— Ça vous intéresse ?

— Pas le moins du monde. Mais il est évident qu'un certain nombre de femmes le sont. Un célibataire…

Elle s'interrompit comme si une pensée la frappait.

— Vous n'êtes pas marié, n'est-ce pas ?

— Non.

— Divorcé ?

— Il faudrait avoir été marié pour ça.

— Donc, vous ne vous êtes jamais marié…, dit-elle d'un ton pensif.

Avant qu'elle ait eu le temps de poser une nouvelle question, Jenny s'approcha avec une part de gâteau et un café.

— Je peux faire autre chose pour vous ? demanda la serveuse avec un grand sourire.

— Non, merci.

Jenny rebroussa chemin, non sans lancer au passage un regard assassin à Camille.

— Qu'est-ce qui ne va pas chez vous ? demanda cette dernière.

— Pardon ?

— Vous êtes beau, intelligent, médecin, vous avez environ trente-cinq ans…

— Vous n'êtes pas loin, dit-il. Trente-quatre.

— Ne m'interrompez pas. Vous avez donc trente-quatre ans et vous n'avez jamais été marié. Je repose donc la question : qu'est-ce qui ne va pas chez vous ?

— Vous vous demandez si je suis gay, c'est ça ?

— Non, mais…

— Je ne le suis pas.

— Tant mieux… Je veux dire, pour les femmes de Blackwater Lake qui se sont donné un mal fou pour vous transmettre leur numéro de téléphone.

— Comment savez-vous ça ?

— Je les ai observées vous donner des bouts de papier trop petits pour être un CV ou un roman, et j'ai aperçu quelques chiffres.

— Vous êtes très observatrice.

— L'attention aux petits détails fait partie du métier d'hôtelier, répliqua-t-elle.

Ces mots à peine prononcés, elle se reprocha de ressembler autant à son père.

— Alors, dites-moi comment quelqu'un qui a théoriquement tout du mari idéal se sort sain et sauf de toute forme d'engagement personnel ? reprit-elle.

L'étincelle malicieuse s'évanouit du regard de Ben, et la couleur chocolat chaud de ses prunelles vira au noir.

— Qu'en savez-vous ?

— Donc, vous avez une histoire.

Ce n'était pas une question.

— Qui n'en a pas ? A vous de commencer.

— Bien essayé, dit-elle, tout en secouant la tête.

S'il avait vraiment envie de savoir, il pouvait faire une

recherche sur internet — ce n'étaient pas les informations qui manquaient sur elle et sa famille.

Il pouvait aussi interroger le personnel. Ils seraient ravis de s'épancher.

Et de juger.

Les employés s'étaient fait une opinion d'elle en se basant sur les histoires qui s'étalaient dans la presse à scandale, et les rumeurs colportées dans les émissions de divertissement populaire.

Sans même lui laisser le bénéfice du doute, ils avaient décidé qu'elle était trop superficielle, trop gâtée et trop blonde pour être prise au sérieux.

Pourquoi Ben McKnight réagirait-il différemment ?

# 2.

— Je ne crois pas que ce soit cassé, mais j'attends la radio pour me prononcer.

— Il y a beaucoup de travail au garage, en ce moment, et ça tombe vraiment mal.

Ben ne s'attendait pas à commencer la semaine en soignant quelqu'un de sa famille, mais il s'était trompé. Sydney McKnight était assise sur la table d'examen et soutenait sa main droite en grimaçant. Sa petite sœur était une jolie brune aux yeux marron, dont la passion, qu'elle tenait de leur père, était de réparer les voitures.

— Tu sais, si tu voulais passer du temps avec ton grand frère, nous aurions pu déjeuner ensemble, dit-il. Ça aurait été moins douloureux pour toi.

— Pas si tu m'avais fait payer l'addition, répliqua Sydney avec un clin d'œil.

Elle fut interrompue par l'arrivé de Ginny Irwin. A cinquante-cinq ans, l'infirmière aux allures de sergent-chef avait des yeux bleus à qui rien n'échappait, des cheveux grisonnants coupés en brosse, et une voix de stentor.

— Voici les radios, Ben.

Elle le connaissait depuis qu'il était petit, et ne voyait pas la nécessité de l'appeler docteur, ce qui ne le dérangeait aucunement. Ajouter un titre à son nom n'en aurait pas fait un meilleur praticien.

— Voyons ça…

Il glissa les clichés dans le négatoscope et prit le temps d'évaluer la situation.

— Ne fais pas durer le suspense…, dit Sydney d'un ton plaintif.

— Ce n'est pas cassé.

— Excellente nouvelle. Est-ce que je peux retourner travailler ?

— Tu plaisantes ? Tu vas te reposer en gardant une poche de glace sur la main et prendre des antalgiques. Quand ta main aura complètement dégonflé, tu pourras reprendre le travail.

— C'est tout ? Tu ne vas rien faire ? Quel genre de médecin es-tu ?

— Le genre qui remplace des hanches et réduit des fractures.

— J'imagine que tu feras des merveilles au moment de la saison de ski. En parlant de ça, comment ça se passe au Blackwater Lake Lodge ?

Les pensées de Ben dérivèrent automatiquement vers la propriétaire de l'hôtel. Ce n'était pas la première fois que cela se produisait et, chaque fois, cette pensée était accompagnée du vague regret que le séjour de Camille soit d'aussi courte durée.

— J'ai dit quelque chose de mal ? demanda Sydney, en plissant les yeux.

— Quoi ? Non, pourquoi ?

— Tu as l'air drôle…

— C'est-à-dire ?

— Je ne sais pas… Un peu benêt, un peu niais, comme un adolescent amoureux pour la première fois.

— Trop aimable !

— J'ai raison de penser qu'il y a une femme derrière ça ?

— Oui.

— J'applaudirais bien, mais…

Elle eut un regard éloquent vers sa main.

— Qui est-ce ? Je la connais ?

— Je ne sais pas. Tu as déjà entendu parler de Camille Halliday ?

— Tout le monde la connaît.

D'après l'expression de Sydney, ce n'était pas en bien.

— C'est l'héritière de l'hôtellerie, ajouta-t-elle.

— Je sais. J'ai fait sa connaissance samedi.

— Tu sais qu'elle a une certaine réputation ?

— Quel genre de réputation ?

— Elle aime faire la fête, sortir avec des mauvais garçons… Son nom est dans tous les journaux, et pas parce qu'elle subventionne des programmes de vaccination en Afrique. Elle a même failli aller en prison.

— C'est récent, cette histoire de prison ?

— Non, ça remonte à son adolescence.

— Ah… Et d'où tiens-tu ces passionnantes informations ?

— De la presse à scandale. J'adore lire les tabloïds, dit-elle avec un sourire contrit. C'est mon petit plaisir coupable.

— Tu as tort de croire tout ce que tu lis. J'ai trouvé Camille intelligente, drôle, et très sérieuse dans son travail.

Sa sœur fronça les sourcils.

— Tu as craqué pour elle ?

— Non… Peut-être… Ça ne te regarde pas. De toute façon, elle a de grands projets pour sa carrière. Blackwater Lake n'est qu'une étape dans son ascension professionnelle, et elle trépigne d'impatience à l'idée de retourner vivre en ville.

— Tant mieux.

— Pourquoi ?

— Tu ne rajeunis pas, Ben.

— Et ?

— Tu devrais songer à t'établir.

— Je fais construire une maison.

— C'est un bon début.

Sydney se trémoussa sur la table d'examen, et le papier qui la protégeait crissa.

— Tu devrais penser à te trouver une femme. Et il se trouve que j'ai quelques suggestions.

Ben retint un soupir. Sa sœur et toutes les femmes de

la région avaient la même idée en tête depuis qu'il était revenu à Blackwater Lake.

— Je ne suis même pas surpris, commenta-t-il avec résignation.

— Annie Higgins est jolie et drôle.

— N'est-elle pas divorcée avec trois enfants ?

— Et alors ?

Sa sœur décrypta apparemment son expression accablée et poursuivit.

— Darlene Litsey n'a jamais été mariée, et elle a une personnalité très intéressante.

— Une personnalité intéressante ? Ce n'est pas ce qu'on dit d'une femme quand elle a un physique ingrat ?

— Non, je t'assure qu'elle est tout à fait séduisante. Mais, disons qu'elle est un peu… autoritaire. Oh ! attends, je sais… J'ai la femme idéale pour toi.

Une vision de Camille apparut comme un flash à l'esprit de Ben.

— Tu m'écoutes ?

— Je ne fais que ça.

— Tu te souviens d'Emily Decatur ?

— Nous étions au lycée ensemble et elle travaille au Lodge.

— Exact. Et tu y vis. C'est un signe. C'est pratique.

Camille travaillait également à l'endroit où il vivait et, bizarrement, cela lui semblait beaucoup plus pratique.

— Je suis sûr qu'Emily est formidable, mais il n'y a pas d'étincelle.

— Tu es insupportable ! Je viens de te proposer une liste de femmes tout à fait charmantes, et tu trouves chaque fois quelque chose à redire. Si tu ne veux pas te marier, pourquoi es-tu revenu à la maison ?

— Je ne savais pas que les deux choses étaient liées.

— Pour moi, si.

— Crois-le ou non, ce n'est pas la raison de mon retour.

— J'ai compris… Tu penses encore à Judy Coulter, c'est ça ?

— Ma petite amie à l'université ?

— Celle qui t'a fait espérer pendant des années, et qui a épousé sur un coup de tête un champion de ski qu'elle ne connaissait que depuis un mois.

— Il y a longtemps que je m'en suis remis, Syd. Et finalement, elle m'a rendu service.

— Elle t'a brisé le cœur.

— Pas du tout. Quand j'ai commencé médecine, je n'avais pas le temps de me laisser distraire. J'ai mis toute mon énergie dans les études, et ce que je suis aujourd'hui, je le dois à Judy.

— Si tu le dis… Mais je viens de penser à une autre femme avec qui tu pourrais sortir…

— Et si on parlait plutôt de toi ? Tu vois quelqu'un en ce moment ? Je le connais ?

Sydney se rembrunit brusquement.

— Je fais une pause avec les hommes.

— Pourquoi ?

— Je n'ai pas envie d'en parler.

— Donc, tu comprends ce que je ressens ?

— Ce n'est pas la même chose. Tu as fait une très longue pause, il est temps de te remettre en selle.

Ben retint un grognement. Syd était comme un bulldog qui venait de trouver un os et refusait de le lâcher. Combien de temps faudrait-il à sa petite sœur pour abandonner le sujet ?

Il n'était pas opposé à l'idée de sortir avec des femmes, il voulait simplement le faire à sa manière et au moment opportun.

Il y réfléchirait le jour où il rencontrerait une femme aussi intéressante et séduisante que Camille Halliday.

Tenant à la main ses escarpins à talons de sept centimètres, Camille quitta sa chambre pour entrer dans le salon. Les suites les plus grandes et les plus chères se trouvaient au dernier étage de l'hôtel, et elle en appréciait le luxe. La sienne se situait à bonne distance de son bureau, le matelas était un petit bijou de confort, et il y avait même un coin repas avec une kitchenette.

Elle s'arrêta devant le miroir fixé au-dessus de la console de l'entrée pour vérifier une dernière fois son apparence avant de commencer la journée.

— Cheveux ?

Elle hocha la tête.

— Parfait…

Jamais sa coupe dégradée aux épaules n'avait été d'un aussi bel effet. Cela devait tenir à la qualité de l'eau du Montana.

— Maquillage ? Parfait.

Son teint était sans défaut. Elle avait les moyens de s'acheter d'excellents produits de soins et de maquillage, et avait pris des cours avec une maquilleuse professionnelle.

— Vêtements ? Habillée pour le succès.

Elle adorait ce tailleur lavande, avec une jupe crayon et une veste courte très ajustée. Ses escarpins étaient parfaitement assortis.

— Le personnel va peut-être enfin se décider à coopérer, marmonna-t-elle, tentant de se persuader.

Tous ces séminaires de pensée positive avaient été une perte de temps. Aucune des méthodes qu'elle avait essayées d'appliquer dans son exil à Blackwater Lake n'avait eu de résultat quantifiable.

Elle s'apprêtait à enfiler ses escarpins quand des cris vinrent troubler le silence de sa chambre.

— Ça y est, les ennuis commencent, grommela-t-elle, avant de se précipiter pieds nus dans le couloir moquetté.

Patty Evans et Crystal Ames, une des équipes de ménage, se lançaient des insultes au visage. Camille essaya de s'interposer, mais elles l'ignorèrent royalement.

— Mesdames, ce n'est pas professionnel, protesta-t-elle.

— Arrête de flirter avec lui, lança Patty.

— Je ne flirtais pas, rétorqua Crystal. J'étais juste polie. Tu es parano, ma pauvre fille.

— Je sais bien ce que j'ai vu. Tu as toujours voulu ce qui est à moi.

— Tu as trop d'imagination.

— Ne t'approche pas de Scott.

— Maintenant, ça suffit, intervint Camille en élevant le ton. Votre comportement est inacceptable.

Une porte s'ouvrit dans leur dos.

— Bonjour.

Camille sursauta. Ce n'était qu'un mot, mais elle aurait reconnu n'importe où cette voix rauque.

Avant qu'elle ait eu le temps de répondre, les deux femmes de ménage changèrent complètement d'attitude.

— Salut, Ben, dit Patty avec un grand sourire. J'avais entendu dire que tu étais de retour en ville et que tu séjournais ici.

— Ça fait un moment qu'on ne s'est pas vus. Comment allez-vous toutes les deux ?

Crystal ne perdit pas un instant pour se mettre en avant.

— Bien. Et toi ? Tu as l'air en pleine forme.

— Je suis content d'être de retour.

— On devrait prendre un verre et rattraper le temps perdu, dit-elle, charmeuse.

— Un de ces soirs après le travail.

— Excellente idée.

Elle échangea un regard avec sa coéquipière.

— Il faudrait qu'on se remette au travail.

— Exact, répondit Patty dont l'humeur semblait définitivement radoucie. A plus tard, Ben.

Il leur rendit leur salut de la main et les regarda s'éloigner vers le bout du couloir.

— Je suis désolée que vous ayez dû assister à ça, dit Camille.

Il appuya une épaule contre l'embrasure de la porte.

— Patty et Crystal vous causent des problèmes ?

— Comme tous les autres employés. Mais j'ai cru comprendre que vous les connaissiez ?

— Nous avons fréquenté le même lycée.

— Je vois. Le privilège des petites villes où tout le monde se connaît.

— A moins que ce ne soit une calamité, répliqua Ben.

Il croisa les bras sur son torse.

— Je vous aurais cru plus aguerrie aux situations de crise.

— Pourquoi ?

— Vous avez un parcours plutôt… coloré.

— Donc, vous êtes au courant.

— J'ai fait une recherche sur internet.

— Ça fait beaucoup d'informations à trier. Vous avez dû y passer des heures.

— Pas tant que ça. On dirait que la presse s'est calmée après votre condamnation.

Ce fut difficile, mais Camille parvint à garder son sang-froid.

Elle ne pourrait jamais effacer son sulfureux passé, ni tous les mensonges qui s'y rapportaient. Elle pouvait rétablir la vérité, mais elle ne pouvait pas forcer Ben à la croire.

— En réalité, les paparazzi ont continué à me traquer, guettant un faux pas pour me salir un peu plus dans leurs torchons, mais j'étais déterminée à terminer mes études et à réussir une carrière. Je voulais accomplir quelque chose, ne pas être célèbre sans raison.

— C'est tout à votre honneur.

Bien sûr ! Les paroles étaient compréhensives, mais elle n'était pas née de la dernière pluie. Tout le monde voulait quelque chose.

— Il faut vraiment que j'aille travailler, dit-elle.

— Moi aussi.

Il se redressa en l'observant.

— J'aimerais vous revoir plus tard.

— Ce n'est pas une bonne idée.

Regagnant sa chambre, elle lança par-dessus son épaule :

— Passez une bonne journée.

La porte refermée derrière elle, Camille s'y appuya et relâcha son souffle dans un soupir.

Depuis le lycée, les gentils garçons l'avaient toujours évitée. Les études étaient tout ce qui lui restait. La solitude lui pesait, mais elle en avait tiré une salutaire leçon. Elle avait besoin d'une carrière solide et brillante, car c'était la seule chose sur laquelle elle pourrait toujours compter.

Il était temps de se concentrer sur cette carrière. Faire du Lodge une activité rentable était son ticket de sortie de cette ville.

Et le moyen de s'éloigner du trop séduisant Dr McKnight.

# 3.

— Y a-t-il d'autres questions ?

Le maire, une séduisante jeune femme brune qui paraissait trente ans mais en avait probablement dix de plus, balaya du regard la salle du conseil. Elle souriait, mais il n'y avait aucune chaleur dans son regard gris

— Apparemment pas... La réunion concernant l'extension de Mercy Medical est donc close. Merci à tous.

Presque aussitôt, on entendit, mêlé au brouhaha des commentaires, le raclement des pieds des chaises au sol, tandis que les gens commençaient à se lever et à se diriger vers le buffet.

Ben s'était attardé à la clinique et il avait failli arriver en retard à la réunion. N'ayant pas eu le temps de dîner, il était affamé.

Après avoir déposé quelques petits fours sur une assiette, il regarda autour de lui et finit par repérer Cabot Dixon, un vieil ami du lycée. Ce dernier parlait à la fiancée d'Adam Stone, l'un des médecins de la clinique.

Il s'approcha d'eux et Cabot lui sourit.

— J'avais entendu dire que tu étais revenu en ville, Ben.

— Content de te revoir, Cab.

— Tu connais Jill Beck ?

Jill avait grandi à Blackwater Lake, mais elle était plus jeune que Ben et leurs chemins ne s'étaient pas croisés à l'époque. Toutefois, il l'avait souvent vue à la clinique quand elle venait chercher Adam.

— Nous nous sommes déjà rencontrés.

Il s'adressa à la jeune femme :

— Comment va votre fils ?

— Très bien. C'est Adam qui le garde ce soir, ainsi que Tyler, le fils de Cab.

Un éclair de rouge apparut soudain dans la vision périphérique de Ben. Camille Halliday se tenait seule près du buffet, un verre à la main, et semblait s'ennuyer.

— Elle est plus jolie en vrai qu'en photo, remarqua Jill.

— Il ne me reste qu'à vous croire sur parole. Je n'ai jamais vu de photos d'elle.

— Vraiment ? A une époque, on ne voyait qu'elle dans tous les magazines.

— J'étais occupé.

Il haussa les épaules, comme s'il n'éprouvait vraiment aucun intérêt pour Camille.

— Je n'ai pas fait le lien tout de suite quand je l'ai rencontrée à l'hôtel où j'habite pendant la construction de ma maison.

— Je me tiendrais à l'écart si j'étais toi, dit Cabot.

— Tu la connais ?

— Non, et c'est aussi bien comme ça.

— Je me demande ce qu'elle fait à Blackwater Lake, surenchérit Jill. On voit bien qu'elle n'y est pas à sa place.

Ben remarqua que les gens regardaient Camille avec curiosité, mais que personne n'osait s'approcher d'elle. Elle avait l'air un peu perdue, mais son menton fièrement levé indiquait qu'elle ne voulait pas le montrer.

— Je vais lui parler, dit-il.

— Mauvaise idée, commenta Cabot en secouant la tête.

— Pourquoi ?

— Vous n'êtes pas du même monde.

— Ce serait un problème si je cherchais une relation sérieuse. Mais il n'y a pas de mal à se montrer amical.

— Ben voyons !

— J'irais bien avec vous pour me présenter, mais je dois rentrer, dit Jill.

— Et je dois récupérer Tyler, ajouta Cabot. D'ailleurs, c'est moi qui suis ton chauffeur, ce soir.

— C'est vrai.

— Bon, eh bien, je suppose que nous aurons l'occasion de nous revoir plus tard, répondit Ben, sans s'émouvoir de cette désertion.

Il vit du soulagement dans les yeux de Camille quand il s'arrêta devant elle.

— Bonsoir, Ben.

— Camille… Comment allez-vous ?

— Bien.

Il ne l'avait pas vue depuis la veille, quand il avait interrompu la dispute des femmes de ménage.

— Y a-t-il un cessez-le-feu à l'hôtel ?

— Tout au moins entre Crystal et Patty. Je les ai séparées, et chacune travaille maintenant avec une nouvelle coéquipière.

— Et que faites-vous ici, ce soir ?

— Je cherchais des contacts utiles pour faire prospérer l'hôtel, mais je crois que c'est peine perdue.

Elle était vraiment prête à tout pour remplir sa mission et s'en aller loin de Blackwater Lake, songea-t-il.

Les lampes commencèrent à s'éteindre dans la salle et, regardant autour de lui, Ben constata qu'il ne restait presque plus personne.

— On dirait qu'ils nous jettent dehors, dit-il.

Camille plongea une main dans son sac et en retira son téléphone.

— Il faut que j'appelle un taxi.

— Vous n'avez pas de voiture ?

— Je me suis rendu compte que j'avais les quatre pneus à plat juste au moment de partir.

— Je vous raccompagne, si vous voulez.

— Je ne voudrais pas abuser…

— Puisque je vous le propose. C'est un peu ridicule de prendre un taxi alors que nous allons au même endroit.

Elle sourit pour la première fois, et ce fut comme si un grand soleil éclairait soudain la pièce.

— C'est vraiment très gentil à vous. Merci.

Ils marchèrent côte à côte vers le parking, où son luxueux 4x4 allemand était l'un des derniers véhicules.

— Jolie voiture, commenta-t-elle.

— Merci. Je l'aime beaucoup, répondit-il en lui ouvrant la portière côté passager.

Elle hésita, se demandant visiblement comment monter à bord sans que sa jupe courte et ajustée ne révèle plus que la décence l'autorisait.

— Merci à l'inventeur des marchepieds, dit-elle.

Elle s'y hissa en saisissant la poignée à l'intérieur de l'habitacle, s'assit perpendiculairement, puis pivota les hanches en gardant les jambes bien serrées l'une contre l'autre.

Frustré, Ben se demanda de quoi elle avait l'air sans ce tailleur chic.

— Bien joué, mademoiselle Halliday.

— Merci, docteur McKnight.

Il ferma la portière, fit le tour de la voiture, et se mit au volant.

Quelques minutes plus tard, ils entraient dans le vaste hall de l'hôtel chaleureusement décoré avec son immense cheminée de pierre, ses canapés de cuir fauve et son mobilier de bois clair.

Lorsqu'il bifurqua vers l'ascenseur, il présuma qu'elle allait le suivre puisque leurs chambres étaient mitoyennes.

— C'est ici que je vous dis bonne nuit.

— Vous ne montez pas ?

— Pas tout de suite. J'ai du travail.

— Il est tard.

— Je sais.

Elle sourit, mais son expression était un peu crispée.

— Merci. Grâce à vous, je suis rentrée plus vite que prévu. Bonne nuit, Ben.

Les yeux rivés sur ses hanches, il la regarda s'éloigner dans un cliquetis de talons.

— Camille ?

Elle se retourna.

— Oui ?

— Mon père possède un garage automobile, et ma sœur y travaille. Je peux y faire vérifier vos pneus.

— Ce serait formidable. Ma voiture est sur le parking des employés. Vous me direz combien ça coûte.

— Pas de problème. Ne travaillez pas trop tard.

— D'accord.

Elle se dirigea vers son bureau, situé derrière le comptoir de la réception, et ferma la porte.

Il ne pouvait pas exister deux personnalités plus différentes que les leurs, mais cela n'empêchait pas Ben de la désirer.

Ce besoin se faisait plus intense chaque fois qu'il la voyait et, pour son malheur, elle travaillait là où il vivait.

Elle avait passé la nuit dans la chambre voisine de la sienne. Dommage qu'elle ne l'ait pas passée dans son lit.

— Ho hé ?

Camille releva la tête du document comptable qui s'affichait à l'écran de son ordinateur en entendant l'appel qui provenait de la réception.

Dans un monde idéal, une employée aurait été à son poste, mais son monde n'avait rien de parfait. Elle était habituée à ce ton particulier des clients, un mélange de surprise et d'agacement indiquant qu'ils avaient attendu trop longtemps que quelqu'un daigne venir s'occuper d'eux.

— Bon sang, Mary Jane…, marmonna Camille en se levant.

Elle avait vécu trop souvent cette situation pour ne pas

savoir que la réceptionniste avait de nouveau abandonné son poste.

Elle s'avança vers le comptoir avec un grand sourire avenant. L'homme qui attendait l'enveloppa d'abord d'un regard appuyé, puis son attitude agacée se mua en soudain intérêt.

— Bonjour, dit-elle. J'espère ne pas vous avoir fait attendre trop longtemps.

— Pas du tout.

Il avait la quarantaine, une dizaine de kilos de trop, et commençait à perdre ses cheveux.

— En quoi puis-je vous aider ?

— J'ai réservé une chambre.

— Oui, bien sûr. A quel nom ?

— Stan Overton.

Elle fit apparaître à l'écran le tableau de réservations.

— Trois nuits, c'est bien ça ?

— Exact. Ce serait un problème si je prolongeais mon séjour ?

Si seulement..., songea-t-elle.

— Absolument pas. Nous serons ravis de vous avoir parmi nous un peu plus longtemps.

— Formidable ! C'est la première fois que je viens dans le Montana, et je crois que je vais avoir envie de découvrir un peu mieux la région.

— Je suis sûre que vous vous y plairez beaucoup.

Elle pressa quelques touches et mit à jour sa fiche client.

— Vous êtes ici en vacances ? demanda-t-elle.

— Disons que je mélange le travail et le plaisir..., répondit-il.

— Vous voulez utiliser la même carte bancaire que pour la réservation ?

— Oui.

Il sortit son portefeuille de sa poche et lui tendit sa carte.

— Vous travaillez ici depuis longtemps ?

Camille avait l'impression que cela faisait une éternité.

Mais elle se demanda pourquoi il posait la question. Le mot « débutante » était-il gravé sur son front ?

— Assez longtemps pour apprécier l'endroit, répondit-elle avec hypocrisie.

— Quel est votre restaurant préféré ?

— Vous allez peut-être penser que je manque d'objectivité, mais il s'agit du restaurant de l'hôtel. Le chef vient de New York.

L'homme posa un coude sur le haut comptoir qui les séparait.

— Qu'aimez-vous faire dans le coin ? Pendant vos jours de repos, je veux dire…

— Qu'est-ce qu'un jour de repos ? dit-elle sur le ton de la plaisanterie, même si, en réalité, ce n'en était pas une pour elle.

Il eut la bonne grâce de s'esclaffer.

— Je vois ce que vous voulez dire. Mais si vous aviez un peu de temps, où iriez-vous ?

— Le lac est magnifique. Il paraît que la pêche y est bonne.

— D'après ma recherche sur le Net, il y a des sentiers de randonnée intéressants, et de beaux endroits pour camper. Vous avez une préférence ? Un lieu à ne manquer sous aucun prétexte ?

Camille commençait à se sentir irritée. Etait-il seulement amical, ou lui faisait-il des avances ? C'était tout simplement… Beurk ! Ou alors, il cherchait vraiment à profiter au mieux de son séjour.

Quoi qu'il en soit, l'attitude à proscrire absolument dans le métier de l'hôtellerie, c'était l'impatience.

— Pour être honnête, je ne peux pas vous recommander d'activités extérieures d'après ma propre expérience, mais nous avons tout un choix de brochures, et le bureau du concierge est juste de l'autre côté du hall. Dustin sera ravi de vous aider.

Désireuse de mettre un terme à la conversation, elle lui tendit sa clé magnétique.

— Troisième étage. Les ascenseurs sont à votre droite. S'il y a quoi que ce soit que le personnel puisse faire pour rendre votre séjour plus agréable, n'hésitez pas à demander.

— Merci. Ça commence déjà très bien.

Quand il s'éloigna, Camille laissa échapper un soupir. Au même moment, elle aperçut Mary Jane Baxter qui tournait précipitamment à l'angle d'un couloir. Elle marqua un temps d'arrêt et afficha une mine contrite.

— Je ne suis partie qu'une minute, mademoiselle Halliday.

— Comme d'habitude !

— Je suis désolée.

Ce commentaire aurait dû être suivi par la promesse que cela ne se reproduirait plus, mais Mary Jane se contentait de se dandiner devant elle avec un air d'une rare niaiserie.

De plus en plus agacée, Camille se contenait à grand-peine.

— Vous avez l'intention de rester quelques instants à votre poste ? demanda-t-elle.

— Euh… Oui.

— Bien. Je fais une pause de quinze minutes.

Quand Camille poussa la porte de la sortie de secours, elle respira une grande bouffée d'air pur puis emprunta l'escalier de bois qui desservait la galerie du premier étage — son refuge secret.

Il était presque 18 heures, et le soleil avait disparu derrière les montagnes, laissant place à un petit vent frisquet qui tombait à point pour rafraîchir ses joues en feu.

Au moment où son irritation commençait à se dissiper, elle entendit un lourd bruit de pas derrière elle. C'était la démarche d'un homme.

— Vous semblez prête à vous défouler sur cette pauvre rambarde, mais je ne le recommande pas.

*Ben.*

Comme mues par leur propre volonté, ses lèvres se retroussèrent en un sourire, ce qui était déjà un petit miracle.

— Toujours là au bon moment, tel un chevalier en armure étincelante, ironisa-t-elle.

— Je vous ai aperçue à la réception, mais vous avez filé avant que j'aie eu le temps de m'approcher.

— Et vous m'avez poursuivie jusqu'ici ?

— J'avais quelque chose à vous dire. Mais avant, expliquez-moi ce qui vous arrive.

— Toujours la même chose : insubordination du personnel. Ma réceptionniste avait encore déserté son poste.

— Encore ?

— C'est chronique chez elle. Toutes les deux heures, elle disparaît sans un mot. C'est totalement irresponsable, et je pense que je vais devoir me séparer d'elle.

— Ça ne ressemble pas à Mary Jane.

— Vous la connaissez ? Non, attendez, ne me dites rien ! Vous alliez au même lycée…

— Exactement. Et il se trouve qu'elle a été chef de classe plusieurs années de suite. C'était une fille organisée, efficace, ponctuelle… Toutes les deux heures, dites-vous ?

— Avec la précision d'une horloge.

— Maintenant que vous le dites, je me rappelle qu'elle souffre d'hypoglycémie.

— Donc, elle a un vrai problème médical ?

— Oui.

— Je ne suis pas un monstre qui tient à la garder enchaînée au bureau jusqu'à ce qu'elle s'évanouisse. Il suffisait qu'elle m'en parle, et j'aurais compris.

— Elle est sans doute intimidée par votre statut d'héritière.

— Je suis un être humain comme les autres, et je sais faire preuve de compassion.

— Montrez-le un peu plus.

— J'y penserai. Mais vous vouliez me parler ?

— Oui. Ma sœur a vérifié vos pneus.

— Et ?

— Ils sont presque neufs, et elle n'a détecté aucun

défaut, aucune trace de perforation. Mais comme les capuchons manquaient, Syd pense que quelqu'un les a délibérément dégonflés. C'est probablement l'œuvre d'un vandale.

— Ou d'un employé qui m'en veut.

Le soupir qui lui échappa avait des allures de défaite.

— Ils finiront par vous accepter, dit Ben, en lui passant un bras autour des épaules. Laissez-leur le temps.

Elle prit appui contre lui quelques instants, savourant le réconfort qu'il lui offrait. Elle se sentait en sécurité avec lui, comme elle l'avait toujours été avec son grand frère. Celui-ci avait pris soin d'elle comme son père ne l'avait jamais fait, et il ne se passait pas un jour sans qu'il lui manque.

Mais Ben n'était pas son grand frère, et un drôle de frisson qui n'avait rien de sécurisant la parcourut soudain.

Elle s'écarta de lui.

— Cela fait presque trois mois, et la situation ne fait qu'empirer. De toute façon, j'ai l'habitude. Ou les gens me détestent d'emblée, ou ils font semblant de m'apprécier pour obtenir quelque chose de moi.

— Je vois que la trahison a laissé des marques.

Elle préféra ne pas commenter.

— Combien dois-je à votre sœur ?

— Rien. Elle a simplement regonflé les pneus à l'atelier.

— Et les capuchons ?

Il haussa les épaules.

— Ce n'est pas pour ce que ça coûte… Et puis, si quelqu'un à l'hôtel a besoin d'un bon mécanicien, vous lui ferez de la publicité en échange.

— D'accord. Remerciez-la pour moi.

Elle consulta sa montre.

— Ma pause est terminée.

— A plus tard.

Ben avait vu juste à propos de trahison. Le traumatisme était tel que Camille ne pourrait plus jamais faire confiance à quelqu'un. Ce n'était pas un problème ici puisque tout le monde avait décidé de la détester.

Elle trouvait donc d'autant plus étonnant que le héros local soit le seul à se montrer aimable avec elle.

# 4.

— Vous avez une patiente en salle d'examen numéro un. Enfin, quand je dis patiente… Vous me comprenez…

Ben observa l'expression excédée de Ginny et eut en effet bien peur de comprendre. C'était encore une célibataire feignant une cheville ou un poignet foulés pour l'approcher.

— Est-ce qu'elle a apporté une tarte ou un ragoût ?

— Oui.

Ginny esquissa un sourire narquois.

— Comment l'avez-vous deviné ?

— Ce n'est pas drôle. Elle a rempli le questionnaire ?

L'infirmière le lui tendit.

— Son numéro de téléphone est écrit en gros et souligné !

Ben consulta le document. Cherri Lynn Hoffman. Vingt-cinq ans. Célibataire. Douleur persistante à la cheville droite.

Il soupira.

— Je suppose que je vais devoir l'examiner…

— A vous de voir, répliqua Ginny, en faisant demi-tour vers la salle de repos des infirmières.

— Vous ne venez pas avec moi ?

— Vous êtes un grand garçon. Je pense que vous pouvez vous débrouiller.

Ben soupira de nouveau et ouvrit la porte de la salle d'examen.

Dans cette immense demeure victorienne donnée par la ville et transformée en clinique, les pièces étaient vastes.

Il y avait un lavabo dans un coin, un squelette dans un autre, et les murs étaient couverts d'affiches sur la nutrition, et notamment l'influence des fruits et légumes, sur l'hygiène et sur la vaccination.

La patiente était assise sur la table d'examen, les jambes dans le vide. Ses cheveux bruns lui tombaient sur les épaules, effleurant le devant d'un T-shirt blanc orné d'un motif pailleté. Une jupe en jean de la taille d'un timbre-poste couvrait à peine ses… atouts.

Il laissa la porte ouverte et se dirigea vers le lavabo pour se laver les mains.

— Bonjour, mademoiselle Hoffman, je suis le Dr McKnight.

— Oh ! appelez-moi Cherri !

Elle devait s'attendre à ce qu'il lui propose à son tour de l'appeler par son prénom, mais il ne dit rien.

— Quel est votre problème ?

— Je pense que je me suis tordu la cheville.

— Voyons cela.

Il s'assit sur le tabouret roulant et s'avança jusqu'à elle, et ses vertigineux talons aiguilles — premier indice de son mensonge.

— Laquelle vous fait mal ?

— La gauche.

Il regarda le questionnaire où Ginny avait noté que la patiente souffrait de la cheville droite.

— Je ne vois aucune lésion ou traumatisme.

Cherri tendit sa longue jambe musclée sous son nez.

— Vous devriez peut-être la palper ?

— Et si vous faisiez plutôt quelques pas dans la pièce ?

— Si vous voulez, dit-elle avec une moue déçue.

Elle se laissa glisser de la table, et grimaça exagérément quand son pied droit toucha le sol. Elle fit quelques pas en boitant du pied droit, pivota avec la dextérité d'un mannequin en train de défiler, et revint en boitant du pied gauche.

Elle s'arrêta à quelques centimètres de lui et ouvrit de grands yeux bleus innocents.

— Alors, docteur, qu'en pensez-vous ?

Bon sang, il détestait ce genre de chose ! Et il y avait droit plusieurs fois par semaine.

Il avait envie de lui dire de ne pas perdre son temps. Ce n'était pas un jeu, et il ne poserait pas de diagnostic fictif, pas plus qu'il ne prescrirait de traitement inutile. Mais il ne pouvait pas se permettre de rudoyer une patiente.

— Je ne pense pas que ce soit bien grave, dit-il, faisant un effort pour garder un ton neutre. Si la douleur vous gêne vraiment, prenez un paracétamol et surélevez votre pied en appliquant au besoin une poche de glace.

— Merci, docteur. Je suis tellement soulagée que ce ne soit pas sérieux.

Il se leva et se dirigea vers la porte.

— Bonne journée, mademoiselle Hoffman.

— Attendez !

Elle se précipita pour le rattraper.

— Je ne dois pas vous revoir ? Vous ne me fixez pas un rendez-vous de contrôle ?

— Ce ne sera pas nécessaire.

Elle prit une cocotte en fonte posée sur la chaise près de la porte, à côté de son sac.

— C'est pour vous. Comme vous êtes célibataire et très pris par votre travail, j'ai pensé que vous n'aviez pas le temps de vous concocter de bons petits plats chauds.

— Merci.

Il prit la cocotte, mais ne parvint pas à sourire.

— Au revoir.

— Vous allez m'appeler pour prendre des nouvelles de ma cheville ?

— Je suis sûr que ça ira très bien.

Sans lui laisser le temps de protester, il s'enfuit vers la salle de repos, referma la porte derrière lui et rangea le plat dans le réfrigérateur qui en contenait déjà six autres.

Assise à la table ronde en chêne, Ginny sirotait un café.

— D'habitude, nous laissons la porte ouverte, commenta-t-elle avec un petit rire.

— Je sais. Si seulement il y avait un verrou.

— Vous vous cachez ?

— Et comment !

— Ça s'est mal passé avec Cherri Lynn ?

— Comme avec les autres.

Le regard bleu de Ginny étincela de malice.

— Vous allez la rappeler ?

— Sûrement pas. Son comportement est parfaitement malhonnête. On ne peut pas faire confiance à une personne comme ça.

Il adressa à Ginny un regard désespéré.

— Je n'en peux plus…

— Vous l'avez bien cherché.

— Comment ça ?

— Un médecin qui n'est pas marié est une proie de choix pour toutes les femmes seules à dix kilomètres à la ronde, et pour les mères qui ont une fille à caser.

— Mais qu'est-ce que je peux faire contre ça ?

— Pas grand-chose… A part avoir une petite amie qui tiendrait les autres femmes à distance.

— Mais je n'ai encore rencontré personne qui me plaise…

*Sauf Camille Halliday. Et elle n'était là que pour quelques mois.*

Ce fut soudain qu'il comprit que c'était la situation rêvée.

La porte s'ouvrit, et Mary Jane Baxter passa timidement la tête dans l'embrasure.

— Vous vouliez me voir, mademoiselle Halliday ?

— Oui. Merci d'être venue, Mary Jane. Fermez la porte et asseyez-vous.

La jeune femme semblait terrifiée et Camille se rappela que Ben lui avait recommandé de se montrer un peu moins sèche dans ses relations avec le personnel.

Que ferait Ben pour la mettre à l'aise ? Il lui poserait probablement quelques questions personnelles…

— Depuis combien de temps travaillez-vous avec nous ?

— Presque huit mois.

— Vous êtes mariée ?

— Oui.

— Des enfants ?

— Oui.

Cette fois, Mary Jane esquissa un sourire.

— Un garçon et une fille.

— C'est formidable. Ils vont à l'école ?

— Ma fille est entrée en maternelle cette année.

— Bien… Bien… Ecoutez, je ferais sans doute mieux d'aller droit au but. Je voudrais vous parler de vos absences répétées…

— Ça ne se reproduira plus, mademoiselle Halliday. Je vous donne ma parole…

Camille leva une main pour l'interrompre.

— J'ai parlé à Ben, et il m'a expliqué que vous deviez manger toutes les deux heures pour des raisons de santé.

— C'est exact. Je ne pensais pas qu'il s'en souviendrait.

— Pourquoi ne gardez-vous pas des en-cas à la réception ?

Une lueur affolée passa dans le regard de Mary Jane comme si elle était persuadée qu'il s'agissait d'une question piège.

— C'est interdit par le règlement.

— Ce règlement est stupide. Par chance, je peux le modifier. Gardez ce dont vous avez besoin dans un tiroir. Naturellement, je compte sur vous pour éviter de grignoter devant les clients. En résumé, prenez soin de vous. Je ne peux pas me permettre de vous perdre.

— C'est vrai ?

— Je ne le dirais pas si je ne le pensais pas.

Camille décida qu'elle pouvait tout à fait jouer cartes sur table, et sur ce plan-là comme sur d'autres, elle était en total désaccord avec son père, le président du groupe, Dean Halliday.

— Cet établissement connaît des difficultés financières…

— J'ai entendu des rumeurs, intervint Mary Jane.

— Je suis ici pour essayer d'arranger les choses, et j'ai besoin de savoir que je peux compter sur le personnel. Si j'échoue, il faudra fermer et licencier tout le monde. Je ne devrais peut-être pas le dire, mais la situation est grave.

Mary Jane hocha la tête.

— C'est bien pire de ne pas savoir ce qui se passe. Merci pour votre honnêteté.

— Nous sommes donc sur la même longueur d'onde ?

— Bien sûr, mademoiselle Halliday.

— Appelez-moi Camille. Et, juste pour que nous soyons bien d'accord, si vous avez besoin de quitter votre poste pour n'importe quelle raison, prévenez-moi pour que je vous remplace, ou demandez à quelqu'un d'autre de le faire.

— D'accord, Camille.

— Je peux vous demander quelque chose ?

— Bien sûr.

— Pourquoi n'êtes-vous pas venue me parler de votre problème ?

— J'étais intimidée. Et je ne voulais pas de traitement de faveur.

— Je vois. Ben m'a dit qu'il vous avait connue au lycée…

Mary Jane acquiesça.

— C'était un excellent élève. Il aurait pu être admis dans n'importe quelle université du pays, mais il a préféré rester ici.

— Pour quelle raison ?

— Il ne voulait pas quitter sa petite amie, Judy Coulter. Pour un garçon intelligent, il pouvait avoir des réactions stupides quand il était question d'elle.

— Ah ?

— Quand il a été accepté à la faculté de médecine de Californie, il l'a demandée en mariage pour ne pas être séparé d'elle. Judy a refusé sous prétexte qu'elle n'était pas prête. Six mois plus tard, elle rencontrait un champion de ski et l'épousait sur un coup de tête.

— Aïe !

Pauvre Ben… Quel genre d'idiote pourrait refuser d'épouser un homme tel que lui ?

— Ça a été difficile pour lui ?

— Il a failli arrêter ses études. Heureusement qu'il ne l'a pas fait. Il a gagné une fortune à la tête d'une clinique privée de Los Angeles. Finalement, il a vendu ses parts et il est revenu s'installer à Blackwater Lake. Et, comme par hasard, Judy aussi est de retour.

Un étrange mélange de jalousie et de déception gagna Camille.

— Ils ont renoué ?

— Pas à ma connaissance. Mais il y a de quoi se poser des questions.

En effet. Mais Camille ne pouvait pas se permettre de se laisser troubler par ce genre de détails.

— Je suis vraiment ravie que nous ayons mis les choses au clair, Mary Jane, dit-elle en se levant.

— Moi aussi.

Tandis que Camille raccompagnait son employée à la porte, cette dernière parut hésiter.

— Je pense qu'il y a quelque chose que vous devriez savoir.

— De quoi s'agit-il ?

— Le nouveau client, M. Overton… Il pose beaucoup de questions au personnel.

— A-t-il eu une attitude déplacée ?

Il ne lui manquerait plus que ça !

Mary Jane secoua la tête.

— Il s'intéresse surtout à vous et à votre famille…

Camille prit l'information avec désinvolture.

— Comme la plupart des gens. Mais nous n'avons rien de spécial, vous savez.

— Je pensais simplement que je devais vous le dire.

Bon, il faut que je retourne à mon poste. Et, merci encore, Camille.

Après avoir dîné dans sa suite, Camille, trop énervée pour tenir en place, décida d'aller prendre l'air.

Elle prit un gilet et sortit dans le couloir, le regard rivé sur la porte de Ben. Elle avait envie d'y frapper, mais c'était un client, et perturber la tranquillité d'un hôte était quelque chose que ne ferait jamais un Halliday.

Quittant l'hôtel par une porte de service, elle monta jusqu'à la galerie. C'était la première fois depuis son arrivée à Blackwater Lake qu'elle s'y rendait sans se sentir morose et déprimée. Au contraire, elle était d'excellente humeur, et elle s'aperçut qu'elle commençait à reprendre espoir. Il restait encore des montagnes à gravir et des obstacles à surmonter, mais ce serait pour un autre jour. Pour le moment, elle avait envie de savourer cette minuscule amélioration.

En haut de l'escalier, elle chercha automatiquement Ben des yeux. La chance continuait à être de son côté puisqu'il était là.

— Bonsoir, dit-elle.

— Hé…

Il n'y eut ni sourire automatique ni mimique accueillante de sa part.

— J'espérais vous voir, ajouta-t-elle en s'approchant.

— Vraiment ?

— Oui.

Elle s'assit dans le fauteuil Adirondack à côté du sien.

La lumière diffusée par les spots du jardin éclairait son expression qui n'avait rien d'heureux. Il avait l'air de broyer du noir.

— Que se passe-t-il ? La journée a été mauvaise ?

— On peut dire ça.

— Vous voulez en parler ?

— Oui, mais pas avant de savoir ce qui vous fait sourire comme ça.

— J'ai suivi votre conseil.

— A quel sujet ?

— J'ai parlé à Mary Jane, et tout est arrangé.

— Tant mieux.

— C'est grâce à vous. Merci pour la suggestion. Je vous dois une faveur, maintenant.

— C'est drôle que vous disiez ça…

Il la regarda, et une curieuse lueur s'alluma dans ses yeux.

— J'ai justement une faveur à vous demander.

— Je suis vraiment de très bonne humeur. Allez-y. Demandez-moi ce que vous voulez.

— C'est très simple. J'aimerais que vous vous fassiez passer pour ma petite amie.

# 5.

Camille le dévisagea pendant un long moment, persuadée d'avoir mal compris.

— Vous voulez que je me fasse passer pour votre petite amie ?

— Oui. Qu'en pensez-vous ?

C'était une bonne chose qu'elle soit déjà assise.

— Je crois que je vais faire comme si je n'avais pas entendu.

— Pourquoi ?

Il se redressa sur son siège, et la tension qui émanait de lui devint presque palpable.

— Vous avez dit que vous me trouviez séduisant, et que j'étais un beau parti en tant que médecin. J'ai quelque chose qui ne va pas ?

— En apparence, non, mais je crois qu'une évaluation psychologique serait nécessaire.

— C'est un peu exagéré. Je ne vous ai quand même pas demandé de vous enfuir avec moi et de m'épouser.

— Bizarrement, j'aurais trouvé ça moins choquant.

Elle s'attendait à un sourire, mais il paraissait de plus en plus morose.

— Vous n'êtes pas comme d'habitude. Dites-moi ce qui vous arrive, Ben.

— Les femmes me harcèlent.

— Vous n'êtes pas sérieux ?

— Pourquoi ?

— Parce que la plupart des hommes donneraient n'importe quoi pour avoir un problème comme celui-ci.

— Je ne suis pas la plupart des hommes.

— D'accord. Excusez-moi. En quoi est-ce un problème ?

Il se passa une main dans les cheveux en soupirant.

— Toutes les femmes de cette ville ont une mère, une grand-mère, une fille, une nièce ou l'amie d'une amie et connaissent quelqu'un que je devrais rencontrer. Même ma sœur veut jouer les marieuses.

— Eh bien, laissez-la faire.

— Je suis peut-être démodé, mais je veux être celui qui demande les numéros de téléphone.

— Bien sûr, mais…

— Attendez, ce n'est pas tout. Quand quelqu'un se présente à la clinique, je suis obligé de lui venir en aide. J'ai prêté serment, et ce scénario pourrait affecter ma capacité à ne pas nuire.

— Comment cela ?

— Ces femmes prennent des rendez-vous en feignant un problème orthopédique pour attirer mon attention, et elles apportent de la nourriture.

— Le plus sûr moyen d'atteindre le cœur d'un homme.

Elle décela la lueur d'avertissement dans son regard et ajouta :

— Désolée…

— Cette situation crée une atmosphère de doute. Je finis par avoir peur de poser un mauvais diagnostic, de passer à côté d'un vrai problème médical. Je prends mon travail très à cœur, et j'ai besoin de sérénité pour l'exercer.

— Je comprends. Mais pourquoi moi ?

— Parce que vous allez finir par quitter Blackwater Lake.

Si elle avait pu se sentir quelque peu flattée par sa demande, son amour-propre en prit cette fois un coup.

— Je ne suis pas certaine de comprendre ce que ça change.

— Je sais que vous ne cherchez pas une relation à long

terme, et que vous n'aurez pas d'attente irréalisable. Toutes les cartes sont sur la table. Personne n'aura à en souffrir.

— Ça paraît logique. Mais que ferez-vous une fois que je serai partie ? J'imagine que tout ce cinéma va recommencer.

— C'est vrai. Je n'y avais pas pensé… Je pourrais dire que vous m'avez brisé le cœur, et que j'ai besoin de temps pour vous oublier.

— Ça ne ferait qu'ajouter de l'huile sur le feu. Les femmes aiment jouer les consolatrices, et chacune serait persuadée d'être celle qui pourrait vous faire oublier votre chagrin.

— Bah, on verra bien… Pour le moment, je suis le nouveau venu, une source de curiosité. Si je me retire du marché pendant un moment, je cesserai probablement de les intéresser. Une liaison aiderait certainement à me faire oublier.

— Ah, parce qu'il s'agit d'une liaison, maintenant ?

— Je me suis mal exprimé. Je voulais dire une petite amie.

— Ce serait uniquement un titre de façade ?

— Parole d'honneur.

— Jusqu'à maintenant, il n'a été question que de vous. Mais qu'est-ce que j'ai à y gagner ?

— Un accès illimité à des solutions pratiques pour vos problèmes personnels. Je connais la plupart de vos employés. J'ai grandi avec eux. Je peux aider à arrondir les angles.

— Vous savez que c'est complètement fou ?

— Ça veut dire que vous acceptez ?

— Je vais y réfléchir.

— Merci.

Il l'attira contre lui pour ce qu'elle imaginait être une accolade, mais il l'embrassa. Ses lèvres étaient douces, chaudes, et irrésistibles. Le contact dura un peu plus longtemps que la simple gratitude l'exigeait puis il s'écarta juste au moment où elle commençait à fondre.

— Dînez avec moi demain, et donnez-moi votre réponse.

Sa voix semblait un peu rauque, un peu essoufflée.

— Qu'en dites-vous ?

— D'accord.

Mais ce serait de la folie d'accepter ce marché. Et encore plus de l'attendre avec impatience.

A 19 heures précises, Ben quitta sa suite et se dirigea vers la porte voisine. Il frappa et Camille ouvrit presque aussitôt, comme si elle l'attendait.

— Bonsoir.

— Vous êtes prête ?

— Plus que prête.

Elle regarda son jean, sa chemise blanche et sa veste sport.

— Où m'emmenez-vous ?

— A l'auberge du Grizzli. Vous verrez, c'est un endroit très agréable.

— J'espère que je ne suis pas trop habillée.

— Vous êtes ravissante.

Elle lui avait coupé le souffle, ce qui n'avait guère de sens car elle était habillée de la même manière qu'elle l'était toujours pour travailler : en tailleur. Celui-ci était couleur prune et s'accompagnait d'un chemisier de soie ivoire et d'escarpins beiges. Il n'y avait rien qui sortait de l'ordinaire dans son apparence, et il ne comprenait pas d'où lui venait cette fascination qu'il éprouvait soudain.

— Si on y allait ? ajouta-t-il.

Elle hocha la tête, mais il était à peu près sûr qu'elle avait l'air plus heureuse en allant chez le dentiste.

L'auberge se trouvait à l'intersection de Main Street et Cedar Way. Ben se gara, coupa le moteur, et fit le tour de la voiture pour ouvrir la portière côté passager. Camille ne l'avait pas attendu, et commençait à sortir de l'habitacle.

— Sachez que j'ouvre toujours la portière ou la porte aux dames.

— Même une fausse petite amie ?

— Pas d'exception.

Il réfléchit un instant et ajouta :

— Sauf ma sœur.

— Parce qu'elle travaille dans un garage automobile ?

— Non, juste parce que c'est ma sœur. Ce serait bizarre.

Il posa une main dans le creux de son dos pour la guider vers l'entrée de l'auberge. C'était un vendredi soir, et l'endroit était bondé. Ils s'arrêtèrent devant l'hôtesse, dont le badge indiquait *Beverley*. Elle toisa Camille sans un mot puis s'adressa à Ben.

— Vous êtes deux ?

— Oui.

Elle consulta son registre.

— J'aurai une table libre dans quinze minutes.

— Ça nous va.

Comme il commençait à donner son nom, elle l'interrompit.

— Je sais qui vous êtes, docteur McKnight.

— Ah, très bien. Et voici Camille Halliday.

— Je sais. Mais j'ignorais que vous vous connaissiez.

Cette fois, elle adressa un signe de tête poli à Camille.

— Ravie de vous rencontrer, mademoiselle Halliday.

Plusieurs personnes attendaient derrière eux, et ils s'écartèrent pour leur laisser la place. Au même moment, un quadragénaire bedonnant poussa la porte. Camille lui sourit et lui adressa un signe de tête.

— Vous le connaissez ?

— C'est un client de l'hôtel, Stan Overton. C'est la première fois qu'il vient à Blackwater Lake, et il voulait que je lui donne des idées d'excursion. J'ai été obligée de lui dire que je n'étais pas ici depuis assez longtemps pour bien connaître les environs.

La clochette au-dessus de la porte retentit de nouveau, et Adam Stone entra en compagnie de sa fiancée. Remarquant son confrère, il commença par sourire puis il resta bouche bée quand il vit Camille à son côté.

Apparemment, lui aussi savait qui elle était.
Ben les salua et leur présenta Camille.
Le regard de Jill passa de l'un à l'autre.
— Je ne savais pas que vous vous connaissiez…
Elle s'adressa en souriant à Camille.
— Alors, c'est vous qui me faites de la concurrence ?
— Pardon ?
— Je loue des chambres d'hôtes. Adam a habité chez moi quand il a commencé à travailler à la clinique. C'est comme ça que nous nous sommes connus. Mais je plaisante, bien sûr. Nous ne jouons pas exactement sur le même terrain.
— Voulez-vous dîner à notre table ? proposa Adam.
Ben croisa le regard de Camille et secoua la tête.
— Merci, mais nous devons nous parler.
— Eh bien, une autre fois, alors, répondit aimablement Jill, tout en entrelaçant ses doigts à ceux de son fiancé.
Eux aussi avaient envie d'être seuls, mais pas pour les mêmes raisons.
Tandis que Ben et Camille traversaient la salle pour rejoindre leur table, les conversations cessèrent, et tous les regards se tournèrent d'abord vers elle puis vers lui.
Une main posée au creux de son dos, il se pencha et murmura :
— Tout va bien se passer. Faites-moi confiance.
— C'est le genre de phrase qui terrifie les femmes, répondit-elle sur le même ton.
Elle parut cependant soulagée quand ils s'assirent enfin face à face.
— Je me rends compte que j'ai faim, dit-elle.
— Moi aussi.
Les yeux rivés sur ses lèvres pleines et parfaitement ourlées, il prit conscience que son attirance pour elle ne faisait que croître.
— Je crois que vous aimerez…
— Ben ?

Une femme venait de passer devant leur table et de reculer de quelques pas.

— Ben McKnight ?

— Oh ! bonsoir, Tanya ! Comment vas-tu ?

— Très bien. J'ai entendu dire que tu étais revenu t'installer en ville…

Ses yeux verts se posèrent avec curiosité sur Camille.

Ben fit les présentations.

— Camille Halliday. Tanya Smithson. Nous étions au lycée ensemble.

— Ravie de vous rencontrer, dit Camille, avec une froideur qui démentait ses paroles.

— J'ignorais que vous connaissiez notre Ben, répliqua Tanya d'un ton qui contenait presque un reproche.

— Nous nous sommes rencontrés au Lodge, expliqua-t-il, tout en se demandant quand il était devenu « notre Ben ». Comment marche ta boutique ?

— Je ne me plains pas.

S'adressant à Camille, elle précisa en se rengorgeant :

— Je possède la boutique de cadeaux juste à côté, Les trésors de Tanya.

— Je sais, dit Camille. Vous étiez à la réunion de la chambre de commerce.

L'air absent, Tanya n'avait pas écouté la réponse et consultait sa montre.

— Il faut que je file. Les affaires… Vous savez ce que c'est. Mais passez me dire bonjour à la boutique si vous en avez l'occasion.

— Je n'y manquerai pas.

Quand Tanya fut hors de portée de voix, Camille se rembrunit.

— Quelle volte-face… Elle a tout fait pour m'éviter à la réunion de la chambre de commerce, et il suffit que je sois avec vous pour qu'elle change d'attitude. D'ailleurs, tout le monde réagit de la même façon.

— Vous voyez que notre association peut avoir du bon.

Elle hocha pensivement la tête.

— Si vous pouvez provoquer un changement d'attitude et obtenir du personnel qu'il coopère rien qu'en vous faisant passer pour mon petit ami, je parviendrai peut-être à sauver cette entreprise.

— Est-ce que ça veut dire ce que je crois ?

— Avant que je vous donne ma réponse, vous devez savoir que je ne considère pas du tout cela comme une plaisanterie.

Voyant qu'il ouvrait la bouche, elle leva une main pour l'interrompre.

— Mon frère avait été élevé comme un prince héritier. Depuis sa naissance, il avait été conditionné pour prendre la tête du groupe Halliday, et à sa mort, il allait de soi que le poste devait me revenir. La responsabilité me paraissait écrasante. Je me suis rebellée et j'ai fait de mauvais choix. Mais, aujourd'hui, je suis adulte, et il est important pour moi de réussir la mission qui m'a été confiée. Pour ma famille. Pour mon frère…

— Je comprends, et je suis sûr que vous ferez un travail formidable.

— Peut-être. Et s'il faut pour cela me faire passer pour votre petite amie, eh bien, allons-y.

Ben ne cacha pas sa satisfaction.

— Marché conclu. Serrons-nous la main.

Elle posa les doigts dans sa paume et ses yeux s'écarquillèrent. Apparemment, elle avait ressenti tout comme lui l'étrange courant électrique qui s'était soudain propagé entre eux.

Plus il discutait avec elle, plus il la trouvait fascinante, et parler n'était pas la seule chose qu'il avait en tête.

Il en avait plus qu'assez des femmes qui se jetaient sur lui, mais celle-ci pouvait lui faire toutes les avances qui lui chantaient, il n'aurait aucun mal à se montrer obligeant.

# 6.

Au comptoir de l'auberge du Grizzli, Camille attendait que Ben règle l'addition. Elle lui proposerait plus tard de payer la moitié de ce repas qui s'était avéré délicieux et tout à fait intéressant à bien des égards.

Elle ne pouvait le jurer, mais elle avait l'impression que le capital sympathie des clients à son égard s'était élevé d'un cran depuis qu'elle avait été vue en compagnie du beau médecin.

Avec un peu de chance, cette *liaison* — c'était le seul mot qui lui venait à l'esprit — modifierait l'opinion que ses employés avaient d'elle, et les convaincrait de l'aider à sauver leur propre emploi, tout en lui en procurant un autre bien plus conforme à ses attentes, ailleurs que dans ce trou perdu qu'elle aspirait à quitter au plus vite.

La prenant par le coude, Ben la guida vers la porte. Le printemps s'annonçait, mais l'air était encore frais et elle frissonna.

— Vous avez froid ?

— Non, ça va. C'est juste l'effet de contraste.

— Voulez-vous marcher un peu ?

— Pourquoi pas…

Ils passèrent devant la vitrine du glacier Potter, dont le décor évoquait une dînette de petite fille. Les tables rondes peintes en jaune pâle, bleu ciel et vert amande, étaient accompagnées de chaises assorties dont le dossier était découpé en forme de cœur. Aux murs, des panneaux aux couleurs vives présentaient les différentes variétés de glace — cônes, bâtonnets, coupes garnies à volonté — dont les parfums s'alignaient dans un long comptoir réfrigéré.

— Vous voulez un dessert ? demanda Ben.

— Non, merci. Je n'arrive déjà pas à croire que j'ai réussi à terminer le triple burger « maman ours ».

— J'avoue que j'ai été étonné par votre choix.

— Pourquoi ?

— Je vous prenais pour une fan de légumes vapeur et de fromage de chèvre bio. Votre solide appétit a été une agréable surprise.

— Pourquoi agréable ?

— Parce qu'il y aura d'autres dîners, et je n'aime pas prendre mes repas avec quelqu'un qui grignote trois bouchées puis laisse le reste dans son assiette.

Elle leva les yeux vers lui.

— Je ne comprends pas. Pourquoi d'autres dîners ? Notre pseudo-couple a été remarqué. Dès demain, toute la ville sera au courant.

— Il faut continuer à nous montrer ensemble, sinon notre plan ne fonctionnera pas. C'est ce que font les amoureux.

— Ah… Dans ce cas, il faut peut-être discuter des modalités de fonctionnement.

Son talon se prit dans une fissure du trottoir et elle vacilla. La main qui la soutint spontanément était chaude, puissante, délicieusement virile, et un pincement de désir embrasa son ventre. C'était le genre d'homme sur lequel une femme pouvait compter. D'ailleurs, toute la ville comptait sur lui. « Notre Ben », disaient-ils, à croire qu'il était le héros local.

— Ecoutez-vous parler, reprit-il. Il ne s'agit pas d'un rachat d'entreprise. Nous sortons ensemble, c'est tout. J'imagine que ça vous est déjà arrivé…

— Evidemment. Mais c'était spontané, pas calculé.

Au passage, elle jeta un coup d'œil à la vitrine des « trésors de Tanya ». On y voyait des cadres en argent ciselé, des figurines de collection, du linge de table délicatement brodé, des lampes dont les pieds de bois patiné ou en métal vieilli s'ornaient d'abat-jour en lin ou de soie plissée. Le tout formait un décor charmant et harmonieux qui donnait envie de pousser la porte de la boutique.

— Ça m'aiderait si vous me disiez exactement ce que nous devons faire, ajouta Camille tandis qu'ils continuaient à marcher.

— Ce n'est pas bien sorcier. Il suffit de faire ce que font un homme et une femme quand ils sortent ensemble.

Camille sentit son pouls s'accélérer. Accepter ce pacte, c'était jouer avec le feu, et elle en avait conscience. Ben était un homme très séduisant, et ces premiers frissons d'un désir naissant qu'elle venait de ressentir laissaient présager une difficile bataille entre son cœur et sa raison.

Ne valait-il pas mieux faire machine arrière avant qu'il soit trop tard ? Mais, d'un autre côté, les enjeux n'étaient-ils pas trop importants pour qu'elle fasse égoïstement passer ses intérêts personnels avant l'avenir du Lodge et de son personnel ?

— Je sais ce que font les gens à New York ou Los Angeles, dit-elle. Mais, que peut-on faire ici, dans le Montana ?

— La même chose. Dîner, aller au cinéma, s'inviter chez l'un ou chez l'autre.

— Nous n'avons pas de maison ou d'appartement à nous.

— Vous manquez d'imagination. Nos chambres sont côte à côte. C'est pratique.

— Mais ce n'est pas en faisant l'aller-retour d'une porte à l'autre que les commères de la ville nous verront.

— Exact. Mais ce serait amusant.

— Je vous rappelle que ce n'est qu'une mascarade. Le but n'est pas de s'amuser.

— Il n'empêche que je m'amuse quand même.

C'était également le cas de Camille, et là résidait justement le problème. Elle s'était beaucoup trop amusée par le passé et aspirait maintenant à une vie plus rangée.

— Laissez-moi vous présenter les choses autrement, dit-elle. Le but de l'histoire, c'est d'être vus en public.

— Bien sûr…

Au croisement suivant, au lieu de traverser la rue, ils firent spontanément demi-tour et revinrent vers l'auberge.

— Je crois que nous devrions nous tenir la main, dit-il.

— Personne ne nous regarde.

— Vous n'en savez rien.

— Il n'y a pas un chat.

— La nuit, tous les chats sont gris.

— C'est angoissant. Et je ne croyais pas que ce qualificatif pouvait s'appliquer à Blackwater Lake.

Il rit et lui prit la main, entrelaçant ses doigts aux siens. Ils approchaient de nouveau de la boutique de cadeaux.

— Voyez cela comme un exercice. Une occasion de s'habituer l'un à l'autre, de…

Camille commençait à peine à se détendre quand elle perçut chez lui une crispation.

— Qu'y a-t-il ?

— Rien.

Suivant son regard, elle s'aperçut qu'il fixait une femme attendant que le feu passe au vert, au croisement de Main Street et Cedar Way. C'était une grande brune athlétique élégamment vêtue.

Ben se pencha vers Camille et lui murmura à l'oreille :

— Il est temps de passer à la vitesse supérieure.

— Quoi ?

Il s'arrêta juste en dessous d'un réverbère et l'attira dans ses bras.

— Ça fait aussi partie des choses que les amoureux font en public.

Avant qu'elle ait eu le temps de protester, Ben écrasa sa bouche sur la sienne, et elle vacilla sous le choc.

La sensation de ce corps puissant plaqué contre le sien était bouleversante et, tandis que ses mains remontaient à l'aveuglette le long du dos de Ben, Camille eut l'impression de se consumer tout entière dans la passion de cette étreinte inattendue.

Alors que son pouls s'accélérait follement, un gémissement monta en elle, mais le cliquètement de talons de femme sur le trottoir étouffa le son dans sa gorge.

Ben releva la tête et, tout en reprenant son souffle, il échangea avec elle un regard qui lui fit comprendre qu'elle n'était pas la seule à avoir ressenti *quelque chose.*

Les bruits de pas s'arrêtèrent.

— Ben ? C'est toi ?

Il se tourna, surpris.

— Judy ?

Judy Coulter, son ex-petite amie, traduisit aussitôt Camille, celle dont Mary Jane lui avait parlé. Aussitôt, elle soupçonna Ben de l'avoir tout de suite reconnue et d'avoir mis en scène ce baiser uniquement pour l'agacer.

— Alors, c'est vrai, tu es de retour à Blackwater Lake ? dit-elle en souriant.

— Oui… Toi aussi, à ce que je vois.

— Ça fait combien de temps ?

— Un bout de temps. Il faudrait que je compte.

— Tu as toujours été bon en maths.

Après cet échange faussement désinvolte, Judy daigna enfin adresser à Camille un regard dont elle n'avait que trop l'habitude — celui qui disait : « Alors voici à quoi ressemble l'héritière écervelée et dévergondée qui fait la une des tabloïds. »

Ben passa un bras autour de sa taille et l'attira étroitement contre lui.

— Laisse-moi te présenter Camille Halliday, qui dirige le Lodge.

— Je sais qui elle est, déclara froidement Judy.

S'adressant de nouveau à Ben, elle redevint subitement extrêmement chaleureuse.

— Tu n'as pas changé. Toujours aussi séduisant… J'ai l'impression que c'était hier quand nous avons été couronnés roi et reine du lycée.

— Le lycée est loin derrière nous.

— Nous sortions ensemble, précisa Judy à l'intention de Camille.

« Et tu es la petite garce qui l'a quitté pour un champion de ski », songea Camille.

Eprouvant soudain l'inexplicable besoin de protéger Ben, elle leva vers lui des yeux enamourés.

— Aujourd'hui, c'est avec moi qu'il sort. N'est-ce pas, mon chéri ?

La réaction de Judy ne se fit pas attendre.

— Je ne savais pas que les héritières débauchées étaient ton genre, Ben, dit-elle d'un ton mauvais.

Comme il s'apprêtait à répondre, Camille s'interposa en posant une main à plat sur son torse, et répliqua du tac au tac.

— Si vous étiez son genre, *ma petite*, vous ne seriez pas son ex.

— Il se fait tard, mon cœur, intervint Ben. Nous devrions rentrer. A un de ces jours, Judy.

Ils s'éloignèrent et Camille devina que Judy les suivait des yeux car il se passa quelques secondes avant que le cliquètement des talons résonne de nouveau sur le trottoir.

La soudaine colère que ressentait Camille était surtout dirigée contre elle-même. Pourquoi avait-elle éprouvé ce besoin de protéger Ben ?

Certes, c'était quelqu'un de gentil, et Judy était plus dangereuse et néfaste qu'un cobra. Mais Ben était un adulte et il n'avait pas besoin d'elle pour se défendre.

D'ailleurs, il avait su trouver tout seul une excellente parade. Il ne l'avait embrassée que pour narguer son ex.

Il s'était servi d'elle pour prendre une revanche sans doute longuement ressassée. Et, s'il n'était agréable pour personne d'être la victime d'un manipulateur, cela relevait pour elle du traumatisme après les désastreuses expériences qu'elle avait pu vivre.

Mais c'était bel et bien terminé. Plus jamais un homme ne se moquerait d'elle.

Alors si Ben voulait vraiment jouer à ce jeu-là, il allait trouver à qui parler.

# 7.

Murée dans son silence, la tête résolument tournée vers la vitre, Camille regardait défiler le paysage en ressassant ses doutes.

Même si Ben avait évoqué la possibilité qu'il y ait d'autres dîners, elle espérait avoir accompli sa part du contrat. Etait-ce trop demander que les rumeurs nées de leur tête-à-tête à l'auberge du Grizzli occupent un moment les habitants de Blackwater Lake ? Au moins le temps qu'elle se remette de ce baiser.

— Dites-moi encore pourquoi il faut que je rencontre votre famille au traditionnel dîner dominical chez votre père ? demanda-t-elle.

Ben lui jeta un bref coup d'œil avant de reporter son attention sur la route qui devenait de plus en plus étroite et sinueuse à l'approche du lac.

— C'est ce que ferait un couple normal.

— Comme Judy et vous, par exemple ?

Il y avait un peu d'amertume dans sa voix, et elle n'en était pas fière. Etait-elle jalouse ? Ou simplement vexée qu'il ne l'ait embrassée que pour donner une sorte de leçon à son ex-petite amie ?

— Judy et moi n'étions que des adolescents.

Etait-ce un effet de son imagination, ou s'était-il crispé ? Souffrait-il encore de cette rupture ?

— Bon, et maintenant, il faut que je vous donne quelques informations sur les McKnight.

Tiens, tiens, il ne tenait pas à parler de Judy…

Camille n'était pas sûre que ce soit une bonne chose, mais elle fut cependant soulagée de changer de sujet.

— Tout ce que vous direz ne pourra que m'aider, dit-elle aimablement.

— Attention, ce n'est qu'un premier dîner informel. Ayez l'air normal.

— J'ignore ce qu'est la normalité. Rien n'a été normal dans ma vie, surtout après la mort de mon frère.

Il eut une petite mimique de sympathie.

— Même s'ils m'agacent parfois, je n'imagine pas perdre un de mes proches. Ça doit être horrible.

— Ça l'est.

Son cœur se serra tandis que le beau visage moqueur de Dean junior apparaissait brièvement devant ses yeux.

— Mais les responsabilités me sont tombées dessus avant que j'aie eu le temps d'affronter la situation. En un clin d'œil, je suis devenue l'aînée de la famille et, partant de là, la seule à pouvoir reprendre le moment venu les rênes de l'entreprise familiale.

Elle eut un petit haussement d'épaules fataliste.

— Evidemment, je me suis rebellée.

— Comme tous les adolescents.

— Mais je n'ai pas fait dans la demi-mesure. Je me glissais hors de la maison la nuit pour aller faire la fête, et mon père entrait dans des rages folles.

— Il s'inquiétait pour vous.

— Non, il avait peur que le scandale provoque une chute des actions de la société. De mon côté, je ne pensais qu'à moi.

— Tous les jeunes passent par ce stade.

— Je parie que ça n'a pas été votre cas.

— Bien sûr que si.

Il tourna la tête et croisa brièvement son regard.

— Et tout ce que vous me racontez là me semble terriblement normal.

— Vous oubliez mes problèmes avec la justice. Je conduisais sans permis de conduire, et quelqu'un dans la voiture avait de la drogue. Le juge n'a pas voulu croire que je l'ignorais et, à cause du nom que je porte, il a décidé de faire un exemple.

— C'est du passé.

— Mouais…

Après un tournant en épingle à cheveux, le lac apparut, niché dans l'écrin vert profond des coteaux environnants, ses eaux bleu saphir scintillant sous le soleil.

— J'ai grandi et j'ai découvert que j'avais le goût des affaires, poursuivit-elle.

— Ne soyez pas aussi dure avec vous. Vous avez fait des études brillantes, et prouvé que vous aviez votre place dans l'entreprise. Et maintenant, concentrez-vous. Ma famille doit absolument croire que nous sommes un couple, ou personne n'y croira.

— Vous me faites peur.

— Et encore, je ne vous ai pas dit que ma sœur a des soupçons…

— Formidable.

— Nous sommes presque arrivés.

Quittant la route principale, il s'engagea dans une allée signalée par deux piliers de granite, et suivit un chemin de terre battue bordé d'une haie sauvage.

Au détour d'un virage, leur apparut un chalet construit en épais rondins de bois. Surplombant le toit, d'immenses cèdres projetaient leur ombre sur une vaste étendue de pelouse verdoyante et parfaitement tondue. Trois véhicules étaient garés dans l'allée : un petit cabriolet rouge, un imposant pick-up noir portant le logo d'une entreprise de construction, et une vieille Cadillac gris métallisé.

— Et voilà ! annonça Ben.

— Je meurs d'impatience, marmonna Camille.

Ben se pencha vers la banquette arrière pour prendre le carton contenant le célèbre gâteau au chocolat du Lodge, puis il la guida vers le perron, une main posée dans le creux de son dos. Ce contact pourtant anodin annihila toute pensée rationnelle, juste au moment où Camille en avait le plus besoin.

Il frappa à la porte qui s'ouvrit presque aussitôt.

Une jolie brune aux yeux marron les accueillit et Ben fit les présentations.

— Syd, voici Camille Halliday. Cam, ma sœur, Sydney.

— Ravie de vous connaître, dit Camille, tout sourires. Merci pour les pneus.

— Je vous en prie.

Une expression qui oscillait entre l'envie et l'admiration passa sur le visage de Sydney, tandis qu'elle détaillait le pantalon slim en satin noir et les escarpins Jimmy Choo. Elle-même portait un jean rentré dans des bottes de cow-boy noires, et un T-shirt jaune à manches longues.

Alex, le frère de Ben, ne tarda pas à les rejoindre, suivi de près par Tom, leur père. Eux aussi étaient en jean et T-shirt, et Camille prit conscience qu'elle était trop habillée pour l'occasion, ce qui n'était jamais une bonne chose quand on cherchait à s'intégrer.

Tandis qu'ils suivaient les trois autres McKnight dans la cuisine, Ben lui prit la main. C'était à la fois étrange, déplacé, faux et merveilleux. Elle aimait vraiment la force et la chaleur de ses doigts, et les petits picotements qu'elle ressentait dans les siens.

Alex sortit une bouteille de vin blanc du réfrigérateur et l'ouvrit avec dextérité. Comme son frère, il était extraordinairement séduisant, et Camille ne put s'empêcher de vérifier son annulaire gauche. Le voyant sans alliance, elle se promit de demander à Ben si lui aussi se plaignait d'être assailli par les femmes.

Quand tout le monde eut son verre, Tom proposa de s'installer au jardin. Il y avait une banquette en fer forgé garnie d'un coussin, et plusieurs fauteuils. Ben choisit la banquette, et cette proximité, cuisse contre cuisse, acheva de troubler Camille.

— Alors, Cam, vous vous plaisez à Blackwater Lake ? demanda Alex.

— C'est un bel endroit…

Elle échangea un regard avec Ben, et l'étincelle dans ses yeux lui fit comprendre qu'il avait décelé le mensonge.

— Un bel endroit pour une belle femme, commenta Alex.

— Bas les pattes, frérot. Je l'ai vue le premier.

Ben entrelaça ses doigts aux siens, et posa leurs mains unies sur sa cuisse.

La vague de chaleur qui se propagea le long de son bras faillit empêcher Camille de remarquer la note de possessivité qui teintait la voix de Ben. Etait-ce réellement de la jalousie, ou donnait-il le change ?

C'était en tout cas le genre de chose que ferait un vrai petit ami, et cela avait l'air tellement sincère qu'elle avait du mal à se rappeler que tout ceci n'était qu'un jeu.

— Je commence à avoir faim, dit Sydney. Papa, il faudrait peut-être penser à faire cuire les steaks.

— D'accord. J'allume le barbecue.

— Je m'occupe de tout à l'intérieur, ajouta Sydney en se levant. Vous voulez m'aider, Cam ?

C'était un test, songea Camille.

— Bien sûr.

— Moi aussi, intervint Ben.

De retour dans la cuisine, Sydney leur proposa de mettre la table, tandis qu'elle sortait du réfrigérateur les plats déjà confectionnés.

— Dites-moi, Cam, vous avez déjà fait du camping ? demanda-t-elle de but en blanc.

— Non.

— Ben adore les activités de plein air, randonner, pêcher, camper… N'est-ce pas, Ben ?

— Oui, et j'avoue que ça m'a manqué.

— C'est pour ça que tu es revenu, non ?

— En partie.

— Vous devriez essayer, Cam. Je suis sûre que ça vous plairait.

Ben se rapprocha et passa un bras autour de sa taille.

— En fait, je lui ai proposé de partir en randonnée le week-end prochain, n'est-ce pas, mon cœur ?

Camille lui lança un regard d'avertissement. Ce n'était pas du tout ce à quoi elle s'était engagée. Mais peut-être ne s'agissait-il que de convaincre sa famille.

— C'est vrai, et je suis très impatiente de goûter cette nouvelle expérience.

Syd sortit une assiette de steaks du réfrigérateur et la tendit à Ben.

— Tu veux apporter ça à papa ?

Dès qu'elles furent seules, l'amabilité de façade de Sydney s'évanouit.

— Je ne suis pas dupe, vous savez…

— Pardon ?

— Que les choses soient claires, si vous brisez le cœur de mon frère…

— Et si c'était plutôt lui qui brisait le mien ?

La réplique lui était venue spontanément, mais elle prenait conscience, pour la première fois, que c'était tout à fait possible.

Plus elle passait de temps avec Ben, plus elle l'appréciait, et elle redoutait que ses sentiments évoluent jusqu'à tomber amoureuse de lui.

Et si, en plus, elle devait passer le week-end en randonnée avec lui…

Camille étudiait les prochaines réservations en compagnie de Mary Jane et de Glen Larson, le directeur général. L'été approchait, et elle aurait été plus rassurée si le taux de remplissage avait été meilleur.

— Il faudrait être référencé par les agences de voyages et les sites en ligne, dit-elle.

— Je peux m'en occuper, proposa Glen. J'ai un peu d'expérience en Web marketing.

— Très bien. Par ailleurs, en ce qui concerne le

dîner que nous offrons au personnel après les entretiens d'évaluation…

Elle vit ses collaborateurs sourire à quelqu'un derrière elle, puis deux mains s'abattirent sur ses épaules et la firent pivoter. Lorsqu'elle découvrit Ben, son cœur fit un bond dans sa poitrine, et s'emballa lorsqu'il lui sourit.

— Salut, beauté, dit-il, les yeux rivés sur sa bouche.

— Salut, marmonna-t-elle en espérant que son trouble n'était pas perceptible. Qu'est-ce que tu veux ?

— Tu n'as pas oublié que nous avions des courses à faire ?

— Euh… Si, en fait. Rappelle-moi de quoi il s'agit.

— De chaussures de randonnée, voyons.

— Ah oui, la randonnée… Mais j'ai encore du travail.

— Je l'emmène camper, expliqua-t-il aux employés qui ne perdaient pas une miette de la conversation.

— Vous en avez de la chance, commenta Mary Jane.

Elle disparut dans le bureau derrière le comptoir de la réception, et revint avec le sac et la veste de Camille.

— Allez-y. Le travail sera toujours là demain.

— Bien. A demain, alors.

— Ne faites pas cette tête-là, dit Ben tandis qu'ils se dirigeaient vers la voiture. Ce sera très amusant, vous verrez.

— J'en doute. D'ailleurs, je crois qu'il est temps de renégocier les termes de notre marché.

— Les termes sont très clairs : il faut que tout le monde soit persuadé que vous êtes ma petite amie.

— Et passer deux nuits sous une tente va les en convaincre ?

— Oui.

— On ne pourrait pas plutôt aller à l'hôtel dans une grande ville loin d'ici, et dire que nous sommes allés camper ?

— Vous voulez mentir ?

— N'est-ce pas ce que nous faisons déjà ?

— Ma sœur ne croit pas à notre couple. Elle sait que

j'aime les activités de plein air, et la femme qui partage ma vie doit aussi partager cette passion. Il va falloir être convaincante, et pour qu'un mensonge fonctionne, il faut l'envelopper d'une partie de vérité.

— Donc, je dois me faire piquer par les moustiques, avoir de la terre sous les ongles et des égratignures partout pour qu'elle me croie ?

— Oui. Ou alors, on revient à la case départ.

Cela voulait dire retrouver des employés décidés à ne pas coopérer et des villageois hostiles. Sans compter que les femmes recommenceraient à se jeter à la tête de Ben — perspective qui, pour une raison inconnue, l'irritait particulièrement.

— Bon, eh bien, c'est d'accord, dit-elle sans enthousiasme.

Une heure plus tard, ils étaient pourvus de sacs à dos, de duvets, d'une tente, et de chaussures de randonnée.

L'homme aux cheveux gris qui tenait la caisse posa le magazine qu'il lisait, et regarda d'un air approbateur les articles qui s'amoncelaient sur le comptoir.

— Ce sera tout, docteur ?

— Je crois, monsieur Daly.

— Je vois que vous avez pensé à la crème solaire et au répulsif contre les moustiques.

— Vous n'auriez pas quelque chose pour décourager les serpents ? demanda Camille.

L'homme s'esclaffa.

— Elle a de l'humour…

— Oui, c'est vrai, dit Ben en passant un bras autour de ses épaules. Ça fait partie des qualités que j'aime chez elle.

Camille commençait à prendre goût à ces étreintes impromptues.

— Combien vous dois-je, monsieur Daly ?

L'homme leur annonça un total impressionnant et Camille commença à sortir sa carte bancaire.

— C'est pour moi, dit Ben.

— On verra ça plus tard.

Il secoua la tête.

— C'est tout vu.

Camille fut touchée, même si elle savait qu'il ne faisait que jouer un rôle, celui de l'homme trop fier pour accepter que sa petite amie paie sa part.

D'ailleurs, ne serait-ce pas merveilleux si ce n'était pas fictif ?

L'homme glissa les plus petits articles dans des sacs en plastique, et posa ceux-ci sur le comptoir. Le magazine, sous les sacs, glissa et tomba aux pieds de Camille qui le ramassa.

Regardant machinalement la couverture, elle se figea.

Il y avait une photo de Ben en train de l'embrasser devant l'auberge du Grizzli, et la légende disait : « L'héritière Halliday s'offre un nouvel amant. »

# 8.

Ben eut envie de lancer son poing dans le mur quand il vit la photo et l'air consterné de Camille.

— Quel sens de la formule ! déclara-t-il, amer. On ne peut pas dire que le bon goût les étouffe.

— Je suis désolée.

Elle parcourut rapidement l'article.

— J'étais tellement sûre que la presse m'avait oubliée. C'est affreux… Pourtant, Mary Jane m'avait prévenue que ce type posait des questions.

— Quel type ?

— Stan Overton. Le quadragénaire bedonnant que nous avons vu au dîner ce soir-là. Visiblement, il m'a suivie. J'étais tellement persuadée que c'était du passé… Si j'avais pu deviner, je n'aurais jamais accepté…

Ben posa un doigt sur ses lèvres pour l'empêcher de révéler leur secret devant M. Daly qui n'en perdait pas une miette.

— Allons mettre tout ça dans la voiture, dit-il.

Elle le regarda, regarda le vendeur, puis comprit et acquiesça.

— Je suis désolée, reprit-elle lorsqu'ils eurent regagné le 4x4. Je n'aurais jamais dû vous mêler à tout ça.

— C'était mon idée.

Il était en colère, mais pas contre Camille. Il en voulait aux vautours qui la traquaient depuis l'enfance. Elle avait dû faire face à la mort de son frère, et n'avait pas pu vivre son deuil sans que ses faits et gestes soient épiés. Si sa famille n'avait pas été aussi riche, personne ne se serait soucié de ses frasques d'adolescente.

— Je ne m'inquiète pas pour moi, mais cela pourrait vous discréditer à la clinique.

— Vous sous-estimez les habitants de Blackwater Lake. Ils sont capables de séparer vie privée et vie professionnelle.

— N'en soyez pas si sûr. Le mieux, c'est que nous annulions la randonnée, et que vous preniez vos distances avec moi.

— Pas question. D'ailleurs, nous n'allons pas attendre le week-end pour faire cette randonnée. Je n'ai pas d'opérations prévues ces deux prochains jours, et je peux me faire remplacer par Adam pour les consultations. Quant à vous, il y a suffisamment de personnel à l'hôtel pour assurer l'intérim.

— Ce serait une désertion, et les Halliday ne fuient pas devant l'adversité.

— Les McKnight non plus. Mais cette randonnée est peut-être la meilleure façon de nous sortir de ce guêpier. A notre retour, le scandale, si scandale il y a, se sera dégonflé comme une baudruche.

Ils s'observèrent quelques instants en silence.

— Ne jouez pas les martyrs, Ben.

— Cette pensée ne m'a jamais traversé l'esprit.

Il rit puis redevint sérieux pour ajouter :

— Ne les laissez pas gagner, Cam. C'est une opportunité à ne pas manquer. Je peux vous montrer les plus beaux endroits de Blackwater Lake, et vous pourrez les vanter à vos clients.

— Oh ! c'est donc professionnel ?

— Naturellement.

— Alors, dans ce cas, partons camper.

— Je ne sais pas ce qui m'a pris d'accepter, mais je le regrette amèrement…, gémit Camille, tout en trébuchant sur le chemin inégal à la suite de Ben.

La pente était ardue, sollicitant les muscles de ses jambes et mettant à mal sa respiration, les cailloux roulaient sous ses pieds, et le soleil lui cuisait le visage et les bras.

— Une fois arrivée en haut, vous allez adorer, dit Ben.

— Ce ne serait pas plus simple de se faire déposer au sommet en hélicoptère ?

— Bien sûr, sauf que la végétation est trop dense pour permettre à un hélicoptère de se poser. De plus, vous pouvez admirer les particularités et les beautés de ces montagnes tout en marchant, et…

— Vous n'avez pas terminé ?

— A vaincre sans péril, on triomphe sans gloire, Cam. Vous apprécierez d'autant plus le panorama que vous aurez souffert pour arriver en haut.

— Vous parlez d'une philosophie ! dit-elle en passant le revers de sa main sur son front moite. Vivement qu'on arrive à destination et que je me repose. En supposant que je réussisse à dormir avec les moustiques et autres bestioles.

— Vous avez assez chaud ? demanda Ben.

Accroupi devant le feu de camp, il ajouta une bûche au tas de bois qui crépitait.

— Oui, ça va. Merci.

Le feu était agréable, mais Camille n'en avait pas besoin pour avoir des bouffées de chaleur. Il lui suffisait pour cela d'observer dans la lumière dansante des flammes le beau visage et les épaules musculeuses de Ben.

— Ce poisson que vous avez pêché était délicieux, ajouta-t-elle.

— Dommage que nous n'ayons pas de dessert.

Il revint s'asseoir à côté d'elle, lui effleurant l'épaule au passage. Ils étaient installés sur une couverture, le dos calé contre une grosse branche tombée, les jambes étendues devant eux.

— Au moins, il y a du vin.

Elle soupira, et cela n'avait rien à voir avec l'absence de dessert, mais plutôt avec la présence de ce médecin sexy.

Elle se sentait en sécurité avec lui, et elle n'avait jamais pensé ressentir cela avec un homme.

— Si j'avais su qu'il y avait du poisson, j'aurais pris du blanc. Enfin, quand on est perdu en pleine nature sauvage, loin de la civilisation, on ne peut pas se montrer trop exigeant.

— On ne vous a jamais dit que vous aviez le sens du mélodrame ? Nous ne sommes qu'à deux heures de la ville, pas en expédition au pôle Nord.

— Quand même…

Elle vida son verre et se resservit.

— Alors, que pensez-vous du camping ?

— Ce n'est pas si atroce que ça.

Il se mit à rire.

— Quel enthousiasme !

— Non, sérieusement, je ne savais pas si j'avais l'endurance et la détermination. Sans parler de la forme physique.

Le regard de Ben la détailla avec insistance des pieds à la tête.

— Vos formes me semblent parfaites.

*Oh ! Seigneur…*

Son pouls s'emballa furieusement.

— Merci, mais je ne cherchais pas les compliments. Je voulais seulement dire que j'étais heureuse et fière d'y être arrivée. Vous comprenez ?

— Très bien.

— Je n'ai pas été détendue comme ça depuis longtemps. Le campement est agréable, la nourriture délicieuse. Surtout la truite que vous avez pêchée…

— Tout a meilleur goût en plein air.

— C'est si propre et pur… Magnifique.

Elle prit une profonde inspiration puis se tortilla à la recherche d'une position plus confortable.

— Mais ce bout de bois n'est pas des plus douillet.

— Appuyez-vous contre moi.

Il passa un bras derrière sa nuque en guise de coussin.

— C'est beaucoup mieux. Merci.

Elle s'était blottie automatiquement contre lui, comme si elle faisait cela depuis des années. Pourtant, le danger était plus grand que tous ceux que pouvait receler la nature sauvage.

Mais pour le moment, elle se sentait beaucoup trop bien pour s'en inquiéter.

— Je ne crois pas avoir jamais vu autant d'étoiles de ma vie, dit-elle, levant les yeux.

— Sans doute parce qu'il y a beaucoup trop d'éclairages publics dans les grandes villes.

Glissant les doigts sous son menton, il attira doucement son visage vers le sien.

— J'ai vraiment envie de vous embrasser.

« Moi aussi », eut-elle envie de répondre, retenant les mots à grand-peine.

— Ça ne fait pas partie du marché.

— Quand nous devrons nous embrasser en public, il faudra que ça ait l'air naturel.

— Si je comprends bien, vous voulez que nous nous entraînions ?

Il hocha la tête.

— Qu'en pensez-vous ?

Elle haussa les épaules.

— Si vous y tenez…

— Bon, alors, commençons par le « bisou ludique sur la joue », que nous pourrons utiliser dans les situations moyennement intimes, par exemple en ville.

Elle haussa les sourcils.

— Vous donnez des noms aux baisers ?

— Pas vous ?

— Non.

— C'est un tort. Maintenant, taisez-vous et concentrez-vous.

Se penchant, il déposa un baiser rapide près de son oreille.

— Voici maintenant le « je ne t'ai pas vue de toute la journée ». Ça nous servira au Lodge si vous êtes à la réception quand je rentre de la clinique.

— C'est très important de pratiquer celui-ci, commenta-t-elle, vibrant d'anticipation.

— Je suis heureux que vous compreniez les enjeux de la situation.

Il approcha ses lèvres légèrement entrouvertes des siennes, et exerça une pression bien trop courte et légère au goût de Camille.

— Ce n'était pas mal, dit-il.

— Merci. Qu'avez-vous d'autre en stock ?

Il posa la bouche sur sa mâchoire, et traça un chemin de baisers jusqu'à son oreille.

— Je l'appelle « attends que nous soyons seuls ».

Elle n'avait pas à attendre, ils étaient seuls.

— Votre répertoire est impressionnant, dit-elle. Cela devrait couvrir à peu près toutes les situations…

— Il m'en reste un.

Elle avait posé une main sur son torse et sentait son cœur battre un peu plus vite sous sa paume.

— A-t-il un nom ?

— « Prenez une chambre. »

— Eh bien ! C'est tout un programme.

Il était parfaitement nommé, songea-t-elle tandis qu'il l'embrassait avec une folle sensualité, la couvrant de caresses qui embrasèrent son corps.

— Oh ! Ben, c'est tellement…

— Déplacé ? Gênant ?

— Non, c'est parfait. Et le message est très clair.

— Nous n'avons pas de chambre, mais il y a la tente…

Cela faisait si longtemps qu'un homme ne l'avait pas

tenue dans ses bras, et elle était tellement troublée par Ben qu'elle n'eut pas la force de l'éconduire.

— On fait la course ? demanda-t-elle.

Sans prononcer un mot, il la souleva dans ses bras et la porta jusqu'à la tente en forme de dôme installée dans la clairière.

Soulevant le rabat, il la fit entrer la première, et ferma la glissière derrière eux. Camille s'installa sur le sac de couchage pour ôter ses chaussures de randonnée. Il l'imita.

Le bruit de leurs respirations altérées emplissait l'espace tandis qu'ils envoyaient voler en un temps record jeans, T-shirts et sous-vêtements.

Elle ne put réprimer un tremblement quand il l'attira dans ses bras et la serra fougueusement contre lui pour un long baiser fiévreux auquel elle se donna de tout son être.

Puis, quand les doigts de Ben effleurèrent délicatement la pointe de ses seins dressés, une pulsation douloureuse prit naissance au creux de son ventre, lui arrachant un gémissement de désir.

Lorsqu'il s'écarta, elle eut le plus grand mal à masquer sa frustration.

— Comment appelles-tu celui-ci ?

— Le baiser « j'ai envie de toi », dit-il en l'allongeant sur le sol.

La lueur des flammes du feu de camp éclairait suffisamment la tente pour qu'elle puisse distinguer son regard voilé de passion.

Langoureusement, elle glissa sa main le long du ventre ferme de Ben, éprouvant sous ses doigts les reliefs de sa musculature, et commença à lui prodiguer la plus intime des caresses.

Il lui saisit le poignet pour immobiliser sa main.

— Attends un instant.

Il roula sur le côté pour fouiller dans le tas de vêtements épars, et trouva son jean. Après avoir pris quelque chose dans son portefeuille, il revint vers elle.

— Préservatif…, annonça-t-il en agitant l'emballage argenté sous son nez.

Elle ne demanda pas pourquoi il l'avait apporté, mais se réjouit de voir qu'elle avait affaire à un homme préparé et responsable.

Cabré au-dessus d'elle, il vint lentement en elle qui avait noué les jambes autour de sa taille, s'émerveillant de la capacité de son corps à s'ouvrir pour l'accueillir tout entier.

Il resta un moment immobile, le temps qu'elle s'habitue à sa présence, puis commença à se mouvoir lentement avant de l'entraîner dans une danse sauvage, lui imposant un rythme rapide et puissant, qu'elle accompagna comme s'ils se connaissaient depuis toujours et savaient comment se satisfaire l'un l'autre.

Elle exprimait son plaisir par des gémissements rauques quand, roulant sur le dos, il l'invita à venir sur lui.

— Comment appelles-tu cette position ? demanda-t-elle, en lui mordillant l'oreille.

Il peina à trouver son souffle.

— « Tu es juste où j'ai envie que tu sois. »

Sa voix était un feulement rauque qui agaça délicieusement les sens de Camille.

Attisant jusqu'à l'insupportable leur désir mutuel, elle resta en suspens au-dessus de son sexe dressé, l'effleurant et s'écartant, jusqu'à ce que, soudain, il la saisisse à deux mains aux hanches, et l'empale sur lui d'un mouvement profond et vigoureux qui lui coupa le souffle.

Elle bougeait au-dessus de lui, tantôt le libérant à demi et tantôt l'accueillant au plus profond d'elle-même, quand il tendit la main pour caresser la terminaison nerveuse secrètement nichée au creux de ses cuisses.

Presque aussitôt, le plaisir explosa en elle. Parcourue par des spasmes d'une violence encore jamais atteinte, perdant toute notion du temps et de l'espace, elle poussa une longue plainte modulée, avant de retomber contre lui, ivre de bonheur.

Il la soutint jusqu'à ce que les soubresauts qui agitaient son corps perdent en intensité et la renversa de nouveau sous lui.

Il bougea en elle une fois, deux fois… A la troisième, il poussa un grognement rauque et son corps s'immobilisa, tendu par l'explosion libératrice de son plaisir.

Elle le berça contre elle jusqu'à ce qu'il se détende complètement entre ses bras, et il lui sembla que ce moment durait une éternité, même s'il ne s'était probablement écoulé que quelques minutes.

Roulant soudain sur le dos, il s'appuya sur les coudes.

— Il faudrait peut-être se rhabiller, dit-il. Il commence à faire froid.

Ce ne fut pas l'air de la montagne, mais ses mots et son intonation qui glacèrent Camille.

Si le sexe ne faisait pas partie des règles de l'accord qu'ils avaient conclu, toute discussion semblait également proscrite.

Eh bien, tant pis. Elle préférait encore avoir des remords plutôt que d'être passée à côté de ce moment de bouleversante intimité.

Lorsqu'elle fut rhabillée et blottie dans son sac de couchage, elle regarda Ben. Leurs épaules se touchaient presque, mais son visage était dans l'ombre, et elle ne parvenait pas à distinguer son expression.

— Tu es réveillé ? demanda-t-elle.

— Oui.

— Ce que nous avons fait n'était pas très malin.

— Mais c'était divertissant. Et plutôt agréable, non ?

Elle sourit dans le noir.

— Je ne dis pas le contraire, mais ça ne change rien.

— Je sais.

Elle entendit crisser le tissu du sac de couchage tandis qu'il se retournait.

— Je ne cherche pas une relation de couple, dit-il.

— Je sais.

— Et tu n'as pas l'intention de rester à Blackwater Lake…

— C'est vrai.

— Donc, nous sommes sur la même longueur d'onde ?

— Bien sûr.

— Parfait. Nous devrions dormir, maintenant.

Il roula sur le côté, prenant ses distances avec elle.

— Bonne nuit, Cam.

— Bonne nuit.

Mais il n'y avait rien de bon ou de réjouissant dans cette nuit.

Par ailleurs, les choses avaient changé, malgré ce qu'elle avait dit. Il n'était plus maintenant uniquement question de logique et de commodité dans leur accord.

Il y entrait à présent une dimension plus personnelle, au moins de son côté, et elle allait devoir y mettre bon ordre, ou elle risquait fort d'en souffrir.

# 9.

De bonne heure, le surlendemain matin, Camille sortit de sa suite et tomba nez à nez avec Ben. Elle ne l'avait pas revu depuis leur retour en ville la veille, dans l'après-midi.

— Bonjour, dit-il.

— Salut ! lança-t-elle d'un ton enjoué en faisant un très gros effort pour se convaincre qu'il ne s'était rien passé de spécial entre eux.

Il lui emboîta le pas vers l'ascenseur situé au bout du couloir.

— Apparemment, cette escapade à la montagne t'a réussi.

— Ah oui ? Qu'est-ce qui te fait dire ça ?

— Tu es particulièrement rayonnante ce matin, et reposée.

Ou alors, elle jouait très bien la comédie, et elle possédait du maquillage d'excellente qualité.

— Merci.

L'ascenseur arriva à leur étage, précédé d'une petite sonnerie, et ils entrèrent dans la cabine.

— Qu'as-tu de prévu aujourd'hui ? demanda-t-elle.

— La routine. Une opération de la hanche ce matin, et des consultations l'après-midi. Et toi ?

— Evaluation des dégâts…

— Pardon ?

— Cet article n'était pas très flatteur, et comme j'ai été absente pendant deux jours…

— Grâce à qui ? Grâce à moi. Non, ne me remercie pas.

Il arborait une expression narquoise qui le rendait plus séduisant encore, si c'était possible.

— Ton humilité me tire des larmes, dit-elle, secouant la tête avec un agacement ostensiblement feint. Bref, je dois évaluer les retombées, en espérant ne pas avoir perdu tout le bénéfice de mes efforts pour apprivoiser le personnel.

— Je pense que tu seras agréablement surprise.

Il s'arrêta au coin du comptoir d'accueil.

— Les gens de Blackwater Lake peuvent être têtus, mais ils sont aussi incroyablement loyaux. S'ils décident que tu es leur amie, tu le seras pour toujours. N'oublie pas que tu as commencé à briser la glace et à leur montrer la vraie Camille Halliday, pas celle créée par les médias pour vendre des journaux et des magazines.

— Je ne suis pas sûre que ça suffise.

Elle regarda Mary Jane qui discutait avec le réceptionniste de nuit pour s'informer des problèmes en cours au moment du changement d'équipe.

— Ils pourraient recommencer à m'appeler Mlle Halliday, ou pire, l'héritière.

— Dans ce cas, il est temps de leur rafraîchir la mémoire.

Il s'approcha et son regard s'assombrit de désir.

— J'appelle celui-ci « il faudra qu'il te fasse tenir jusqu'au prochain ».

Le cœur de Camille s'emballa tandis qu'il refermait une main en coupe sur sa joue et inclinait son visage vers le sien.

Ce fut un baiser léger, à peine ébauché. Mais à la seconde où leurs bouches se frôlèrent, elle sentit tout son corps frémir, comme sous une invisible bourrasque.

Il plongea son regard dans le sien, intensément, pendant une longue minute et lui effleura la mâchoire du pouce.

— Passe une bonne journée.

C'était vraiment un bon début. Dangereux, mais très agréable.

— Toi aussi. Conduis prudemment.

— Compte sur moi.

Camille le suivit des yeux à travers les grandes baies vitrées jusqu'à ce qu'il ait disparu.

Puis elle prit une profonde inspiration et se prépara à affronter la journée.

Après avoir plaqué un grand sourire confiant sur son visage, elle fit le tour du comptoir.

— Bonjour, Mary Jane.

La réceptionniste leva la tête de son écran, et repoussa sur son nez ses lunettes à monture carrée.

— Bonjour, Camille. Comment s'est passée votre randonnée ?

Camille ne percevait aucune vibration déplaisante. Du moins pour le moment.

— C'était la première fois que j'allais camper. Et, comme vous le voyez, j'ai survécu.

— Je n'en attendais pas moins de Ben. Je savais qu'il prendrait bien soin de vous.

— Oh que oui !

Elle sentit son visage s'empourprer et s'empressa d'ajouter :

— La montagne est si belle. Je ne peux pas décrire ce que j'ai ressenti. C'était à couper le souffle.

Dans tous les sens du terme.

— Tant mieux, dit Mary Jane en souriant.

— La prochaine fois qu'un client me demandera ce qu'il y a à faire dans la région, je lui recommanderai sans hésiter la randonnée et le camping.

La réceptionniste la regardait telle une maman poule fière de ses poussins, un peu comme si elle avait en quelque sorte réussi un test.

— Comment ça s'est passé ici, pendant mon absence ?

— Aucun journaliste avide de scoop n'est venu rôder dans les parages.

— Vous m'en voyez ravie.

— Sinon, nous avons été très occupés.

Elle cliqua sur la souris et fit apparaître un tableau à l'écran.

— Vous vous rappelez comme les réservations étaient peu nombreuses la dernière fois que nous avons vérifié ?

— Malheureusement, oui.

Elle se pencha, étudiant le tableau.

— C'est une erreur ?

— Non, pas du tout. Le téléphone n'a pas arrêté de sonner, et nous sommes presque complets pour cet été. Je crois que les gens sont curieux d'en savoir plus sur la fameuse héritière Halliday et son superbe petit ami.

C'était dit gentiment, et Camille ne s'en offusqua pas.

— Si, pour une fois, ma notoriété peut servir à quelque chose…

— Vous savez, je n'ai jamais cru tout ce qui était écrit sur vous. On sait bien que ces pseudo-journalistes inventent n'importe quoi.

— Merci.

— Ce n'est pas correct d'envahir comme ça votre vie privée et de laisser planer le doute sur votre relation avec Ben. On voit bien que vous êtes vraiment amoureuse de lui. La façon dont vous l'embrassez ne trompe pas.

— Ah ?

— Qui s'embrasse ?

Jenny, la serveuse revêche du restaurant de l'hôtel, s'approcha et posa les avant-bras sur le haut comptoir d'accueil.

— Bonjour, Mary Jane, bonjour, Camille.

— Bonjour.

La bonne humeur de Camille s'évanouit d'un coup, et elle s'attendit au pire.

— Que se passe-t-il ?

— Amanda m'a envoyée vous demander si vous déjeunez toujours avec elle ce midi. Elle est trop occupée pour vous appeler ou venir elle-même.

— Ça lui ressemble bien, commenta Camille en riant. Bien sûr que je déjeune avec elle.

— Bien.

Jenny hésita une seconde avant d'ajouter :

— Elle veut également savoir comment s'est passée votre escapade avec le Dr McKnight. Et elle n'est pas la seule. Moi aussi. Alors, dites-moi tout. Vous vous êtes amusée ?

— Beaucoup. Le paysage était extraordinaire.

— Et votre petit ami n'est pas mal non plus dans le genre spectaculaire.

— C'est vrai qu'il n'est pas mal.

— Eh bien, tant mieux pour vous. Il faut que j'y aille, maintenant, ou je vais avoir des ennuis avec la patronne.

Jenny accompagna cette remarque d'un clin d'œil.

— Je préviens Amanda pour le déjeuner, ajouta-t-elle.

— Merci.

Camille était sincèrement surprise et ce sentiment perdura toute la journée. Tout le monde prenait de ses nouvelles et voulait savoir si elle avait apprécié sa randonnée. C'était comme si elle était acceptée comme l'un d'entre eux.

Et le plus étonnant était que son personnel semblait juger favorablement sa relation avec Ben. Elle n'en était que plus mal à l'aise d'avoir à leur mentir.

Le bureau de Ben se trouvait au deuxième étage de la maison victorienne donnée par la ville pour y héberger la clinique. Ses pas résonnaient sur le plancher du couloir tandis qu'il se dirigeait vers la porte desservant l'escalier de service. Après avoir monté les marches étroites et grinçantes, il passa devant le bureau d'Adam, dont la porte était ouverte. Son confrère était occupé à discuter avec leur infirmière, Ginny Irwin.

— Alors, les Bermudes, Tahiti ou Fidji ?

Ben s'arrêta et passa la tête dans l'embrasure.

— Ce ne seraient pas par hasard les seuls pays qui n'ont pas d'accord d'extradition avec les Etats-Unis ? Tu aurais quelque chose à cacher ?

— Très drôle ! répliqua Adam. J'ai des patients qui ont annulé leur rendez-vous, et j'en profitais pour consulter quelques brochures de voyage.

Il désigna les dépliants éparpillés sur son bureau.

— Ça fait partie des trois destinations que j'ai sélectionnées pour emmener l'amour de ma vie en voyage de noces.

Une expression de satisfaction et de fierté passa dans ses doux yeux bruns.

— Jill va être une superbe mariée, ajouta-t-il. J'ai hâte de découvrir sa robe.

Il était évident qu'Adam était follement amoureux, mais se marier n'était pas une garantie de bonheur éternel, songea Ben. Ses parents en étaient la preuve. Quand l'amour de votre vie mourait en accouchant, vous laissant seul avec trois petits enfants et une entreprise à gérer, ce n'était pas spécialement idyllique. D'ailleurs, son père ne s'était jamais remis de la perte de sa femme.

Ben s'obligea à écarter ces sombres pensées.

— J'en déduis que Jill veut voir la mer ?

— Je lui réserve la surprise.

— Elle n'a pas eu beaucoup de bonnes surprises dans sa vie, commenta Ginny. Espérons que vous ne ratiez pas celle-ci.

— Vous avez le chic pour faire monter la pression, répondit Adam sans toutefois paraître s'en formaliser.

Il reposa la brochure qu'il tenait à la main.

— J'ai envie que tout soit parfait pour elle. Et j'ai envie de voir ma femme en Bikini pendant une semaine.

— Ah, nous y voilà…, plaisanta Ben en prenant appui contre l'encadrement de la porte. Je vois que tu as des motivations cachées.

— Tu me le reproches ?

— Absolument pas.

— Avant que la mère de Jill meure, je lui ai promis de prendre soin de sa fille et de son petit-fils, expliqua Ginny à Ben. Elle était ma meilleure amie depuis la maternelle.

Elle reporta son attention sur Adam.

— Jill n'a jamais quitté le Montana, et elle a toujours rêvé de voir la mer. Mais, du moment qu'elle est avec vous, je suis sûre qu'elle se contenterait d'une tente plantée au fond du jardin en guise de dépaysement.

— Ah, c'est beau, l'amour…, ironisa Ben.

— En parlant d'amour, comment s'est passée votre escapade avec Camille ? enchaîna Ginny du tac au tac.

— Bien, dit-il avec un haussement d'épaules, espérant en rester là.

— Vous avez passé la nuit à la belle étoile ?

— Oui.

Ben lança un regard désespéré à Adam, comptant sur la solidarité masculine pour le tirer de ce mauvais pas, mais son confrère semblait trouver la situation très amusante.

— Comment s'est-elle débrouillée ? insista Ginny. Je l'imagine mal crapahuter dans la poussière avec ses talons de dix centimètres et ses minijupes.

— Elle a été parfaite. Une vraie girl-scout. Elle a même essayé de pêcher.

— Eh bien, pour une surprise…

Ginny consulta sa montre.

— Bon, les premiers patients ne vont pas tarder à arriver. Je retourne à mon poste.

— Je crois que nous devrions descendre aussi, suggéra Ben tandis que l'infirmière quittait la pièce.

— Une minute, demanda Adam. Je peux te parler ?

— Bien sûr.

Mais Ben savait que cette entrée en matière n'était jamais bonne.

— Quelque chose ne va pas ?

— Non…

Son confrère avait l'air pensif.

— Il y a quelque chose que tu devrais savoir…

— Oui ?

— Tu es sans doute au courant de cet article à propos de Camille et toi ?

— Bien sûr. Camille était bouleversée.

Adam hocha la tête.

— J'imagine. Ce n'était pas très flatteur pour elle.

— Tu l'as lu ?

— Quelqu'un avait oublié le magazine dans la salle d'attente. Tu étais sur la couverture, en train d'embrasser une femme. J'ai eu envie de savoir…

— Ce n'est pas vrai, dit Ben en croisant les bras sur son torse.

— Donc, tu ne sors pas avec Camille Halliday ?

Pas de la façon dont tout le monde le croyait, mais il ne pouvait pas le dire.

— Si, nous sortons ensemble. Je parlais de ce qui est écrit dans cet article, si on peut appeler ainsi ce ramassis d'insanités.

— Dis donc, on dirait que tu as envie de frapper quelqu'un.

— Je suis solidaire, c'est tout. Bon, tu as fini, je peux y aller ?

— Pas tout à fait. J'ai encore un point à élucider.

Ben soupira.

— Quoi ?

— Tous les patients que j'ai vus ces deux derniers jours se demandent si tu t'intéresses à son argent.

C'était ce que sous-entendait l'article, et il en avait été blessé.

— Je n'en ai pas besoin. J'en ai suffisamment.

— Ne te fâche pas. Je posais seulement la question. D'ailleurs, j'en ai une autre. On dit aussi qu'elle te paie pour restaurer son image.

— Pas du tout. Il n'y a aucun argent en jeu, tu peux me croire.

— De toute façon, je m'en moque. Tu es un bon médecin, et on s'entend bien professionnellement, c'est tout ce qui compte pour moi, Ben. Mais je voulais que tu saches que les patients que tu vas voir aujourd'hui risquent de poser la question.

— Merci de m'avoir prévenu.

Ben aurait voulu pouvoir dire la vérité à son ami, lui expliquer que tout était parti de son souci d'éviter que la clinique ne se transforme en cirque à cause de lui. Mais l'accord passé avec Camille avait pris une tournure inattendue.

Les gens qui se posaient des questions sur sa relation avec elle auraient été surpris de savoir qu'il s'en posait aussi, sans connaître les réponses.

Tout ce qu'il savait, c'est qu'il l'appréciait. Enormément.

Tout aurait dû rester sur un plan purement professionnel, chacun ayant quelque chose à gagner dans cet accord. Mais il avait minimisé l'attirance physique entre eux et, aujourd'hui, il avait l'amère impression que personne n'en ressortirait vainqueur.

# 10.

— Soyez les bienvenus au premier dîner annuel des employés, annonça Camille.

Pendant les applaudissements qui suivirent son introduction, elle balaya la salle du regard. Il y avait vingt personnes présentes, une meilleure participation qu'elle n'avait osé l'espérer.

— Je serai rapide. Je ne voudrais pas provoquer d'indigestions.

Il y eut quelques rires.

— Mon but est de faire du Lodge une réussite, et je ne peux pas y parvenir sans vous. Les réservations sont en augmentation…

— Grâce à votre mise en vedette dans les journaux, intervint un employé.

— Je suis ravie de remplir ma part.

Camille ne voyait pas d'inconvénient à ce que le personnel se moque gentiment d'elle, maintenant qu'elle les savait sans mauvaises intentions.

— Et je veux remercier chacun d'entre vous pour ses efforts. J'ai de bonnes raisons de me montrer optimiste pour l'avenir de cet hôtel. Si nous continuons à nous battre tous ensemble, les emplois seront préservés, et nous pourrons peut-être embaucher.

Il y eut des clameurs d'approbation dans la salle et, pendant quelques secondes, Camille ne put parler.

Ce n'était pas seulement à cause du bruit, mais parce

qu'elle avait la gorge serrée par l'émotion. Jamais elle ne s'était sentie acceptée comme elle l'était ici.

Ce groupe lui avait donné une chance, grâce à Ben, mais elle se plaisait à croire qu'elle les avait totalement conquis par sa manière de diriger de façon juste, et son souhait de travailler plus durement que quiconque.

— Merci à tous.

Elle leva les mains pour obtenir le silence.

— Ça me touche beaucoup plus que je ne pourrais le dire. Et maintenant, je n'ai plus qu'une chose à ajouter : bon appétit.

Un peu plus tard, elle se pencha vers Mary Jane, qui était assise à sa droite.

— Comment ça s'est passé, d'après vous ?

— Vraiment très bien. Tout le monde aime que l'on sache reconnaître ses efforts.

— Votre discours était vraiment gentil, dit Jenny, à sa gauche. Et ce repas est un avant-goût du paradis.

— En parlant de paradis…

Mary Jane regarda autour d'elle.

— Où est passé Ben, ce soir ?

Camille aurait été bien en peine de le dire.

— Il a pensé que c'était une réunion exclusivement professionnelle, dit-elle, improvisant.

— Je peux être franche avec vous ? demanda Jenny.

Camille observa le joli visage dont les cheveux noirs tirés en queue-de-cheval accentuaient la finesse. Il n'y avait plus maintenant d'hostilité dans les yeux bruns de son employée, juste de la franchise et de l'authenticité.

— Je dois avoir peur ?

Jenny éclata de rire.

— Il y a quelques semaines, peut-être. Mais plus maintenant.

— D'accord. J'ai toujours préféré la franchise, de toute façon.

— Je vous envie beaucoup d'être avec le Dr McKnight.

J'ai fait tout ce que j'ai pu pour qu'il me remarque quand il est revenu s'installer ici. Et je ne suis pas la seule…

Elle jeta un bref coup d'œil aux deux femmes qui étaient assises à sa gauche.

— Patty et Crystal aussi.

— Je comprends, dit Camille, sincère. Et, à dire vrai, je n'arrive pas moi-même à croire que nous sortons ensemble.

— Toutes les célibataires de la ville sont jalouses de vous, insista Jenny. Au début, personne ne comprenait ce qu'il vous trouvait. Mais ne le prenez pas mal…

— Pas du tout.

— C'est juste que c'est un garçon génial, et que vous aviez une réputation épouvantable…

Camille prit la remarque avec humour.

— Ne prenez pas de gants, Jenny. Dites-moi ce que vous pensez vraiment.

La serveuse éclata de rire.

— En fait, vous êtes très différente de ce que nous pensions, et il commence à se murmurer officieusement que vous faites un beau couple. Donc, tout va pour le mieux.

— Ça fait plaisir à entendre.

— En fait, je suis contente de le voir avec quelqu'un, dit Mary Jane.

Cette remarque éveilla la curiosité de Camille, et de nombreuses questions lui vinrent à l'esprit.

Mais il était important de trouver le ton juste. Trop d'insistance trahirait de l'insécurité et de la faiblesse et les deux jeunes femmes pourraient se demander pourquoi elle n'en savait rien. Trop de désinvolture pourrait laisser entendre qu'elle s'en moquait, et ce n'était pas l'impression qu'elle voulait donner.

— Pourquoi êtes-vous contente ? demanda-t-elle finalement.

— Parce qu'il est revenu célibataire à Blackwater Lake, je suppose.

Même si tout le monde l'ignorait, le statut de Ben n'avait pas changé. Mais cela ne répondait pas à sa question.

— Je ne suis pas sûre de comprendre.

— Moi non plus, pour être honnête, répliqua Mary Jane. Disons que j'ai été surprise de découvrir qu'il ne s'était jamais marié. J'ai pensé que son expérience avec Judy l'avait dégoûté de s'engager, ajouta-t-elle en haussant les épaules.

— Je ne crois pas. Il est trop équilibré pour ça. Et ça m'étonnerait qu'il pense encore à elle.

— Vous avez probablement raison. Il a dû être trop occupé pour trouver le temps de se marier. Après ses études, il a ouvert un cabinet à Los Angeles avant de prendre la direction d'une clinique privée, et chacun sait que le sexe opposé peut être une distraction quand on essaie de se concentrer sur sa carrière.

Camille était bien placée pour le savoir. Mais cette conversation prenait un tour beaucoup trop personnel, et elle changea habilement de sujet en interrogeant Mary Jane sur ses enfants.

Tout en affichant un air intéressé et en plaçant ici et là un hochement de tête approbateur, Camille ne pouvait s'empêcher de continuer à s'interroger sur Ben.

Pourquoi ne s'était-il jamais marié ?

Et que cachait réellement leur fausse romance ?

— Quelqu'un vous demande.

Mary Jane venait d'ouvrir la porte du bureau de Camille, et affichait un sourire entendu — celui que toutes les femmes arboraient quand elles pensaient qu'il y avait de la romance dans l'air.

— Ben est là ?

— Oui.

— Me voici, dit-il, en contournant Mary Jane.

— Je vous laisse tous les deux.

La réceptionniste s'éclipsa et referma la porte.

Camille faillit lui dire de la laisser ouverte car ils n'allaient pas se jeter sauvagement l'un sur l'autre. Leurs suites à l'étage étaient voisines, et ni l'un ni l'autre n'avaient transgressé le territoire de l'autre, même si elle en avait eu diablement envie.

— Que fais-tu ici ? demanda-t-elle en regardant sa montre qui affichait midi. Ce n'est pas étonnant si j'ai faim comme ça.

— Justement, je suis venu te chercher pour déjeuner.

— J'ai trop de travail. Je voulais grignoter un sandwich sur place.

— Non.

— Pardon ?

Il fit le tour de son bureau et la fit se lever.

— Je t'emmène loin de tout ça.

— Mais…

Il posa un doigt sur ses lèvres pour mettre fin à ses protestations.

— Pas d'excuses. Viens avec moi.

— Où ?

— Tu verras.

— Tu n'as pas des patients à voir ?

— Pas avant quelques heures. J'ai le temps.

— Je ne peux pas avoir un indice ?

— Non.

En passant devant le comptoir de la réception, elle adressa un petit signe de main à Mary Jane dont le sourire s'élargit un peu plus.

Le 4x4 de Ben était garé devant l'entrée du Lodge, et il lui ouvrit la portière.

Empruntant Lake View Drive, il prit la direction du nord. La route était bordée d'arbres dont la ramure frémissait sous la brise légère, et le ciel était d'un bleu sans nuages. Un vrai ciel de campagne.

Il tourna à droite sur une route à flanc de colline et, après une courte ascension, déboucha sur un terrain encombré de matériaux de construction et d'engins de chantier.

— Nous sommes arrivés, dit-il en coupant le contact.

— C'est ta maison ?

— Oui. J'ai pris un panier-repas pour le déjeuner.

— Tant mieux, parce que je meurs de faim.

Elle ouvrit sa portière et glissa une jambe à l'extérieur.

— Attention où tu mets les pieds.

Il lui prit le coude et la guida sur le sol inégal vers la bâtisse en construction. Les murs extérieurs et la charpente étaient en place, mais aucune cloison ne délimitait encore les pièces.

Ben fit mine d'ouvrir une porte d'entrée, et la précéda à l'intérieur.

— Voici le hall, qui dessert la cuisine et une salle à manger familiale. De l'autre côté, se trouveront le salon et la salle à manger d'apparat.

— D'apparat ?

Il haussa les épaules.

— Pour les repas de famille du dimanche…

Elle se dirigea vers l'arrière de la maison, et observa la découpe de la façade.

— Ce sera tout en baies vitrées ?

— Oui.

— Excellente idée. Ce serait un crime de masquer une telle vue.

— Je suis d'accord.

Après avoir observé la chaîne des montagnes, il désigna un endroit dans la cuisine.

— L'évier sera là. Tu peux voir le lac en faisant la vaisselle.

Elle savait qu'il parlait de façon générale et ne prit pas ce « tu » pour une façon de suggérer qu'elle vivrait dans cette maison une fois que celle-ci serait achevée.

Il y avait quelque chose de dessiné sur le sol de ciment, avec des indications de mesures, et elle s'approcha pour mieux voir.

— Il y aura un îlot central ?

— Oui. Assez grand pour y faire atterrir un hélicoptère, et avec plein de rangements en dessous. J'ai aussi prévu deux fours intégrés dans une colonne, un micro-ondes, une armoire réfrigérée avec des portes transparentes…

— Bref, une vraie cuisine de chef. Je peux voir l'étage ?

— Suis-moi.

Elle se tint à la rampe de bois et le suivit sur la coursive jusqu'à la porte de ce qui serait la chambre parentale, avec ses deux dressings et ses deux salles de bains. Il lui montra ensuite quatre autres chambres, chacune disposant de sa propre salle de bains, et une salle de jeux.

— C'est gigantesque…, commenta-t-elle.

Il haussa de nouveau les épaules.

— J'aime avoir de l'espace.

— Qui est ton entrepreneur ? demanda-t-elle tandis qu'ils retournaient dans la chambre principale.

— Mon frère. C'est la première maison d'un nouveau lotissement qu'il a prévu de construire dans cette zone. Je suis en quelque sorte son cobaye.

Ils s'installèrent sur la banquette de bois construite dans le renfoncement de la fenêtre en ogive, et Ben sortit du panier une serviette de table qu'il déploya entre eux avant de lui tendre un sandwich.

Le silence s'installa pendant quelques minutes tandis qu'une brise légère les enveloppait, transportant des effluves de résine et de fleurs sauvages.

— Ça va être une maison magnifique, dit Camille entre deux bouchées. Mais il y a beaucoup de chambres. Tu as prévu d'avoir autant d'enfants que ça ?

— Je n'y ai pas vraiment pensé. Plus une maison possède de chambres, plus elle est facile à revendre.

— Donc, tu n'as jamais envisagé d'y vivre avec une femme et des enfants lorsque tu as dessiné les plans ?

— A vrai dire, non.

Elle étudia son visage, y cherchant un signe de tristesse ou d'amertume, mais n'y vit rien de spécial.

— Tu es contre le mariage ?

— Je n'en sais rien… Peut-être.

— C'est à cause de Judy ?

— Que sais-tu d'elle ?

Cette fois, il avait l'air ennuyé.

— C'était ta petite amie au lycée, et tu as renoncé à une université prestigieuse pour ne pas t'éloigner d'elle. Quand tu as commencé médecine, tu l'as demandée en mariage, mais elle n'était pas prête. Six mois plus tard, elle épousait un champion de ski et déménageait.

— Comment sais-tu tout ça ?

— Les gens parlent.

— Rappelle-moi de dire deux mots à Mary Jane.

— J'ai fait le tour du sujet ?

— Pour ainsi dire.

— Ça te perturbe toujours ?

Elle guetta avec soin sa réaction.

— Je n'y avais pas pensé depuis des années, répondit-il. Il a fallu que nous tombions sur elle dans la rue pour que les souvenirs me reviennent mais, honnêtement, ça ne m'a pas troublé plus que ça.

Camille eut la faiblesse de penser qu'il était sincère.

— Tu as déjà eu une relation sérieuse, depuis ?

Il termina son sandwich et roula le papier en boule.

— C'est un interrogatoire de police, ou quoi ?

— J'essaie juste de comprendre pourquoi tu fais construire une maison familiale si tu n'as pas envie de fonder une famille.

Il soupira.

— J'ai eu quelques aventures à Los Angeles, mais j'étais très pris par mon travail. Je n'avais pas beaucoup de temps pour bâtir une relation. Les femmes ont tendance à s'agacer quand on les abandonne trop souvent pour une urgence médicale.

Cela confirmait ce qu'elle pensait.

— Donc, après Judy, tu n'as rencontré personne qui t'a donné envie de te lancer dans la grande aventure du mariage ?

— Non. Et toi ?

— J'y ai pensé une fois ou deux, mais ils avaient

d'autres idées en tête. Maintenant, il n'y a plus que ma carrière qui compte.

Camille comprit que c'était sa façon de changer de sujet, car elle lui avait déjà expliqué ses raisons de ne plus faire confiance aux hommes.

Halliday un jour, Halliday toujours. Son nom de famille serait toujours reconnu partout, et elle ne saurait jamais si un homme l'aimait pour elle ou pour sa fortune.

— Mais dis-moi, pourquoi m'as-tu fait venir ici ? reprit-elle.

Certainement pas pour obtenir son approbation. Et il n'était pas le genre d'homme à faire étalage de ses possessions.

— C'est une façon de faire évoluer notre relation.

— Je ne comprends pas. Nous n'avons pas de relation.

— Vraiment ? Je pensais que nous étions au moins amis.

— Eh bien, oui, mais je ne vois pas le rapport.

— Mon frère se demandait si tu avais vu la maison.

— Ah… Ce serait la prochaine étape logique si nous sortions vraiment ensemble.

Elle aurait dû deviner que cela faisait partie de la mise en scène.

— Exact. Donc, si tu le rencontres, tu n'auras pas à faire semblant.

Comme elle faisait semblant d'avoir des sentiments pour lui. Sauf que la réalité commençait à prendre le pas sur la fiction.

Jamais elle n'avait rencontré un homme avec autant de qualités. Elle l'aimait vraiment beaucoup.

Et maintenant qu'elle avait vu la maison où il avait prévu d'habiter, elle commençait à songer que ce serait l'endroit idéal pour créer la famille dont elle avait toujours rêvé sans jamais oser espérer que ce serait un jour une réalité pour elle.

Elle ne pouvait s'empêcher de penser au gâchis que représentait le refus de Ben d'avoir des enfants. Mais cette réaction était d'autant plus stupide que cela ne faisait pas non plus vraiment partie de ses projets.

En tout cas, ce marché entre eux était devenu beaucoup trop compliqué, et elle commençait à regretter de l'avoir accepté.

Et ce qu'elle regrettait plus encore, c'était qu'elle ne serait plus là pour voir la maison de Ben achevée.

# 11.

Ben commençait à déplorer le marché qu'il avait passé avec Camille.

Après avoir vu son dernier patient de la journée à la clinique, il était allé faire un tour sur le chantier de construction de sa maison.

En passant dans l'ouverture qui accueillerait prochainement la porte d'entrée, il eut l'impression de pouvoir encore sentir son parfum. Dans la cuisine, il la voyait s'extasier sur la vue. En montant l'escalier, il se remémorait le balancement sensuel de ses hanches.

Dans la chambre principale, il regarda la banquette où ils s'étaient assis, et se rappela l'air songeur de Camille quand elle avait évoqué la possibilité d'élever une famille dans cette maison où il finirait un jour par s'installer. Seul.

Il l'imaginait très bien ici, apportant sa touche un peu partout, insufflant son élégance à la décoration, et cette idée lui procura un étrange sentiment de malaise.

Il ne faisait pas partie de leur accord que la personnalité de Camille déteigne sur sa vie.

C'était si calme alentour qu'il entendit le bruit d'une voiture qui montait la colline et s'arrêtait sur son terrain. Par l'ouverture de la future fenêtre de l'une des chambres, il vit le pick-up noir de son frère.

Le temps qu'il dévale l'escalier, Alex était dans la cuisine et inspectait une des poutres qui soutenaient la charpente.

— Alors, petit frère, comment trouves-tu ta maison ? lança-t-il.

— Parfaite. Toutes les suggestions que tu m'as faites sont une réussite.

Alex afficha un sourire narquois.

— Comme quoi, par exemple ?

— L'arrière-cuisine.

— Et ?

— La banquette dans la chambre.

— Mais encore ?

— La cheminée. Ça va, tu es content ? J'ai assez flatté ton ego ?

— Oh ! tu as passé une mauvaise journée à la clinique !

— Non.

Le travail n'était pas un problème. C'était le déjeuner qui l'avait perturbé.

— Camille a vu la maison ?

— Pourquoi poses-tu cette question ?

— Comme ça. Parce que vous êtes toujours ensemble, et je me suis dit que tu aimerais avoir son opinion.

— Je construis cette maison pour moi.

Son frère plissa les yeux.

— Ça va toujours entre vous ?

— Bien sûr.

La voix de Ben était plus aiguë et plus sur la défensive qu'il ne l'aurait voulu.

— Ce n'est pas l'impression que ça me fait. Tu veux en parler ? ajouta Alex, l'air inquiet.

— Il n'y a rien à dire.

— Tu n'es pas un très bon menteur, petit frère.

— Qu'est-ce qui te fait penser que je mens ?

— Je te connais par cœur. Dis-moi ce qui se passe.

Ben ressentait le besoin de parler à quelqu'un parce que ce marché était malhonnête et ne lui ressemblait pas.

De toute façon, il n'avait pas grand-chose à perdre. Camille n'allait pas tarder à partir, et il n'avait pas de plan B pour la suite.

Alors, quelle importance qu'il se confie à Alex, et que celui-ci diffuse la nouvelle ? Ce serait un tel soulagement de dire la vérité.

Il prit une profonde inspiration.

— Camille et moi ne sortons pas vraiment ensemble.

Alex le dévisagea quelques secondes, bouche bée.

— Tu veux dire que ces dîners, ces sorties… rien n'était vrai ? Et la randonnée ? Tu ne l'as pas emmenée camper ?

— Si, mais cela faisait partie de la mise en scène. Camille et moi avons passé un marché. C'était mon idée.

— Ça alors ! Et dire que tout le monde en ville lance des paris.

— Sur quoi ?

— La date de votre mariage, pardi !

— Ils feraient mieux de s'occuper de leurs affaires.

— Mais pourquoi tu as fait ça ?

— J'en avais assez que les femmes me harcèlent.

— Brillante idée… Et comment as-tu réussi à la convaincre ?

— Elle avait des problèmes avec le personnel de l'hôtel. Je lui ai donné des conseils sur la façon de gérer différentes situations car je connaissais la plupart des fortes têtes qui lui posaient problème. Maintenant, les femmes me laissent tranquille, et tout fonctionne beaucoup plus efficacement au Lodge.

— Je vois. Donc, tu n'as pas de sentiments amoureux pour elle ?

— Non.

— Vous êtes seulement amis ?

— Ouais… On peut dire ça. Pourquoi ?

— Je me posais la question. Donc, ça ne te dérangerait pas si je sortais avec elle ?

Cette éventualité lui fit voir rouge.

— Ne t'avise pas de t'approcher d'elle, Alex. Je te préviens.

Son frère eut un rire triomphal.

— Je t'ai eu ! Tu es vraiment trop prévisible !

Il fallut quelques secondes à Ben pour se calmer et comprendre qu'il s'était fait piéger.

— Je devrais te frapper.

— Attention à tes mains de chirurgien. Désolé pour cette petite ruse, ajouta Alex sans paraître le moins du monde désolé. J'avais l'impression que tu étais amoureux d'elle et je voulais en avoir le cœur net. J'ai fait ça parce qu'il fallait que quelqu'un t'ouvre les yeux.

— Je ne me sens vraiment pas bien, dit Camille au téléphone.

Normalement, elle aurait déjà dû être au travail, mais elle était complètement apathique et avait l'impression que tout autour d'elle tournait au ralenti.

— Je serai un peu en retard ce matin, ajouta-t-elle en s'appuyant contre le comptoir de la minuscule cuisine.

— Que se passe-t-il ? demanda Mary Jane.

— Comme les derniers jours. Je suis nauséeuse et fatiguée. Je vais travailler ici dans ma suite jusqu'à ce que ça aille mieux. Ensuite, je descendrai au bureau.

— Je viens.

— C'est gentil, mais ce n'est vraiment pas la peine.

Elle se dirigea vers le salon car l'odeur du café lui soulevait le cœur.

— Ça va passer, ajouta-t-elle.

— C'est ce que vous avez dit hier. Et avant-hier.

— Je vais bien. J'ai demandé au service de chambre de me monter de l'eau gazeuse et des crackers.

— Oh ! mon Dieu…

Camille ne pouvait pas voir le visage de Mary Jane, mais son intonation ne lui disait rien qui vaille.

— Quoi ?

— J'arrive. Glen va me remplacer.

Il y eut un cliquètement au bout de la ligne indiquant qu'elle avait raccroché.

Camille s'assit sur le canapé et appuya la tête contre le dossier. Si elle pouvait rester ainsi et ne pas bouger, tout irait bien. C'était quand elle se redressait ou qu'elle marchait que son estomac protestait.

Elle en aurait bien parlé à Ben, mais cela faisait plusieurs jours qu'elle ne l'avait pas vu. Depuis qu'il lui avait montré sa future maison, en fait. Durant le trajet de retour vers Blackwater Lake, l'atmosphère avait été tendue dans la voiture. Elle n'aurait probablement pas dû parler de Judy, mais elle n'avait pas pu s'en empêcher.

On frappa à la porte, et elle fit un effort pour aller ouvrir.

Peg Simmons fit rouler le chariot de service dans la chambre. Elle avait cinquante ans, et plus d'énergie que bien des personnes avec vingt ans de moins.

— Voici pour vous, Cam. Vous êtes sûre que vous ne voulez pas un peu de protéines ? Je peux redescendre demander qu'on vous prépare des œufs et des toasts.

— Non, merci, je n'ai pas très envie.

Elle posa une main sur son estomac. Rien que cette idée était déplaisante.

A cet instant, Mary Jane apparut dans l'embrasure de la porte.

— Comment ça va ?

— Bien, mentit-elle.

— Elle ne mange rien, dit Peg.

— Vous avez expliqué à Ben que vous ne vous sentiez pas bien ? demanda Mary Jane.

— C'est un chirurgien orthopédiste. Les maux d'estomac ne sont pas de son ressort.

Les deux femmes échangèrent un regard, comme si elles partageaient un secret dont Camille ignorait tout.

— Vous devriez peut-être consulter un autre médecin, suggéra Peg.

— Je ne crois pas que ce soit nécessaire.

— Peg a raison. Juste pour faire un bilan de santé. Vous avez subi beaucoup de stress, dernièrement.

— C'est vrai.

Elle se mordilla l'intérieur de la joue.

— C'est peut-être un problème hormonal, reprit-elle. J'ai un peu de retard…

Oh ! Seigneur ! Ce n'était pas possible ! Elle ne pouvait pas être…

Elle regarda les deux femmes avec effarement.

— Je crois que je suis enceinte.

Peg laissa échapper un soupir de soulagement.

— Ah, quand même ! Vous avez fini par comprendre.

— Vous saviez ?

— Les nausées et la fatigue sont des symptômes classiques de la grossesse. N'est-ce pas, Mary Jane ?

— Et comment ! J'en sais quelque chose. En tout cas, Ben sera ravi. Il adore les enfants.

Mary Jane affichait un sourire radieux et vibrait d'excitation, comme toutes les femmes apprenant qu'une amie attend un heureux événement.

— Ce n'est pas possible… Je ne peux pas… être enceinte.

— Donc, vous n'auriez pas eu de relations sexuelles avec votre petit ami ? demanda Peg d'un ton sceptique.

— Nous nous sommes protégés.

— Mon chou, si vous ne prenez pas la pilule…

— Je ne la prends pas.

— Seule l'abstinence est efficace à cent pour cent, dit Peg. Et quand un couple se montre… un peu sportif, l'efficacité du préservatif devient hasardeuse.

Camille s'attendit à rougir. Jamais elle n'avait eu une discussion aussi intime avec qui que ce soit, pas même sa mère. Mais, à dire vrai, elle n'était pas tellement gênée. Ces deux femmes étaient ses amies.

— J'en déduis que vous n'avez rien dit à Ben ? dit Mary Jane.

— Non.

— Ne vous en faites pas. C'est un garçon correct.

Camille n'en doutait pas. Mais quelle histoire, quand même…

— Avant de lui dire, je dois être sûre.

— Il faut faire un test de grossesse, dit Mary Jane.

— Si je vais en acheter un, ça va faire le tour de la ville. Vous ne pourriez pas le faire pour moi ?

— Bien sûr. Ça va jaser à mon sujet, mais je m'en moque. J'irai pendant ma pause déjeuner.

— Je vous dois une faveur.

— Bien sûr que non ! C'est ce que font les amies.

— Merci.

La voix de Camille se brisa, et elle pressa les doigts sur ses lèvres.

— L'excès d'émotivité est un autre signe, remarqua Peg.

Camille les serra tour à tour dans ses bras.

— Merci à toutes les deux d'être là.

— Bah, on est comme ça à Blackwater Lake…, dit Peg en souriant.

Elle poussa son chariot vers la sortie, et Mary Jane lui ouvrit la porte.

Elles étaient à peine sorties que le téléphone sonna.

— Camille Halliday…

— Cam, c'est Glen, à la réception.

— Oui ? Qu'y a-t-il ?

— Vos parents sont là.

Elle eut l'impression que son cœur s'arrêtait de battre.

— Quoi ?

— Ils vous attendent dans votre bureau.

— D'accord. Je descends dans quelques instants.

Sa main tremblait quand elle raccrocha.

Elle savait qu'elle n'avait pas intérêt à faire attendre son père, ce qui ne lui laissait que quelques minutes pour essayer de retrouver figure humaine car, bien sûr, il fallait que Dean senior vienne faire son inspection juste au moment où sa vie personnelle prenait un tournant des plus inattendu.

# 12.

— Maman, papa, bonjour. C'est vraiment une surprise…

Camille entra dans son bureau avec un grand sourire de façade.

— J'avais hâte de te voir.

Margaret Halliday se prêta distraitement à l'accolade que lui donnait sa fille.

— Tu as l'air fatigué, Camille.

— J'ai beaucoup de travail. Mais ça va.

— Vraiment ? dit son père en levant un sourcil. J'ai hâte que tu me fasses un compte rendu de la situation.

Elle se percha sur le coin de son bureau, et se prépara à subir un feu roulant de questions.

— Ça se passe vraiment très bien, papa. Cet endroit pourrait devenir quelque chose de très spécial. Un lieu où s'évader de son quotidien.

— Je comprends ce que tu veux dire, intervint Margaret d'un ton pincé. L'aéroport le plus proche est à près de cent kilomètres.

— Mais le trajet en vaut la peine. Des montagnes à couper le souffle, des rivières si limpides qu'on peut voir le fond, un air pur…

— Tu parles comme une brochure touristique.

— Et si je vous faisais faire le tour de la propriété ?

— Nous te suivons.

En passant devant la réception, Camille présenta Mary Jane, non sans vanter ses mérites.

— Comment sont les réservations ? demanda son père. Ça s'améliore ?

— Nous faisons soixante pour cent de plus que l'année dernière. Nous sommes au complet pour l'été, et nous commençons à prendre des réservations pour l'automne prochain. Nous avons même deux conférences locales au programme.

— Hum…

Son père hocha la tête, mais il était impossible de savoir ce qu'il pensait.

Il se tourna et observa le mobilier du lobby.

— Rustique…

Son ton n'était pas nécessairement critique ou condescendant, mais Camille éprouva le besoin de défendre l'hôtel.

— Cette pièce reflète l'ambiance montagnarde. Les gens de New York et Los Angeles ne veulent pas ici le chrome, le verre et le marbre qu'ils trouvent chez eux. Le bois et la pierre rehaussent la beauté simple et authentique des lieux.

— Bon, voyons la suite.

— Allons dans la salle de restaurant. Amanda sera heureuse de vous voir.

Elle ouvrit la marche vers la salle plongée dans l'obscurité et vide puisque le restaurant n'ouvrait qu'à partir de 18 heures.

Toutes les tables étaient déjà dressées : nappes en lin et couverts en argent. La cheminée était éteinte pour le moment, mais, dans quelques heures, des flammes y danseraient gaiement.

Derrière la double porte au fond de la pièce se situait la cuisine, et c'est là qu'ils trouvèrent Amanda Carson.

Cette dernière, qui connaissait bien les parents de Camille, les accueillit chaleureusement.

— J'ignorais que vous deviez venir.

— Nous n'avons prévenu personne, expliqua Dean. Quand on veut vraiment savoir comment fonctionne un établissement, il faut y venir à l'improviste.

Il enveloppa Amanda d'un regard bienveillant.

— Comment allez-vous, ma chère petite ?

— A merveille. J'aime de plus en plus cet endroit. Votre fille a vraiment fait des miracles, et tout le monde l'adore.

— Ce n'est pas un concours de popularité. Quand on est dans les affaires, on finit toujours par irriter quelqu'un.

— Justement, Cam réussit à diriger cet établissement de main de maître sans irriter personne.

Sauf Ben, songea Camille.

Si le test de grossesse était positif, il risquait d'être sérieusement irrité. Ne l'avait-il pas prévenue dès le départ qu'il ne voulait pas d'attaches ? Or, un bébé était un sérieux fil à la patte.

— Cam ?

Elle regarda son amie.

— Désolée, je pensais à quelque chose… Qu'y a-t-il ?

— Tu as l'air fatiguée.

— C'est ce que je lui ai dit, intervint Margaret.

Une lueur moqueuse passa dans le regard d'Amanda.

— C'est ton beau docteur qui te tient éveillée toute la nuit ?

— Serait-ce ce garçon que tu embrassais en couverture de cet horrible magazine ? demanda sa mère.

— J'espérais que vous ne l'aviez pas vu.

— Evidemment que nous l'avons vu, répliqua sèchement son père. Comment est-ce arrivé ?

— Je ne sais pas. En tout cas, il n'y a rien de vrai dans cet article.

— Et qui est cet homme ?

Camille se sentait revenue dans la peau d'une adolescente.

— C'est Ben McKnight. Il est médecin.

— Et c'est un héros local, ajouta Amanda.

Camille avait hâte de mettre fin à cette conversation.

— Bien, il me reste encore beaucoup de choses à vous montrer. A ce soir pour le dîner, Amanda.

— Vous allez adorer, dit celle-ci, s'adressant aux Halliday. Je recommande la truite. Elle est exceptionnelle.

— Toujours aussi modeste, remarqua Camille.
— Bah… La fausse humilité est une perte de temps.
— Bien dit, commenta Dean.
— J'ai hâte d'y goûter, ajouta Margaret.

Camille fit faire à ses parents la visite complète des lieux, et termina par la galerie où elle aimait trouver refuge.

— C'est tout à fait charmant, dit sa mère.

— En effet, renchérit son père. Tu as fait du bon travail, Camille.

Elle crut avoir mal entendu.

Le redoutable Dean Halliday venait-il de lui faire un compliment ?

— Il y a encore du chemin à faire, mais ça s'annonce bien. Pour le moment, nous ne perdons déjà plus d'argent.

Son père hocha la tête.

— Le personnel semble efficace, et l'hôtel est bien tenu. C'est un établissement dont le groupe Halliday peut être fier.

C'était presque comme s'il avait dit qu'il était fier d'elle.

Elle avait envie de sourire de toutes ses dents, et peut-être d'esquisser un petit pas de danse. Mais les Halliday ne se comportaient pas de cette façon.

— Parle-nous un peu de ce médecin, reprit sa mère. Où l'as-tu rencontré ?

— Ici. Il réside à l'hôtel le temps que la construction de sa maison soit terminée. C'est un chirurgien orthopédiste. Il a grandi à Blackwater Lake et il est revenu s'y installer car il adore cet endroit.

— J'imagine qu'il doit être très occupé durant la saison de ski, remarqua Dean.

Il regarda sa femme qui hocha la tête.

— Nous aimerions le rencontrer.

Camille sentit son estomac se nouer.

— Combien de temps avez-vous prévu de rester ?

— Une nuit, peut-être deux.

— Je vais prévenir le service de ménage. Il y a une suite inoccupée.

— Nous nous en sommes occupés, dit son père. Nos bagages y ont déjà été montés.

— Mais c'est une habile façon d'essayer de changer de sujet, dit sa mère.

Contre toute attente, il y avait une lueur amusée dans son regard.

— Tu vas être obligée de nous le présenter, ajouta-t-elle.

— Et comment ! renchérit Dean. J'ai bien l'intention de savoir pourquoi cet homme s'intéresse à ma fille.

Bien sûr, il pensait que c'était pour l'argent. Car aucun homme ne pouvait s'intéresser à elle pour une autre raison, n'est-ce pas ?

— Nous le verrons donc au dîner ? demanda Margaret.

— Oui.

Pour Ben, elle avait accepté d'assister au traditionnel repas dominical chez son père, et c'était maintenant à son tour de lui rendre service. Il était important de continuer à jouer le jeu avec ses parents, surtout après avoir entendu qu'elle faisait du bon travail.

— Je vais dire à Ben de nous retrouver pour 19 heures.

— Parfait, répondit sa mère.

Elle ferait de son mieux pour empêcher ses parents de découvrir que rien dans cette situation n'était parfait.

— Ce vin te plaît, maman ?

Camille était assise dans le salon de la suite de ses parents. Elle avait posé son verre sur la table basse en espérant que personne ne remarquerait qu'elle ne buvait pas d'alcool. Comment leur expliquer que c'était parce qu'elle était peut-être enceinte ?

— Il est délicieux, Camille. Excellent choix.

Son père avait choisi quelque chose de plus fort dans le minibar.

— Le scotch est excellent aussi.

— Tant mieux.
— Je propose un toast.
« Quoi ? pensa-t-elle. Non, pas ça. »
Mais ils avaient tous deux levé leur verre, et elle ne put pas faire autrement que de lever à son tour le sien.
— Que célébrons-nous ?
— L'hôtellerie en général. Blackwater Lake en particulier. A des jours meilleurs.
Camille ne fit que tremper ses lèvres dans le vin. Elle était devenue très douée pour faire semblant.
— Ça va, Camille ? demanda sa mère. Tu as une drôle d'expression. Tu ne te sens pas bien ?
— Si, si, très bien.
— Alors, dis-moi, c'est sérieux avec Ben ?
Avant qu'elle ait eu le temps de répondre, Dean intervint.
— Je ne pensais pas qu'une histoire comme celle-ci faisait partie de ton plan de carrière.
— Eh bien, il est vrai que je ne m'attendais pas à rencontrer quelqu'un comme Ben. J'apprécie beaucoup sa compagnie. Il a même réussi à me convaincre de faire du camping.
— Quelle curieuse idée…, commenta Margaret avec une petite moue.
— Une Halliday à la belle étoile, dit son père. On aura tout vu !
Margaret consulta sa montre incrustée de diamants.
— Est-il aussi séduisant que sur la photo de cet horrible magazine ?
— Beaucoup plus. Mais tu pourras bientôt en juger par toi-même.
— J'ai vraiment hâte de le rencontrer. En attendant, je vais aller me rafraîchir un peu.
Quelques instants plus tard, on frappait à la porte.
— Tu as commandé quelque chose ? demanda Dean.
— Non. Peut-être maman…
— Elle me l'aurait dit.
— Je vais voir.

Elle était plus près de la porte et l'ouvrit.

Mary Jane se tenait dans le couloir, l'air très embarrassé.

— Dieu merci, c'est vous… Votre père me fait une peur bleue.

— Bienvenue au club. Que se passe-t-il ?

— Je dois vous prévenir que…

— Que quoi ?

Dean Halliday venait de s'avancer vers la porte.

— Madame Baxter, sachez que je suis passé maître dans l'art de terroriser le personnel.

— Oui, monsieur.

— Quel est le problème ?

— C'est-à-dire…

Le regard de Mary Jane fit l'aller-retour entre lui et Camille.

— Il y a une meute de journaliste et de photographes dans le lobby.

— Mais que diable veulent-ils ?

— Eh bien, ils essaient de tirer les vers du nez du personnel à propos d'un conflit entre Camille, je veux dire Mlle Halliday, et sa famille.

« Non, non et non ! pensa Camille. Pas ça. Pas maintenant. »

Elle devait trouver une solution. Que ferait Ben ?

Elle se tourna vers son père.

— Nous ne sommes pas obligés de descendre au restaurant. Il suffit de faire monter notre dîner ici.

— Absolument pas ! Merci de nous avoir prévenus, madame Baxter.

— Je vous en prie.

— Et, pour information, je ne suis pas si méchant que ça, vous savez. Inutile d'avoir peur de moi.

— Oui, monsieur. Merci, monsieur.

Elle adressa un sourire à Camille.

— Appelez-moi si vous avez besoin de quelque chose.

— Je n'y manquerai pas. Merci.

Elle referma la porte.

— Papa, vraiment, on peut rester ici. Je vais appeler Ben. Il va nous rejoindre ici.

Le patriarche secoua la tête avec force.

— Les Halliday ne se cachent pas. Ils affrontent l'adversité la tête haute. Je vais prévenir ta mère.

Camille suivit des yeux la fière silhouette de son père et songea à Ben. Il était loin de s'imaginer, en lui proposant cet accord, l'enfer que la presse à scandale lui faisait vivre et les répercussions que cela pourrait avoir sur lui.

Aucun homme, sauf s'il cherchait à tout prix la publicité, ne supporterait cela longtemps. De plus, il allait devoir affronter la rencontre avec ses parents sous le regard malveillant de ces vautours.

Quant à savoir comment il réagirait en apprenant qu'il allait être père, elle préférait ne pas y penser pour le moment.

# 13.

Camille avait changé.

Il l'avait entendu au son de sa voix quand elle l'avait appelé pour l'inviter à dîner avec ses parents.

Etait-ce leur présence qui la mettait mal à l'aise, ou ce nouvel affrontement avec la presse ?

Il était assis près de la cheminée dans le lobby, et il aurait été difficile de ne pas voir la meute qui traînait dans les parages et harcelait le personnel pour obtenir des informations croustillantes sur la famille Halliday.

De son côté, il devait avouer qu'il redoutait la confrontation avec les parents de Camille. Compte tenu de la véritable nature de leur relation, il aurait dû se moquer éperdument de ce que pensaient ses parents, mais, pourtant, il s'en souciait.

Pour le moment, les journalistes ne l'avaient pas remarqué, mais l'un d'eux attira son attention. Il importunait sans relâche Mary Jane qui finit par perdre patience.

— Je n'ai qu'une chose à dire ! s'écria-t-elle. Camille Halliday est une patronne formidable, et tout le monde à Blackwater Lake pense la même chose.

La patronne en question venait d'apparaître au bout du couloir, en compagnie d'un élégant couple de sexagénaires. Aussitôt, ce fut l'effervescence, et les flashes des appareils photo se déclenchèrent sans relâche tandis qu'ils étaient assaillis de questions.

— Est-ce que Cam a de nouveau des ennuis ?

— Que pensez-vous de sa relation avec le médecin ?

— C'est vrai qu'elle est enceinte ?

— Etes-vous venus pour les séparer ?

Ben regarda le visage de Camille et vit que quelque chose n'allait pas.

Elle avait les yeux cernés et l'air égaré. Aussitôt, il eut envie de la protéger, de la prendre dans ses bras et de l'arracher à cette folie. Elle avait été confrontée à cela toute sa vie, et il se demandait comment elle avait fait pour rester aussi équilibrée, forte et gentille.

Il se leva et se fraya un passage jusqu'à elle.

S'interposant entre elle et la horde sauvage, il se força à sourire.

— Je peux t'en tenir un si tu as envie de frapper, dit-il.

Il fut récompensé par un petit sourire teinté de tristesse.

— C'est tentant, mais je me ferais probablement mal. De plus, ils en profiteraient pour monter cela en épingle et démontrer que je ne sais pas me contrôler. Et ce ne serait pas bon non plus pour ta carrière.

— Je te sors de là.

Passant un bras autour de ses épaules, il la guida vers le restaurant. Aussitôt, la meute chargea derrière eux.

— Tu veux que j'appelle la sécurité ?

— C'est déjà fait.

— Je suis allé au lycée avec le shérif actuel. Il sera ravi de me rendre service.

Ils s'installèrent dans un coin discret, loin des regards curieux. Ben choisit pour Camille une chaise qui tournait le dos à l'entrée. Même si un paparazzo plus téméraire que les autres réussissait à entrer, elle n'aurait pas à le voir, et il ne pourrait pas la prendre en photo.

Ses parents venaient à peine de prendre place quand un serveur se présenta. Camille commanda une bouteille de pinot noir, et sa mère approuva son choix.

— J'aimerais quelque chose de plus fort, dit son père. Un scotch.

— Le meilleur, précisa Camille.

— Une bière, demanda Ben. N'importe laquelle fera l'affaire.

Dès que le serveur se fut éloigné, Dean laissa libre cours à son agacement.

— Cette scène était des plus déplaisante.

Il toisa sa fille en ajoutant :

— Il semble que nous ne parviendrons jamais à enterrer le passé.

Ben observait le visage de Camille et vit qu'elle était touchée. Il en éprouva aussitôt de la colère, et décida de détourner d'elle l'attention de son père.

— Nous n'avons pas été présentés officiellement. Ben McKnight.

Il tendit un bras au-dessus de la table, et échangea une poignée de main avec les parents de Camille.

— En fait, c'est votre présence qui les excite.

Voyant que Dean s'apprêtait à protester, il s'empressa d'ajouter :

— Je ne dis pas que c'est votre faute, mais le nom des Halliday attise la curiosité.

— Certes, docteur. Mais si ma fille avait eu une attitude exemplaire quand elle était plus jeune, nous n'en serions pas là.

— Papa, ne commence pas...

Ben posa une main sur celle de Camille et la pressa d'un geste rassurant.

— Si les présidents et les vedettes de cinéma ont droit à une seconde chance, ne croyez-vous pas qu'une jeune femme courageuse et travailleuse comme votre fille peut également tourner la page ?

Dean ouvrit la bouche, mais le serveur revenait avec leur commande. Il posa la bière et le scotch devant les hommes, et prit le temps d'observer tout un cérémonial pour déboucher la bouteille de vin. Camille se plia au rite de la dégustation, mais ne goûta pas réellement le vin, ce qui ne l'empêcha pas d'approuver.

— Alors, docteur, qu'est-ce qu'un homme comme

vous fait dans une petite ville comme Blackwater Lake ? demanda Dean, lorsqu'ils furent de nouveau tous les quatre.

— J'y ai grandi.

— Vous aviez le mal du pays ?

Camille donnait l'impression de vouloir disparaître sous terre.

— Papa, s'il te plaît…

— Ça ne me gêne pas de répondre, dit Ben, avec un sourire à son attention. Cet endroit offre tout ce dont on peut rêver, monsieur. Les gens sont attentifs les uns aux autres et solidaires. Le paysage est magnifique. On peut pratiquer de nombreuses activités de plein air…

— C'est parfait pour des vacances. Mais pour une carrière médicale, vous seriez mieux dans une grande ville.

Ben comprenait très bien que Dean se moquait éperdument de sa carrière. Ce qu'il voulait savoir, c'était s'il s'intéressait ou non à la fortune de Camille. Et ce n'était pas se vanter de lui expliquer que tout allait bien pour lui dans ce domaine.

— En fait, j'avais une très belle situation à Los Angeles. J'ai revendu les parts que je détenais dans une clinique privée, et fait des placements judicieux qui me permettraient d'arrêter de travailler si je le voulais.

— Mais vous avez pourtant choisi d'exercer ici, intervint Margaret sur un ton de reproche.

— J'aime exercer la médecine, et je suis bon dans ce que je fais. Si j'ai réussi, c'est un peu grâce à cette ville et à ses habitants. Je veux leur rendre ce qu'ils m'ont donné…

Ben comprenait parfaitement les réticences des parents de Camille, et il aurait voulu pouvoir leur dire qu'ils n'avaient rien à craindre puisqu'il n'y avait aucune chance qu'il devienne un jour un membre de la famille.

Bientôt, elle serait repartie, et il ne serait plus pour elle qu'un vague souvenir.

Bizarrement, il avait envie d'autre chose.

Le dîner achevé, les Halliday prétextèrent la fatigue du voyage et les émotions de la journée pour se retirer dans leur suite.

Camille aurait dû se sentir soulagée après leur départ, mais la tension persistait.

— Je sais ce que tu penses, dit Ben.

— Ah oui ?

— Tu as envie de donner un coup de pied dans quelque chose, et je sais où tu peux faire ça.

— La galerie. Ça fait un moment que je ne m'y suis pas réfugiée car, grâce à toi, tout se passait pour le mieux. Jusqu'à maintenant…, ajouta-t-elle avec un soupir.

— Ce sont des choses qui arrivent.

Il lui tendit la main.

— Allons-y.

Elle posa les doigts au creux de sa paume, puis ils se levèrent, et s'échappèrent par la sortie de secours.

A l'étage, Camille posa les avant-bras sur la rambarde et respira profondément.

— Il n'y a rien de tel qu'un peu d'air frais pour se sentir tout de suite mieux, commenta-t-elle.

Elle tourna la tête vers Ben.

— Merci de m'avoir défendue, ce soir, ajouta-t-elle avec gratitude.

— Ce n'est rien. Mais, en parlant du dîner, j'ai remarqué que tu n'avais pas touché à ton vin…

— Je voulais garder l'esprit clair. Je suis désolée que mes parents aient été aussi durs avec toi.

— Bah, ne t'inquiète pas…

— Tu dois être soulagé que notre relation ne soit pas réelle. L'héritière Halliday n'est vraiment pas un cadeau.

Ben ne savait pas quoi dire. Il pressentait qu'elle ne lui disait pas tout, mais il n'était pas certain de vouloir creuser le sujet.

— Bon, eh bien, je vais te laisser, dit-elle soudain. J'ai des choses à faire.

— D'accord. Dors bien.

— Toi aussi.

Camille regarda le bâtonnet du test de grossesse. Il indiquait qu'elle était enceinte.

— Il doit y avoir une erreur, dit-elle à haute voix pour elle-même. Ce n'est pas fiable à cent pour cent.

Mais, au fond de son cœur, elle savait qu'il n'y avait pas d'erreur.

A part peut-être celle d'avoir fait l'amour avec un homme qui ne voulait pas d'une vraie relation. Tous les signes étaient là : les nausées, la fatigue, et son extrême émotivité…

Elle allait avoir un bébé.

L'enfant de Ben.

Quelques minutes plus tôt, elle l'avait abandonné sur la galerie, sous un ciel parsemé d'étoiles, et elle rêvait de courir se jeter dans ses bras et de l'entendre dire que tout allait bien se passer.

Mais elle avait senti une distance chez lui. Comme si une porte s'était refermée entre eux.

Cela ne changeait rien au fait qu'elle allait avoir un enfant. C'était irréel, et elle ne parvenait pas à appréhender ce qui lui arrivait, ni ce que cela allait changer pour elle.

On frappa à la porte de sa suite et elle sursauta.

*Ben.*

Une partie d'elle souhaitait que ce soit lui. Une autre le redoutait.

On frappa de nouveau, et elle se résigna à aller ouvrir.

Son père se tenait sur le seuil.

— Papa ! Je ne m'attendais pas à te voir.

— Je te dérange ?

Il regarda par-dessus son épaule, comme s'il s'attendait à trouver quelqu'un avec elle.

Il pensait probablement à Ben puisque celui-ci vivait juste à côté. Comble de l'ironie : il n'était jamais venu chez elle.

— Je suis seule.

— Je peux entrer ?

— Bien sûr.

Elle recula et ouvrit la porte en grand.

— Merci.

— Tu veux boire quelque chose ?

— Non, ça ira.

Elle désigna le canapé.

— Assieds-toi.

— J'aimerais te parler de quelque chose.

— A quel propos ?

— J'ai vu la réaction de tes employés face à cette maudite presse. Peux-tu me donner le secret d'une telle loyauté ?

*Ben.*

C'était son secret et sa force.

— Les gens de Blackwater Lake sont d'une grande droiture.

— Je vois.

Il se cala contre le dossier et croisa les jambes.

— Ta mère et moi retournons à Los Angeles demain matin.

— Mais je croyais que tu voulais rester un jour de plus.

— J'ai changé d'avis. Il ne m'a pas fallu longtemps pour voir tout ce que je voulais voir.

Etait-ce une bonne ou une mauvaise chose ?

— L'hôtel est tiré d'affaire, papa.

— Je sais. J'ai regardé les bilans, et je n'ai pas l'intention de le fermer.

— Tant mieux. Mais alors, pourquoi es-tu là ?

— Tu as fait tout ce à quoi tu t'étais engagée quand tu m'as convaincu de te laisser une chance de faire tes preuves. Je voulais t'annoncer personnellement que tu allais avoir ta promotion.

— C'est vrai ?

— Tu peux choisir l'établissement que tu veux. Alors, ce sera où ? Los Angeles, New York, San Francisco ?

— Je ne veux évincer personne.

— Ne t'inquiète pas pour ça. Nous réorganiserons les choses. Mais tu as réussi à retenir mon attention. Tu l'as mérité, Camille.

Elle hocha la tête, se remémorant l'hostilité du personnel, le manque de respect dont il faisait preuve à son égard, le rejet des habitants…

Tout avait changé quand elle avait commencé à « voir » Ben, et cela n'avait pas été un fardeau pour elle, bien au contraire. Elle s'était très vite habituée à sa présence. Elle pourrait même envisager de vivre avec lui…

Mais ce n'était pas à l'ordre du jour. Elle devait tourner la page, aller de l'avant. Et cette promotion tombait à point nommé.

— Camille ?

Son père semblait perplexe.

— Oui ?

— Ça va ?

— Oui, bien sûr.

Il se pencha, les coudes en appui sur les genoux, son regard bleu dardé sur elle.

— Pourquoi n'es-tu pas plus enthousiasmée par la nouvelle ?

C'était une excellente question car ce n'était pas ainsi qu'elle s'attendait à réagir.

— Je suis sous le choc, dit-elle.

— Il n'y a aucune raison. Tu le mérites. Tu sais que dans le groupe Halliday, on récompense toujours les efforts.

— Je n'ai jamais voulu de traitement de faveur.

— Et tu n'en as pas eu.

— C'est bien, alors.

Son père l'observa un moment et fronça les sourcils.

— Qu'y a-t-il exactement entre le Dr McKnight et toi ?

— Pourquoi poses-tu la question ?

— Parce que je suis ton père.

— Depuis quand ?

Camille ne savait pas ce qui l'avait poussée à répondre

ainsi. Peut-être le bébé. En tout cas, son père en resta quelques instants sans voix.

— Qu'est-ce que cela signifie ?

— Ce soir, Ben a pris ma défense.

Et elle lui en était reconnaissante. En fait, cela renforçait l'amour qu'elle éprouvait pour lui. Car, oui, elle devait le reconnaître, elle était amoureuse de Ben.

— Contre qui ?

— Toi. Si la presse me traque, ce n'est pas à cause de mes agissements, mais parce que je suis la fille de Dean Halliday.

Il ouvrit la bouche pour protester, et elle leva une main pour lui signifier qu'elle n'avait pas terminé.

— D'accord, j'ai fait des erreurs quand j'étais plus jeune, mais je venais de perdre mon frère.

— J'ai perdu mon seul fils.

Elle refusa de se laisser impressionner.

— Quand il est mort, j'ai aussi perdu mon père. Tu as cessé de l'être pour devenir mon patron. Ton but était que je remplace Dean junior, et ma seule qualification était d'être la seule survivante.

— Camille, tu ne sais pas…

— Je ne te fais pas de reproches, je t'explique comment j'ai ressenti les choses. Je ne sais pas ce que ça fait de perdre un enfant, dit-elle, espérant ne jamais le savoir. Ça doit être la pire épreuve au monde, et je comprends que tu aies souffert. Mais moi aussi. Je me noyais, et personne ne s'en rendait compte. Personne ne m'a tendu la main.

Il avait fallu pour cela qu'elle s'installe à Blackwater Lake et qu'elle rencontre Ben.

— Tout va bien, papa, ajouta-t-elle. J'ai fini par grandir. Mais je devais te le dire. Je ne serai jamais aussi talentueuse que Dean, mais je te promets de tout faire pour ne plus jamais te décevoir.

— C'est bien, ma fille.

Il soupira et se leva.

— Tu réfléchiras à l'endroit où tu veux être transférée ?

— Oui. Quand dois-je te donner ma réponse ?

— Le plus vite possible. Il faut du temps pour modifier les organigrammes.

Il semblait soudain fatigué et un peu plus âgé que lorsqu'il était entré.

— D'accord.

Ils se dévisagèrent un moment sans parler car, apparemment, il n'y avait plus rien à dire.

— Je te verrai demain pour te dire au revoir ? demanda-t-elle.

— Au petit déjeuner, si tu veux.

— J'y serai.

— Bien. Bonne nuit, Camille.

— Bonne nuit, papa.

Après son départ, Camille se demanda si elle se sentait mieux après lui avoir ouvert son cœur, et constata que ce n'était pas le cas.

Il aurait fallu crever l'abcès beaucoup plus tôt, quand elle en avait vraiment besoin. Mais son père n'aurait pas compris. Il lui aurait probablement dit que les Halliday ne faisaient pas d'excuses car ils ne commettaient pas d'erreur.

Tôt ou tard, elle allait devoir leur avouer qu'elle s'était encore mise dans le pétrin et qu'elle était enceinte.

Mais d'abord, elle devait annoncer la nouvelle à Ben.

# 14.

Le lendemain, Camille appela Los Angeles pour être certaine que ses parents étaient arrivés à bon port.

Son père l'informa que le directeur de l'hôtel de Scottsdale, en Arizona, prenait sa retraite, et que le poste était à elle si elle le souhaitait. Elle promit d'y réfléchir et de lui donner une réponse dans les vingt-quatre heures.

Rien dans l'attitude de son père n'indiquait qu'il lui tenait rigueur de la discussion qu'ils avaient eue à propos de son adolescence. Mais il était comme le Téflon, tout glissait sur lui.

Avant de prendre une décision, elle devait parler à Ben du bébé.

Les yeux fixés sur la cloison qui séparait leurs suites, elle décida soudain qu'elle avait assez tergiversé.

Elle était en jean et T-shirt, mais renonça à l'idée d'enfiler une de ses tenues de combat. Elle vérifia quand même sa coiffure et appliqua une couche de brillant sur ses lèvres.

Le menton levé, les épaules raides, elle quitta sa chambre et frappa à la porte d'à côté.

Ben ne tarda pas à ouvrir, et sourit en la voyant. Dans son regard, elle crut discerner une fugace lueur de désir.

Il prit nonchalamment appui contre l'encadrement de la porte, dans une des poses les plus sexy qui devaient exister.

— Salut…, dit-il.

Le cœur battant à tout rompre, Camille parvint à peine

à répondre. C'était plus fort qu'elle, elle perdait tous ses moyens dès qu'elle était en sa présence.

— Je suis content que tu te sois enfin décidée à venir, dit-il.

— Ah ?

Elle avait souvent été tentée de le faire, et elle se demanda si c'était aussi son cas. Mais la bonne humeur de Ben ne tarderait pas à s'évanouir quand il connaîtrait la raison de sa visite.

— Pourquoi es-tu si content ?

— J'ai appris que tes parents étaient partis, et je voulais savoir comment tu te sentais. Je t'aurais appelée si tu n'étais pas venue.

C'était positif, n'est-ce pas ?

En tout cas, il pensait à elle. Et il avait tenu tête à son père, la veille. Personne ne l'avait jamais fait pour elle avant. Même pas le grand frère qu'elle idolâtrait.

Malgré ses efforts pour ne pas s'y accrocher, elle savait que l'espoir rôdait.

— Je peux entrer ?

Vingt-quatre heures plus tôt, son père avait posé la même question, et elle avait eu envie de dire non. Si Ben pensait la même chose…

— Bien sûr !

Il s'écarta pour la laisser passer.

L'expression de son regard se fit plus intense tandis qu'il la fixait.

— Assieds-toi. Reste un peu.

Elle en serait ravie si la conversation tournait bien.

— Tes parents n'ont pas été trop durs, hier soir ? Je ne voulais pas poser de problèmes, mais ce qui est arrivé n'est pas ta faute.

— Je sais. Papa n'en a plus reparlé.

— Bien.

Il l'étudia un peu plus longuement.

— Alors ? Je suis curieux. Que me vaut l'honneur de ta visite ?

— Eh bien…

Elle prit une profonde inspiration.

— J'ai des nouvelles. Et elles sont plutôt surprenantes.

— D'accord. Si tu commençais par m'en donner une ?

Les mains glissées dans les poches de son jean, il attendit.

— Mon père est extrêmement satisfait de mon travail.

— C'est bien, dit-il.

Mais il avait soudain l'air moins détendu.

— N'est-ce pas ?

Elle hocha la tête.

— Il m'a offert la direction de l'hôtel de mon choix.

— Félicitations…

Sa voix était étrangement neutre, et il resta indifférent à l'annonce de son prochain départ.

Camille s'attendait à autre chose, à une réaction prouvant qu'il tenait un peu à elle.

Cela ne se produisit pas. Sans doute avait-elle été stupide d'espérer qu'il la retiendrait, mais elle n'avait pas pu s'empêcher d'y croire.

En tout cas, elle n'avait rien à lui reprocher. Il s'en tenait strictement aux termes de leur accord.

— Quelle est l'autre nouvelle ? reprit-il.

Il valait mieux en finir tout de suite. Rien ne pouvait adoucir l'annonce qu'elle avait à faire.

— Je suis enceinte.

Il resta bouche bée, les yeux écarquillés, puis il éclata de rire.

— Tu plaisantes, n'est-ce pas ? C'est un test… Pour être sûre que je t'écoute.

Elle retint ses larmes et maudit ce bouleversement hormonal qui la laissait tellement à fleur de peau.

— Non, ce n'est pas une plaisanterie, dit-elle en essayant de contrôler sa voix qui déraillait vers les aigus. Je vais avoir un bébé. Le tien.

Il attendit, comme s'il espérait encore qu'elle s'écrierait : « Je t'ai bien eu ! »

— Comment c'est arrivé ?

— Je crois qu'il est temps de vous donner un cours d'éducation sexuelle, docteur.

— Je sais ce qui s'est passé, j'étais là. Mais nous nous sommes protégés.

— Sans doute…

Elle se rappela qu'elle lui avait été reconnaissante d'y avoir pensé. Pour le résultat qu'elle en tirait !

— Si tu te rappelles, c'était assez… athlétique entre nous, quand nous avons… tu sais bien…

— Dormi ensemble.

— Oui.

Sauf que s'ils avaient vraiment dormi, elle n'en serait pas là.

— Tu en es sûre ?

— J'ai fait un test de grossesse. Je ne l'ai pas jeté. Si tu veux le voir…

— Ce n'est pas nécessaire.

— Pour information, je n'ai pas couché avec un autre homme.

— Ça ne m'a jamais traversé l'esprit.

Il avait l'air sincère, et elle accueillit cette réponse par un petit signe de tête.

— Merci.

Il se passa une main dans les cheveux, et parut sur le point de dire quelque chose.

« Demande-moi de rester », eut-elle envie de lui dire.

Mais les paroles de Ben furent tout autres.

— Il va falloir s'organiser.

Bizarrement, ce fut ce qui lui brisa le cœur. Son intonation n'était pas agressive ni chargée de reproche, et il avait certainement raison. Mais elle avait tellement envie d'entendre autre chose.

Ils se dévisagèrent un long moment, tous deux sous le choc pour différentes raisons. Finalement, elle comprit qu'il n'y avait plus rien à dire.

— Je dois y aller.

— D'accord. Bien…

Il alla lui ouvrir la porte.

— Je t'appelle.

Elle hocha la tête et s'en alla sans ajouter un mot. Elle n'aurait pas pu le faire sans éclater en sanglots, et elle ne voulait pas de sa pitié.

Elle rêvait d'un conte de fées. Elle voulait qu'il soit amoureux d'elle.

Quelques instants plus tard, quand les larmes commencèrent à rouler sur ses joues, elle était dans sa suite où personne ne pouvait la voir s'effondrer. Une héritière comme elle ne se permettait pas de craquer en public.

Ben n'avait pas menti intentionnellement en disant que cet accord ne ferait souffrir personne. Mais, à présent, le chagrin la submergeait au point qu'elle redoutait de ne pas parvenir à le surmonter.

Durant sa période de rébellion, les gens avaient toujours cherché à obtenir quelque chose d'elle. Elle s'était imaginé qu'elle ne se sentirait pas utilisée si elle savait dès le départ à quoi s'en tenir avec Ben. Elle s'était bien trompée, et perdre l'homme qu'elle aimait était un atroce déchirement.

Quand elle se serait un peu ressaisie, elle appellerait son père et lui dirait qu'elle acceptait le poste à Scottsdale.

Rien n'aurait pu être plus différent de Blackwater Lake que ce paysage désertique, et peut-être lui fallait-il un changement de décor pour oublier Ben McKnight.

— Qu'est-ce qui se passe avec cette maison, Alex ? Pourquoi ça n'avance pas ?

Ben se tenait dans sa nouvelle salle à manger dont les murs avaient été recouverts de larges lames de bois simplement blanchies au badigeon. Camille l'avait quitté deux semaines plus tôt sans lui dire au revoir, et chaque jour qu'il passait sans elle ne faisait qu'amplifier sa mauvaise humeur.

— Il n'y a pas de retard, dit Alex. Tout ça fait partie du processus de construction.

— On aurait pu construire un quartier entier pendant tout le temps qu'il t'a fallu pour terminer cette pièce.

Les yeux bruns d'Alex pétillèrent de malice.

— Qu'est devenu le type qui m'avait dit de prendre mon temps pour faire les choses bien ?

— Eh bien, maintenant, je veux que ce soit terminé le plus vite possible. Il te faut combien de jours encore ?

— Il y a des règles à respecter, répliqua calmement Alex. Chaque étape doit être contrôlée par un inspecteur assermenté. Une fois la maison terminée, un contrôleur principal viendra vérifier que tout est conforme et signera la fin des travaux.

— Et alors, on peut lui payer un verre ou quelque chose pour le convaincre de nous faire passer en priorité ?

Alex eut l'air sincèrement horrifié.

— Tu veux le soudoyer ? Tu sais ce que tu risques ?

— Je m'en fiche. J'ai envie que ça avance.

Tom McKnight, qui avait jusqu'alors observé silencieusement cet échange entre ses fils, intervint.

— Pourquoi es-tu si pressé, fiston ?

Ce qu'il voulait, c'était quitter le Lodge au plus vite.

Il avait l'impression que le parfum de Camille flottait encore dans les couloirs. Toutes les nuits, il fixait le mur qui séparait leurs chambres et se lamentait sur les opportunités manquées. Il aurait mieux fait de frapper à sa porte et de la couvrir de baisers quand il le pouvait.

Les souvenirs le rendaient fou.

— Je ne supporte plus la lenteur d'Alex, répliqua-t-il.

— Ton frère est le meilleur entrepreneur de la région.

— Merci, papa, dit Alex en se rengorgeant.

— Et tu n'es pas dans ton état normal, poursuivit Tom.

— Ah non ?

— J'ai l'impression de me voir quand votre mère est morte.

Ben échangea un regard médusé avec son frère.

— Je ne comprends pas.

— Alors, je vais le dire plus clairement : tu te conduis comme un idiot parce que Camille Halliday est partie. La différence entre toi et moi, c'est qu'elle est toujours vivante, et que tu peux encore faire quelque chose, ajouta-t-il d'un ton durci.

— Il ne devrait peut-être pas, intervint Alex.

— Bien sûr que si.

— Elle n'a jamais promis de rester, expliqua Ben. Son objectif a toujours été de faire ses preuves ici et d'accéder à un poste plus important.

Il n'était pas utile de révéler à son père le marché qu'il avait passé avec Camille. Apparemment, il avait parfaitement réussi à le convaincre qu'il tenait à elle.

D'ailleurs, à force de faire semblant, il avait fini par s'y attacher vraiment. A moins qu'il ne l'ait aimée dès le premier jour sans oser se l'avouer.

— Les femmes sont une source perpétuelle d'ennuis, décréta Alex. Remercie ta bonne étoile qu'elle soit partie avant que tu aies eu le temps de souffrir.

Trop tard, pensa Ben. Elle avait apposé sur son cœur une marque indélébile. Il était éperdument amoureux d'elle.

Il ne s'y attendait pas. Il ne l'avait pas cherché. Mais, toutes les nuits, la vérité le heurtait de plein fouet, tel un seau d'eau glacée qu'on lui aurait jeté au visage.

Elle était partie, et il n'avait pas eu l'occasion de lui parler. Il avait besoin de la voir, de la toucher…

— Tu sais, Alex, ce n'est pas parce que tu as vécu une mauvaise expérience que toutes les femmes sont indignes de confiance.

— Tu n'es peut-être pas le mieux placé pour en parler. Judy s'est bien moquée de toi.

— Judy n'était pas faite pour lui, déclara Tom. Et Camille ne ressemble pas aux filles que tu nous as présentées.

Bizarrement, la colère de Ben fut anesthésiée par l'amertume de son frère aîné. Alex avait été dupé par une femme qui avait détruit tout ce en quoi il croyait, mais Camille n'avait rien à voir avec cette femme.

Elle s'était toujours montrée honnête. Elle lui avait parlé du bébé, et il n'avait pas réagi. Il n'avait pas su prendre la bonne décision. Le fait d'être sous le choc n'était pas une excuse.

— Camille est enceinte, déclara-t-il soudain.

— Tu es sûr qu'il est de toi ? demanda aussitôt Alex, l'air plus dur que jamais.

— Certain.

— Bon sang, Ben… Raison de plus pour ne pas faire comme moi.

Son père n'avait pas l'habitude de jurer, et quand il le faisait, les fils McKnight évitaient de broncher.

— Je ne suis pas certain de comprendre, papa.

— Quand ta mère est morte en donnant naissance à Sydney, j'ai été très en colère contre elle.

— Pourquoi ?

— Parce qu'elle m'abandonnait avec trois petits enfants et que je ne savais pas comment faire. J'avais l'impression que je n'allais pas m'en sortir.

— Tu t'es pourtant très bien débrouillé, dit Alex.

Tom soupira.

— J'ai fait de mon mieux. Mais j'aurais dû surmonter ma peine et me remarier pour que vous ayez une maman. Ne faites pas comme moi, mes garçons. Surmontez vos déceptions passées et allez de l'avant.

Il regarda Ben.

— J'ai vu comme tu étais différent avec Camille. Ton esprit était plus léger, tu étais heureux… Elle te complétait.

— Je sais…

— Alors, que vas-tu faire ?

— Lui laisser du temps.

— Depuis combien de jours est-elle partie ?

— Deux semaines…

Il avait l'impression que cela faisait deux ans.

— Vous vous êtes parlé ?

— J'ai appelé et j'ai laissé des messages car elle ne décroche jamais. Elle rappelle et laisse à son tour des messages pour dire qu'elle va bien.

— Donc, vous ne vous êtes rien dit d'important et il est plus que temps d'agir. Ne sois pas stupide, Ben. Camille est une fille bien, et elle porte ton enfant.

Ben reconnut à part lui qu'il aurait pu mieux gérer la situation quand Camille lui avait parlé du bébé. Mais plus il y réfléchissait, plus il pensait qu'il fallait encore attendre.

Il devait maintenant trouver les mots pour l'expliquer à son père.

— Je sais que tu désapprouves mon attitude, mais je dois la laisser faire les choses à sa façon. Son père lui a donné la direction du Lodge parce qu'il pensait que c'était une cause perdue. Tout était programmé pour qu'elle échoue.

— Il ne lui faisait pas confiance ?

— Elle a eu une adolescence difficile et a fait de mauvais choix, mais elle a mûri. Ce poste était pour elle un tremplin vers une meilleure situation. Elle a toujours visé la direction de cet hôtel en Arizona, ou d'un autre similaire.

— Oui, eh bien, si elle tenait à se prouver quelque chose, le simple fait d'obtenir le poste suffisait. Elle n'était pas obligée de l'accepter.

— Si. C'est ce que j'essaie de t'expliquer. Elle avait besoin de savoir qu'elle pouvait aller jusqu'au bout de son rêve. Je devais la laisser partir.

— C'est comme cette analogie avec l'oiseau ? Si tu le laisses s'envoler et qu'il revient de lui-même…

— Exactement. Si elle revient, alors je saurai qu'elle m'aime vraiment.

— Et si elle ne le fait pas ?

— Tant pis pour moi.

— Tu as pensé au bébé ?

— Bien sûr. J'ai l'intention de faire partie de sa vie.

Même si je dois quitter Blackwater Lake et aller exercer à Scottsdale.

Tom hocha la tête.

— Très bien, fiston. Ça me va. Je te fais confiance.

Ben espérait sincèrement que son père plaçait bien sa confiance.

Quand il avait discuté de cet accord avec Camille, il s'était vaguement demandé ce qui se passerait quand elle partirait, comment il tiendrait les autres femmes à l'écart.

Il avait évoqué l'idée de faire croire à un chagrin d'amour…

Il était loin alors de s'imaginer qu'il aurait réellement le cœur brisé.

# 15.

Camille balaya du regard son nouveau bureau. Celui-ci était décoré de photos agrandies du Grand Canyon et de magnifiques formations rocheuses.

Les couleurs étaient inspirées par le Sud-Ouest : rouge brique, or, beige. Une immense baie vitrée offrait une vue époustouflante sur la montagne Camelback et le bleu limpide du ciel de l'Arizona.

Elle avait même un coin salon, avec des canapés de cuir fauve et une table basse pour les réunions moins formelles.

La pièce était grande, magnifique, mais elle ne s'y sentait pas à l'aise car ce n'était pas Blackwater Lake.

Il n'y avait pas de végétation, rien que des pierres ocre à perte de vue. On ne pouvait pas gâcher l'eau à entretenir un jardin, Scottsdale étant situé en plein désert.

Son regard se posa sur son téléphone portable. Son seul lien avec Ben… Elle y avait archivé tous ses textos ainsi que tous ses messages et pouvait passer des heures à les réécouter pour entendre sa voix.

On frappa à sa porte, et son père passa la tête dans l'entrebâillement.

— Tu as une minute ?

— Papa… Je ne m'attendais pas à ta visite.

Elle se leva et contourna son bureau.

— Tu viens me surveiller ?

— Je voulais seulement vérifier si ton installation se passait bien. Et je peux venir te voir plus souvent maintenant que tu n'es plus qu'à un jet de pierre de Los Angeles.

Contrairement au temps où elle vivait à Blackwater Lake, qui n'était pas un endroit facile d'accès.

Ce n'était pas non plus un endroit facile à oublier.

— Maman est avec toi ?

— Oui. Le Spa de cet établissement est l'un de ses préférés. Elle se fait faire un soin au plancton ou à je ne sais quoi… J'ai vaguement écouté le début, mais j'ai vite décroché. Ne lui dis pas, surtout.

— Motus avec maman. C'est compris.

Elle trouvait son père changé, plus insouciant, plus détendu. Il avait même abandonné son sempiternel costume anthracite porté avec une chemise bleu ciel et une cravate sombre pour une tenue sportswear.

— En revanche, j'ai entendu quand elle m'a demandé de veiller à ce que tu libères ta soirée. Elle veut absolument t'emmener dîner quelque part.

— Il n'y a rien à libérer car je n'avais pas de projets.

Cela faisait un peu pitoyable, mais c'était la vérité.

— Ce n'est pas bien. Tu as besoin d'une vie sociale. Il ne faut pas ne toujours penser qu'au travail.

— C'est toi qui dis ça ?

— Et pourquoi pas ? Il n'est jamais trop tard pour rectifier le tir.

— Sans doute, mais je suis vraiment très occupée en ce moment. J'ai beaucoup à apprendre.

Dean s'installa sur le canapé, et elle prit place à côté de lui.

— Comment ça se passe ici ?

— Pas trop mal. Nous avons beaucoup d'hommes d'affaires et de familles en vacances.

— Donc, ça fonctionne comme une machine bien huilée ?

Si on laissait de côté le petit problème qu'elle avait apporté avec elle… Posant une main protectrice sur son ventre encore plat, elle adressa son sourire le plus radieux à son père.

— On peut dire ça.

— Ton bureau te plaît ?

— Il est vraiment immense, et un peu trop éloigné à mon goût de la réception.

Même si elle avait une assistante très efficace, la relation n'était pas la même qu'avec Mary Jane.

— Tu fais du bon travail, Camille.

Voilà encore une chose qui différait d'avec Blackwater Lake. Personne ici ne l'appelait Cam. C'était ou Camille, ou Mlle Halliday.

C'était peut-être trop tôt, ou elle était trop impatiente, mais les liens personnels lui manquaient.

— Merci, papa.

— Je suis vraiment fier de toi.

— Probablement surpris aussi, compte tenu de mes débuts.

— C'est du passé. Tu as travaillé incroyablement dur pour redresser la barre et effacer cette mauvaise impression. Je suis très fier de la femme que tu es devenue.

C'était la première fois que son père lui faisait de tels compliments. Peut-être changerait-il d'avis quand il saurait pour le bébé.

— Ça me fait vraiment plaisir que tu dises ça, répondit-elle.

— Tu t'es transformée en femme d'affaires émérite. Il est important que tu saches que tu as toute ma confiance pour reprendre les rênes le jour où je déciderai d'arrêter.

Camille le dévisagea avec stupeur, essayant d'assimiler ce qu'il avait dit. C'était quelque chose qu'elle n'aurait jamais espéré entendre et, à sa grande horreur, elle enfouit le visage dans ses mains, éclatant en sanglots.

— Que se passe-t-il ? demanda Dean en lui tapotant maladroitement l'épaule.

— Tu parles d'une femme d'affaires, balbutia-t-elle.

— Je maintiens ce que j'ai dit. Mais je ne m'attendais pas à ces larmes. Si la perspective de prendre ma succession te rend si malheureuse, rien ne t'y oblige. Nous trouverons une autre solution.

Elle laissa retomber ses mains et le regarda sans y croire. Elle allait décidément de surprise en surprise.

— Je ne te reconnais plus.

— J'ai beaucoup réfléchi après notre conversation à Blackwater Lake. Ta mère aussi.

— Tu en as parlé à maman ?

— Oui. Et tu as raison. Nous ne t'avons pas soutenue quand ton frère nous a quittés. C'était vraiment stupide. Nous avions perdu un enfant, et au lieu d'être présents pour la fille qui nous restait, nous avons tout mis en œuvre pour la perdre aussi.

La tristesse tordait sa bouche et dessinait des plis amers sur son visage.

— Nous étions dévastés et complètement immergés dans notre douleur, et j'ai fait peser trop de pression sur toi. Quand la vie vous échappe, vous essayez de contrôler ce que vous pouvez.

— Je suis désolée pour ce que je vous ai fait vivre, à toi et à maman.

Dean eut une mimique compréhensive.

— Je crois que tu cherchais surtout à attirer notre attention, mais nous n'avons pas compris. C'est moi qui suis désolé.

— Ce n'est rien, dit-elle en prenant la main de son père dans la sienne.

— Je vais essayer de rattraper le temps perdu et d'être plus proche de toi, ma petite Cammie.

Le diminutif de son enfance fit resurgir ses larmes.

— Mais que se passe-t-il, ma chérie ?

— Si tu savais, papa… J'ai encore tout gâché.

— Ça ne peut pas être si grave.

— Si. Je suis enceinte.

Elle leva les yeux vers lui.

— Le bébé est de Ben, si tu te poses la question…

— Je ne me la posais pas.

Dean passa un bras autour des épaules de sa fille.

— Je t'avoue que je suis perdu. Si c'était professionnel,

je saurais comment faire, ce qu'il faut dire… Mais il s'agit de toi, et j'ai déjà fait tellement d'erreurs.

— Tu n'es pas obligé de faire quelque chose.

— Tout de même, je suis ton père et j'ai voix au chapitre. Mais c'est tout nouveau pour moi. Dois-je lui demander quelles sont ses intentions ? Le gifler ?

— C'est à moi de régler ça.

— Est-il au courant ?

— Je lui ai dit avant de quitter Blackwater Lake.

— Et il t'a laissée partir ?

— Il était sous le choc.

— Je peux le comprendre, mais ce n'est pas une excuse, ma chérie.

— Il appelle régulièrement, mais j'évite de lui répondre.

— Il faudra bien que tu te décides à le faire tôt ou tard.

— Je sais.

— Est-ce que tu te plais ici, au moins ?

— Oui.

— Sois honnête. Tu peux me dire la vérité.

— Blackwater Lake me manque, la nature sauvage, les gens… Et aussi Ben.

— Tu l'aimes ?

— Oui. Je crois que j'espérais vaguement qu'il vienne me chercher.

Les larmes se remirent à couler sur ses joues.

— Très bien. Là, je peux t'aider, Cammie.

— Pardon ?

— Ne reste pas là à te lamenter. Va chercher ce que tu veux.

— Je ne suis pas sûre qu'il veuille de moi ou du bébé.

— Il a dit ça ?

— Non, pas exactement. Mais je ne lui ai pas vraiment laissé le temps de dire quelque chose.

Elle hésita un court instant, et chercha le regard de son père.

— En fait, nous avons commencé par faire semblant d'être un couple.

— Quoi ? Mais pourquoi ?

— Les femmes le harcelaient, feignant des entorses pour aller à ses consultations. Cela perturbait sa pratique médicale, et il a voulu faire quelque chose pour y mettre un terme. Il s'est dit que s'il sortait officiellement avec quelqu'un, elles le laisseraient tranquille. En retour, il m'a aidée à me faire accepter des employés. Il a grandi là-bas, il connaît leur mentalité, leur façon de réagir. Je voulais vraiment réussir la mission que tu m'avais confiée, et j'ai accepté le marché qu'il me proposait.

Dean y réfléchit et finit par hocher la tête.

— Je crois comprendre pourquoi il t'a laissée partir.

— Tu peux m'expliquer ?

— Contrairement à moi, Ben ne veut te faire subir aucune pression. Il te laisse du temps pour réfléchir à ce que tu veux. Tu dois lui dire que tu as changé d'avis à propos de ce poste dont tu rêvais, et que tu aspires à une autre vie.

— Mais s'il ne veut pas de moi ?

— Alors, il n'est pas celui que je crois, et je lui casserai la figure. Mais je suis prêt à parier qu'il tient beaucoup à toi. Je sais que c'est difficile, mais tu dois faire le premier pas. Et, quoi qu'il arrive, sache que tu n'es pas seule.

— Vraiment ?

— Tu as tes parents, et ils seront là pour toi et pour ton bébé.

Soudain, un large sourire illumina son visage.

— Mais, au fait, je vais être grand-père…

— Oui. Comment crois-tu que maman va accueillir l'idée d'être grand-mère ?

— Elle sera folle de joie. Elle adore les bébés.

— Tu vas encore me faire pleurer.

— Surtout pas…

L'expression de Dean s'attendrit.

— Mais j'ai encore quelque chose à dire : la vie est trop courte pour ne pas saisir le bonheur à pleines mains. Ben t'aime, et tu serais stupide de le laisser s'en aller.

— Tu as bien conscience que ça risque de bouleverser tes projets. Si je vais vivre avec Ben, je ne prendrai pas ta succession.

— Ce n'est pas grave. L'important c'est ton bonheur. Je trouverai bien une autre solution.

— Merci, papa.

— Ne me remercie pas. Contente-toi de prendre soin de mon petit-fils ou de ma petite-fille et d'aller retrouver son père.

En traversant Blackwater Lake au volant de sa voiture, Camille ne savait pas où regarder : Les trésors de Tanya, l'auberge du Grizzli, la teinturerie Chez Al… Même la quincaillerie était un plaisir pour ses yeux épuisés par plusieurs heures de conduite.

Enfin, elle vit apparaître le Lodge, avec la montagne en arrière-plan, et son cœur se gonfla d'allégresse.

Dans quelques instants, elle allait revoir Ben.

Un mois s'était écoulé, et il continuait à lui envoyer des textos et à lui laisser des messages, où son intonation trahissait de plus en plus sa frustration.

A part ses parents, personne ne savait qu'elle était de retour dans le Montana car elle voulait faire la surprise à Ben.

Elle s'engagea sur le parking de la clinique Mercy Medical, et remarqua que les travaux d'extension avaient commencé.

Repérant le 4x4 de Ben, elle se gara à côté et ressentit une soudaine poussée d'adrénaline.

L'heure des consultations était passée, et comme la voiture de Ben était la seule dans le parking, elle pouvait en déduire qu'il était seul.

L'été arrivait, et l'air chaud embaumait la résine de pin quand elle sortit de sa voiture. Jetant un œil sur la banquette arrière du 4x4, elle vit le sac à dos de Ben, et son enthousiasme retomba d'un cran. Avait-il prévu d'aller camper avec une autre femme ? Avec Judy ?

Une horrible crainte l'envahit soudain.

Et si elle arrivait trop tard ?

Puis elle se remémora les paroles de son père. Si on voulait vraiment quelque chose, il fallait se battre pour l'obtenir…

Elle se dirigea vers la porte principale et tourna la poignée. Comme elle était verrouillée, elle se résolut à sonner, sachant qu'il ne refuserait jamais d'ouvrir à un patient, quelle que soit l'heure.

Bientôt, il apparut sur le seuil, plus séduisant que jamais.

— Cam…

— Salut…

Il ne cachait pas sa surprise en la détaillant de la tête aux pieds.

Puis son regard se posa sur le plat qu'elle tenait plaqué contre elle.

— Qu'est-ce que c'est ?

— Un gratin de pâtes au thon. Rien d'extraordinaire…

— Ça a l'air délicieux.

— Tu m'invites à entrer ?

— Si tu veux.

Il s'effaça pour lui laisser le passage.

— Je peux déposer ça où ?

— Il y a une salle de repos derrière. Tourne à droite après la salle d'attente, suis le couloir… C'est la dernière pièce sur la gauche.

Camille ne s'était jamais sentie aussi nerveuse. Elle avait tellement à perdre.

Le sourire de Ben lui avait manqué, et aussi l'odeur de sa peau. Son cœur battait si fort qu'elle avait l'impression qu'il allait jaillir hors de sa poitrine et elle avait les jambes en coton.

Elle le précéda dans le couloir, consciente du regard qui s'attardait sur ses hanches, et se mit à boiter avec exagération.

Elle entra dans la pièce et ouvrit le réfrigérateur qu'elle trouva presque plein.

— Eh bien…

— Comme tu vois, je suis très populaire.

— Je n'en ai jamais douté.

Il lui prit le plat des mains et le déposa lui-même à l'intérieur.

— Comment ça se passe à Scottsdale ?

— Pourquoi veux-tu le savoir, Ben ?

— J'espérais plus ou moins que tu aurais des difficultés avec le personnel et que tu reviendrais.

— Non, ça va. Le personnel est très coopératif.

— Ah… Pourtant, tu sembles avoir un problème.

— Vraiment ?

— Tu boites.

— Tu as remarqué ? Il paraît qu'il y a un très bon chirurgien orthopédiste dans le coin qui pourrait me guérir.

— Je crois que tu n'as rien du tout et que tu boites uniquement pour attirer mon attention sur tes jambes.

— Et ça fonctionne ?

— Pas mal. Et peut-on savoir pourquoi tu m'as apporté un gratin ?

— Tu connais le proverbe : le plus sûr moyen d'atteindre le cœur d'un homme est de soigner son estomac.

— Bof, je n'y crois pas trop…

Le silence retomba, et elle se demanda si elle avait eu tort d'espérer, si elle s'était trompée sur la raison de ses nombreux appels. Peut-être voulait-il tout simplement avoir des nouvelles du bébé.

— J'ai remarqué ton sac à dos dans ta voiture… Tu as prévu d'aller quelque part ?

— A Scottsdale…

Elle eut du mal à le croire.

— Vraiment ?

Il hocha la tête.

— J'en avais assez d'attendre. Je t'ai laissé suffisamment de temps pour réfléchir et il fallait que je te voie.

— C'est vrai ?

Une joie folle l'envahit.

— Oui. Et j'étais prêt à m'installer en Arizona si tu ne voulais pas revenir.

— Tu renoncerais à Blackwater Lake pour…

Elle hésita.

Elle voulait dire « pour moi », mais n'osa pas.

— Pour le bébé ?

— J'ai très envie d'avoir ce bébé. Ne doute jamais de cela. Mais je venais pour toi.

— Je vois.

Elle essayait de garder son calme, mais le coin de ses lèvres se retroussait sans qu'elle puisse contrôler son expression de béatitude.

— Tu as conscience que je me jetais à ta tête avec mon gratin et ma fausse blessure à la cheville ?

— J'avais compris, dit-il d'un air satisfait.

— Donc, on peut dire que j'ai baissé les armes dans cette relation.

— Faux. C'est toujours toi qui as conservé le pouvoir, et ça ne changera jamais.

Il lui prit son sac et le posa sur la table, puis il l'attira dans ses bras.

— Je demande officiellement à changer les termes de notre accord.

Heureuse, elle se blottit dans le cercle protecteur de ses bras, et se réchauffa à sa chaleur. Scottsdale lui avait tellement paru solitaire et froid, ce qui était difficile à imaginer en cette saison dans le désert.

— D'accord. Je suis prête à négocier.

— Je voudrais proposer un arrangement plus permanent.

— Oh ?

— Au lieu de sortir avec moi, que dirais-tu de devenir ma femme ? J'en ai assez du célibat. Les gratins et les claudications feintes ont perdu de leur charme à mes yeux.

— Je suis ravie de l'entendre.

— Tant mieux, parce que je ne fais pas semblant.

Je t'aime, Camille, et je crois que tu devrais m'aider à remplir cette grande maison d'enfants.

— C'est la meilleure offre qui m'ait jamais été faite.

Ses yeux s'étaient remplis de larmes de bonheur, et elle toussota avant de poursuivre.

— Et ça veut dire que je vais pouvoir passer toute ma vie à Blackwater Lake, que j'adore…

— Et moi ?

Elle riva son regard au sien et forma le vœu qu'il puisse lire au plus profond de son âme.

— Je t'aime de tout mon cœur, Ben. Je serai bien partout où tu te trouves.

— Quel soulagement…

Il l'attira plus étroitement contre lui et s'autorisa un long soupir.

— J'ai été tellement bête. J'étais persuadé qu'en fixant un début et une fin à notre relation, je tiendrais à l'écart toute émotion intempestive.

— Tu n'es pas le seul. Je croyais qu'en sachant dès le départ ce que tu voulais, je me protégerais des déceptions.

Elle rejeta la tête en arrière pour contempler ce merveilleux visage qui lui avait tant manqué.

— L'amour était vraiment la dernière chose à laquelle je m'attendais.

— Et maintenant ?

— Je ne peux plus retourner en arrière.

Un message de tendresse passa dans les yeux de Ben avant qu'il incline la tête vers elle.

— Voici ce que j'appelle le baiser « veux-tu m'épouser ? »…

Sa bouche se posa sur la sienne, chaude et douce, et ce fut le plus merveilleux baiser qu'elle eût jamais reçu. Il lui parlait d'amour, de bonheur, et lui promettait la famille dont elle avait toujours rêvé.

Lorsqu'elle s'écarta, des larmes de bonheur perlaient de nouveau à ses cils.

— Oui, j'accepte de t'épouser. Parce que je t'aime,

Ben. Et parce que je ne saurais rêver de meilleur partenaire dans cette vie.

Il n'était plus question de simuler désormais. Le pacte qu'elle venait de conclure avec le très convoité médecin de Blackwater Lake était le plus beau des accords qu'on pouvait lui offrir.

BLANCHE

HARLEQUIN

Retrouvez en juin 2020,
dans votre collection

# BLANCHE

**Réunis par un secret, d'Emily Forbes - N°1491**

***SÉRIE : SAGES-FEMMES DE LONDRES - 3/4***

*Lui...* Face au nouveau médecin du Queen Victoria, Chloe retient son souffle. Loin d'être un inconnu pour elle, Xander Jameson est l'homme avec lequel elle a vécu une liaison passionnée, quatre ans plus tôt. Depuis, Chloe s'est efforcée de le chasser de ses pensées et, grâce à ses responsabilités de sage-femme et de maman, elle y est parvenue, ou presque. Car comment aurait-elle pu oublier Xander, alors que le regard de sa petite Lily le lui rappelle chaque jour ?

**Une sage-femme à conquérir, de Sue MacKay**

***SÉRIE : SAGES-FEMMES DE LONDRES - 4/4***

*Un aller simple pour Londres.* Décidée à prendre un nouveau départ, Izzy saute dans un avion pour gagner le Queen Victoria, où elle exercera son métier de sage-femme. Quel plaisir pour elle d'y retrouver bientôt son meilleur ami, le Dr Raphaël Dubois ! Si leur collaboration professionnelle se révèle toujours aussi efficace, leur relation personnelle est mise à l'épreuve. Car Izzy éprouve peu à peu des sentiments inédits et bien trop troublants pour Raphaël...

**L'amour à tout prix, d'Annie Claydon - N°1492**

Alors qu'elle participe à une compétition sportive visant à récolter des fonds pour l'hôpital où elle est infirmière, Hannah doit faire équipe avec le Dr Matt Lawson. Loin de l'enchanter, cette perspective l'inquiète. Maman d'un petit garçon de six ans, Hannah sait qu'elle n'a pas de place dans sa vie pour les relations amoureuses... Mais saura-t-elle résister au charme de cet homme aux yeux si bleus qu'elle a l'impression de s'y noyer ?

**Une infirmière en Thaïlande, de Meredith Webber**

Mer turquoise et forêt tropicale : le cadre dans lequel Kenzie occupe son nouveau poste d'infirmière est tout simplement grandiose. Sur cette île du golfe de Thaïlande, elle espère donc se ressourcer... et oublier les hommes ! Or, dès sa rencontre avec le sublime Dr Alexander McLeod, petit-fils d'une de ses patientes, Kenzie sent ses résolutions vaciller. Et son cœur battre soudain trop vite, trop fort...

*Leur mission : sauver des vies.*
*Leur destin : trouver l'amour.*

HARLEQUIN
www.harlequin.fr

BLANCHE

## Un père pour son fils, de Deanne Anders - N°1493

Bien malgré elle, Lacey éprouve des sentiments pour le Dr Scott Boudreaux – des sentiments interdits. Non seulement Scott est le meilleur ami de son mari disparu, mais surtout il passe sa vie à rechercher des sensations fortes, tandis que Lacey aspire à une existence paisible pour son petit garçon et elle-même. Alors pourquoi ne peut-elle s'empêcher d'imager Scott dans le rôle d'époux, et de père pour son fils ?

## Dans les bras du Dr Brothers, de Janice Lynn

Le Dr Justin Brothers est l'archétype du play-boy. Admiré de toutes les femmes de l'hôpital, le séduisant chirurgien fait également battre le cœur de Riley, au grand désarroi de cette dernière. Alors que, après son mariage avorté, elle se croyait immunisée contre ce type d'homme trop sûr de lui, voilà qu'elle se réjouit chaque fois qu'elle travaille avec lui au bloc opératoire. Se pourrait-il que Justin soit celui qui puisse la rendre heureuse ?

## Sous le charme du patron, de Joanna Neil - N°1494

L'amour entre collègues, non merci ! Saskia a appris la leçon dans son précédent poste et, maintenant qu'elle a tout quitté pour s'installer dans les îles Scilly, elle jure qu'on ne l'y reprendra plus. Mais dès qu'elle croise le regard de son nouveau patron à l'hôpital local, l'irrésistible Dr Beckett, qui est également le voisin de la maison qu'elle loue, Saskia se rend compte qu'elle va peut-être devoir revenir sur sa parole…

## Une seconde chance à saisir, de Susan Carslisle

Sa vie d'aujourd'hui, Laura Akins s'est battue pour l'avoir. Elle a dû élever seule sa petite Allie, âgée à présent de huit ans, tout en poursuivant ses études d'infirmière. Alors, le jour où elle tombe sur Mark Clayborn, son amour de jeunesse, Laura est profondément troublée par les sentiments qu'il ravive en elle… Mais est-elle vraiment prête à faire de nouveau confiance à Mark, au risque qu'il lui brise le cœur une seconde fois ?

## Une incroyable surprise, de Carol Marinelli - N°1495

Après sa dernière déconvenue amoureuse, Candy n'a plus qu'une envie : profiter de la vie sans se poser de questions. Le beau Dr Guy Steele, son nouveau collègue à l'hôpital, est la distraction idéale. Mais Candy se rend rapidement compte qu'elle est, bien malgré elle, tombée sous le charme de Guy… Et elle découvre, quelques semaines plus tard, qu'elle est enceinte de jumeaux ! Une double surprise qui la lie soudain au médecin de ses rêves…

## L'épreuve d'une chirurgienne, d'Amber McKenzie

Kate est bouleversée. Sa brillante carrière de chirurgienne, dont elle est si fière, est en péril ; et le seul qui puisse l'aider aujourd'hui est l'avocat qu'on lui a commis d'office, et qui n'est autre que Matt McKayne, l'homme qui lui a brisé le cœur dix ans plus tôt. Le revoir ne fera que rouvrir une plaie à peine cicatrisée, Kate le sait, mais elle n'a pas le choix : quoi qu'il lui en coûte, elle va devoir faire confiance à celui qu'elle n'a jamais pu oublier…

HARLEQUIN

*Leur mission : sauver des vies.*
*Leur destin : trouver l'amour.*

HARLEQUIN
www.harlequin.fr

Composé et édité par HarperCollins France.

Achevé d'imprimer en avril 2020.

CPi
BLACK PRINT

Barcelone

Dépôt légal : mai 2020.

FSC
www.fsc.org
MIXTE
Papier issu de sources responsables
FSC® C108412

Pour limiter l'empreinte environnementale de ses livres, HarperCollins France s'engage à n'utiliser que du papier fabriqué à partir de bois provenant de forêts gérées durablement et de manière responsable.

*Imprimé en Espagne.*